新潮文庫

うちの子が結婚しないので

垣谷美雨著

新潮社版

11103

うちの子が結婚しないので

1

正月早々、気分が落ち込んでいた。

モリコからの年賀状が原因だ。読み返すたび胃の辺りが重くなる。それがわかっているのに、福田千賀子《ふくだちかこ》は性懲《しょうこ》りもなく何度も手に取り、穴が開くほど見つめてしまうのだった。

年賀状には、干支《えと》の戌《いぬ》年にちなんで三匹のダルメシアンが下部に印刷されている。更にその下の小さな隙間《すきま》に、遠慮がちな文字が並んでいた。

――里奈《りな》が結婚することになりました。

身体の奥からジワリと正体不明の黒々とした感情が込み上げてくる。

モリコ、嘘《うそ》でしょ。信じられないよ。里奈ちゃんの結婚が決まっただなんて。いったいどういうことなのよ。ねえ、モリコ、私たちが最後に会ったのは去年の初夏だったよね。あれからまだ半年しか経《た》ってないんだよ。

部屋には誰もいないのに、まるでモリコに見せつけるかのごとく、千賀子はこれ見よがしの大きな溜め息《たいき》をついていた。そして、年賀状を握りしめたまま身を投げるかのようにソファにドスンと座り、勢いよく背をもたせかける。

あの日は確か……。

正面の壁をじっと見つめ、思い出そうと記憶を辿《たど》った。


あの日は確か……暑い日だった。

池袋にあるパン屋の二階が喫茶部になっていて、モリコと二人、アイスコーヒー一杯で三時間も居座った。

「どうすればいいいんだろう。里奈は次の誕生日で三十三歳になるの。このままいけば生涯独身だよね」

モリコのその言葉がきっかけで、互いの娘の将来について真剣に話したのだった。

「うちの友美《ともみ》だってもう二十八歳になったのよ」

「まだ若いじゃないのよ。二十代なんて羨《うらや》ましいよ」

「若くないよ。だって私たち、その歳《とし》にはとっくに結婚してたんだよ。あっという間に三十歳になるよ」

生協主催の講演「老後の経済」を聴きにいった帰りだった。

——今後も年金額はどんどん減っていくでしょう。そのうえ医療費負担は増大していきます。ご存じのように、一旦《いったん》就職したからといって定年まで安泰という世の中ではなくなりました。しかも近い将来、癌《がん》も糖尿病も遺伝子レベルで治癒する世の中になると言われており、百歳まで生きるのが普通になるでしょう。みなさん、老後の資金は大丈夫でしょうか。最後に頼りになるのは、やはり家族です。

「私ね、今日の講演を聞いて里奈の将来が一層不安になったよ」

「同感」

生協からのお知らせメールを見たときは、それぞれ自分たち夫婦の老後が心配だから聴講しようと決めたはずだった。だが、講師の話を聞いているうちに、自分たちのことよりも娘の将来の方が心配になってきた。

友美は一人っ子だし、給料も安いからたいした蓄えもない。今は自分たち夫婦が元気だからいいようなものの、そのうち親だけでなく伯父や伯母もこの世から消え去っていく。一人残された友美は果たしてちゃんと生活していけるだろうか。お金の問題だけじゃない。一人ぼっちで孤独に耐えられるのか。

振り返ってみると、政府が発表した「晩婚化」という言葉は、いっときのごまかしだった。いつの間にか、「生涯独身」という言葉に取って代わられている。

「時代は変わったのよ。結婚が女の幸せだなんて言う人、千賀子の周りにいる？　ねっ、いないでしょ。だって結婚したって苦労ばっかりだもん。却《かえ》って独身の人の方が幸福度が高い気がしない？　真由美《まゆみ》を見てたら一目瞭然《りょうぜん》でしょう」と、モリコは同意を求めるように言った。

真由美というのもまた大学時代の同級生で、卒業後は大手航空会社の客室乗務員になり、五十七歳になった今でも海外を飛び回っている。年に一度くらいの割合で三人で食事をするが、真由美は自分やモリコと違ってオバサンではない。とはいえ、頭のてっぺんから爪先《つまさき》まで金をかけた年齢不詳の美魔女というのでもない。日に焼けてシミやソバカスだらけなのに薄化粧だし、年齢相応の皺《しわ》もあり、年中タンクトップを着ていて、若い日の姿からは想像できないほど太くなった二の腕を恥ずかしげもなく晒《さら》している。だが、なんせ目がキラキラしている。職場では苦労も多いだろうに、会うたび溌剌《はつらつ》とした笑顔を向け、周りの人を元気にする力を感じる。聞けば、最近は趣味のスキンダイビングに夢中だそうだ。それも、五十歳を過ぎてから始めたというので驚いてしまう。

「真由美のバイタリティには圧倒されるよね」とモリコが言う。

「ほんとほんと。学生時代の私たち、本当に真由美と仲良し三人組だったのかなって思うことがあるよ」

「わかる。幻だったかもってね。今は私たちと住む世界が違うもの」

「真由美を羨ましいとは思うけど、でも仮に私が独身で働き続けていたとしても、彼女のようにはなれなかっただろうと思う」と、千賀子は正直な気持ちを言った。

「私もなれない。彼女は偉いよね。自由を謳歌《おうか》するだけじゃなくて、ちゃんと老後のことも考えてるしね」

真由美の計画では、老後は同じ職場の気の合う独身女性五人と一緒に住む予定で、既に伊豆《いず》に土地を買ってあるという。

「だから私は思うわけよ。里奈が独身だからって親が心配して口を出すことはないんじゃないかって。だって真由美みたいに生涯独身で楽しそうな人生モデルが身近にいるわけだし」

「うん、それは……そうだけどね」

相槌《あいづち》を打ちながらも、心の中に違和感がどっしりと居座っていた。

独身を通した女性たちが老後を一緒に支え合って暮らすという話は、最近の女性誌でよく見かける。だが、誰だってそんな仲間を作れると思ったら大間違いだ。真由美のように社交的で、人を魅《ひ》きつける華やかな女性だからこそ、友人が集まってくる。

それに、いつもあっけらかんと明るく見えて本当は思慮深い真由美のことだから、きっと安易な考えではない。いくら仲がいいといっても、ひとつ屋根の下で暮らすとなるとトラブルは少なくないだろう。仲違《なかたが》いしても、ほどなく修復できる。そんな寛容さを兼ね備えた知的で大人度の高い女ばかりを五人揃《そろ》えたに違いない。もちろん全員がかなりの蓄えを持っているはずだ。それほどに彼女は現実的で用意周到だ。

そんなことが友美にできるだろうか。考えるまでもない。絶対に無理だ。

「結婚だけが人生じゃないよね。里奈の友だちだって、今のところ誰も結婚してないもの」

「うん、友美の友だちも、ほとんどが独身だけどね……」

本当は違うのではないか。結婚した友人とは疎遠《そえん》になっていくものだ。特に子供が生まれると、忙しさから連絡が途絶えがちになる。それは自分にも覚えがある。子育てと家事と会社勤めの多忙な日々の中に、自分の時間などなかった。土日に独身の友人から誘われても、「悪いけど忙しいの」と断り続けていた。学生時代の友人たちと再び会うようになったのは、子育てが一段落した四十代半ばを過ぎてからだ。それも、会うのはほとんどが子持ちの友人だ。

「まっ、大丈夫でしょ。なんとかなるよ。そうでも思わないと気分が落ち着かないわ」

モリコの言葉で不安が少しだけ和らいだ気がした。なんといっても、今や独身者が少数派ではなくなったという現実が心強い。

「モリコ、孫って可愛《かわい》いもんなの？」

モリコには、里奈の下に二十九歳の洋平《ようへい》がいる。東都大学を出て都下の市役所に勤める、爽《さわ》やかなスポーツマンだ。あわよくばうちの友美のお婿《むこ》さんにと思っていたのに、洋平は大学を卒業後、ゼミ仲間の子とすぐに結婚して、既に一児のパパとなってしまった。

「うん、やっぱり孫は可愛いもんよ。里奈も『私のこと、里奈おばさんとお呼び』なんて言って可愛がってる。里奈が言うには、『ママにはもう孫がいるんだから、私は独身でもいいよね』って」

「里奈ちゃんなら結婚なんかしなくたって余裕で食べていけるもの。なんせ証券アナリストで高給取りなんだから」

「たぶん、お金に困ることはないだろうけど、でもね、人生いつ何が起こるかわからないでしょう。いつまでも健康で働けるわけでもないんだし。だけど友美ちゃんはいいわよ。なんてったって二十代だもの。今の時代、まだ焦《あせ》る必要ないわよ」

気づけば慰め合っていた。

あのとき、どうして慰め合うことになったのか。

口ではなんとかなると言いながら、互いに不安を払拭《ふっしょく》できていなかったからではないか。

——里奈が結婚することになりました。

飽きもせず、年賀状の小さな文字をじっと見つめていた。モリコとあんな会話を交わしてから、半年しか経っていないというのに……。

本来なら、すぐにでも電話して祝福の言葉を言うべきなのだ。それも思いきり明るく。例えば……。

——里奈ちゃん、結婚するんだってね。本当におめでとう。良かったわね。お相手はどんな人なの？

それとも、遠慮なくこちらの気持ちをぶつけたっていい。もちろん冗談めかして。

——あんなこと言ってたのに結婚が決まったって、いったいどういうことよ。抜けがけなんてひどいじゃないの。でも、まっ、取《と》り敢《あ》えずはおめでとうと言っておくけどさ。で、どうやって知り合ったの？

何度も心の中で言葉を組み立ててみるが、どうしても電話をかけることができなかった。それならばメールにしようと思ったが、打っては消すを繰り返した挙句、やっぱり素直な気持ちになれなくて、結局送信していない。

裏切られた感じを拭《ぬぐ》えなかった。そもそもモリコの方から電話をくれてもよいのではないか。年賀状に小さくたったの一行で報告なんて、あんまりだ。モリコが連絡をくれないのは、こちらに対して申し訳ないという思いがあるからに決まってる。

それはつまり、子供が結婚して初めて子育てに成功したと言えると、モリコ自身が考えている証拠ではないか。弟の洋平はとっくに結婚して子供もいる。そして今度は姉の里奈も結婚する。モリコは親としての務めを果たしたと言っているのも同然だ。

――待ち人来たらず

お神《み》籤《くじ》なんか引かなきゃよかった。

元日に、散歩がてら夫と近所の神社へ出向いたのだった。いつもなら、お神籤なんて見向きもしない。あんな小さな紙きれが二百円もするなんて、神社もいい商売してるよね、と夫婦で悪態をつくのが元旦《がんたん》の恒例行事のはずだった。

それなのに、今年に限ってなんで引いちゃったんだろう。

2

正月休みも終わった初出勤の日、帰りにカフェに寄った。

一週間ぶりの出社で疲れてしまい、帰宅途中で休憩したくなった。窓辺の席で熱いココアを飲んでいると、どこからかカチャカチャと食器が触れ合う音が響いてきた。何気なく目をやると、勤め帰りらしい五十歳前後の白髪混じりの女が皿の上でサンドイッチをバラバラに分解していた。そのすぐ隣に、若い女性の店員が立っている。

女は「キュウリを抜いてくれるように言ったよね」と言いながらサンドイッチの中身を検分している。皿の上にはマヨネーズがべったりついたトマトやレタスやベーコンが放置され、原型をとどめておらず、女の手の平にはパンが載っている。

「キュウリは抜いてあるはずですが」と女性店員がニコリともせず答えた。しばらくして「いいわ、合格」と女が言うと、「ごゆっくりどうぞ」と店員は能面のような顔つきでお辞儀をして去っていった。ウンザリした顔を晒しそうになるのを、やっとのことで踏みとどまっているといった感じだった。

女がふと目を上げ、店内を見回し始めた。その視線がこちらへ来る直前に、千賀子はスマホに目を落とした。

ああいった女を見かけるたびに恐《こわ》くなる。

きっと、あの女は社内でも変人扱いされ、周りは関わりたくないとばかりにいつも遠巻きに見ているのだろう。もちろん会社の昼休みに、ランチに誘う者も誰一人いないに違いない。

カフェ内を見回すふりをして、もう一度チラリと女を盗み見た。白髪混じりの剛毛が爆発していて、芥子《からし》色のセーターの首と裾《すそ》がヨレヨレになっている。会社だけではなく、プライベートでも独り身で、孤立しているのかもしれない。

——おいおい、美容院に行けよ。まるで変な人みたいだぞ。

仮に夫がいたら、きっとそう忠告してくれるだろう。

——お母さん、そのセーター買い替えたら？　その格好で私の友だちに挨拶《あいさつ》しないでよ。

もしも娘がいたら、そう言って叱《しか》ってくれるだろう。

それか独身であっても、

——もうちょっと、こぎれいにした方がいいわよ。

親友がいれば、はっきりそう注意してくれるに違いない。

――あなたね、わざわざ店員を呼んでサンドイッチの中身を点検するなんてみっともない真似《まね》は、金輪際やめなさいよ。

そう言ってくれる母親も兄弟姉妹も、あの女にはいないのだろう。

千賀子は冷めたココアをゴクリと飲んだ。

こういった想像は口に出すと偏見だと言われるから他人には言えないが、あながち間違ってはいないと思う。年を取るにつれ、他人のちょっとした行いや外見からその人の暮らしぶりや境遇が透けて見えるようになってきた。酸《す》いも甘いも噛《か》み分けた中年女になったということか。

友美がこのまま独身で孤独をこじらせたら、あんな風にひねくれた性格になるかもしれない。……想像するだけで涙が滲《にじ》みそうになる。里奈はそういった心配からイチ抜けした。

もちろん世の中には一人でいるのが好きな人間もいる。自分自身がそうだから、その気持ちはよくわかる。結婚後はもちろんのこと、結婚前の恋人同士だったときでさえ、ずっと夫と一緒にいると息が詰まる瞬間があったし、子供が生まれてからは一人になりたいと思ったことは数え切れない。だが、その反面、一年三百六十五日ずっと一人で平気かというと、答えは否《いな》だ。寂しくてたまらないときがある。誰だってそういうものだろう。

だから……やはり友美には家族を作ってもらいたい。結婚相手には兄弟姉妹がいた方がいい。親族が多い方が、イザというときに心強いものだ。

いろいろと考えるうち、再び腹の底から焦りが突き上げてきた。

帰宅して一人で夕飯を済ませたあとも、カフェで見た女のことが頭から離れなかった。

独身といっても人それぞれだ。みんながみんな、ああなるわけではない。良い仲間と充実の毎日を過ごす真由美みたいな人もたくさんいる。

あれこれ考えながら、ソファに脱力して沈み込んでいたとき、頰《ほお》に微《かす》かな風を感じた。

「ただいま。おい、どうしたんだ、ぼうっとしちゃって」

目の前に立つまで、夫が帰宅したことに気づかなかった。

「あ、ごめん。お味噌《みそ》汁、いま温めるね」

ソファから立ち上がり、台所へ向かう。

「いいよ、そんなの自分でやるから。今日のチカちゃん、なんだか疲れた顔してる」

「ねえ、フクちゃんの会社に友美にお似合いの男性、いない？」

いったい何度目の問いかけだろう。

夫の福田清彦《きよひこ》は大学の同級生だった。結婚後は千賀子も福田姓になったのだが、大学時代と変わらず夫をフクちゃんと呼んでいる。

「前にも言ったけどいないよ。妙齢の女性社員なら大勢いるけどね」

ネクタイを緩めている夫が、これまたいつものように応《こた》える。

夫は五十歳を境に中堅の証券会社から小さな通販会社に出向になった。そこは女性社員の割合が多く、数少ない男性社員は引っ張りだこで結婚が早いらしい。

「仮に良さそうな若い男が会社にいたとしてもだよ、うちの娘と見合いしないか、なんて言ったりしたら、今どきはパワハラで訴えられちゃうよ」

「そうなの？　そう言われればそうか。何だかややこしい時代になったわね」

「友美はまだ帰ってないのか？」

「うん、今日も残業みたい」

「ふうん」と言いながら夫は壁の時計を見上げた。「最近の友美、暗いよな」

「疲れてるみたいよ」

友美は大学を卒業後、アパレル関連の会社に勤めている。正社員とはいうもののアルバイトの女子高生たちとともに店に立つ毎日で、本社勤務には就けそうにない。そのうえ入社以来、昇給はほとんどないし、残業代も半分くらいしか出ないという。年末年始もバーゲンで忙しかった。

夫がトースターで温め直したトンカツを食べる隣で、千賀子はリンゴを剝《む》いた。

「仕方ないわよね。友美は残業も多いんだし、女性向けのショッピングビルに店舗があるから周りは女の子ばかりで、出会いの場がないよね」

「そんなのモテない人間の言い訳だよ。俺の高校時代の同級生の坂上《さかがみ》を見てみろよ。大学院時代はもちろんのこと、就職後も研究室に閉じこもってばかりで周りに女なんて一人もいなかったのに、同級生の中で一番乗りで結婚したんだぜ」

「そうだったわね。そのうえ浮気がバレて離婚されたと思ったら、半年もしないうちに再婚したんだったよね。あれだけのイケメンエリートは滅多にいないから、女が放っておかないんでしょうね」

「あそこまでイケメンじゃない男だって、結婚してるヤツは大勢いるよ。周りに女がいなかろうが、毎日残業続きだろうがさ。逆に、周りに異性が大勢いて、しかも定時上がりなのに恋人がいないのもいっぱいいるよ」

「そりゃそうかもしれないけど、でもきっと友美は毎日疲れきってて、それどころじゃないのよ」

「それも違うと思うよ。職場に好きな男でもいれば、どんなに忙しくても人間は生き生きするもんだよ」

「そうか……確かに」

リンゴをひとくち齧《かじ》った。甘酸っぱい。

今後、友美は甘酸っぱい思いをすることもなく年を取っていくのだろうか。

3

千賀子はパソコンから顔を上げないようにして、向かいの席の男女のやりとりに耳を澄ませていた。

「ジジ、ちょっといい？　俺この前、ちゃんと説明したよね？」

深沢久志《ふかざわひさし》の怒ったような声が聞こえてくるが、その声の中に甘やかな匂《にお》いがするのを聞き逃さなかった。

千賀子は我慢できずに、顔の角度はそのままで目だけ上げ、ちらりと深沢を盗み見た。深沢はわざとらしく唇を尖《とが》らせてはいるが、思った通り、その目は怒っていない。彼は社員の中でも、とびきり優秀なだけでなく、立ち居振る舞いに育ちの良さを感じさせる好青年だ。イケメンではないがスラリとして清潔感があり、千賀子は以前から好感を持っていた。深沢のような男が友美と結婚してくれたらどんなにいいだろうとも思っていた。

深沢の隣の席は正社員のジジだ。今日はピンクのふわふわしたセーターを着ている。

千賀子がパソコンに目を戻したとき、ジジの甲高い声が響いてきた。

「ごめんなさい。忘れてましたぁ。せんぱい、すみませぇん。私、ドジなんで」

ドジなうえに頭も悪いだろ、と千賀子は心の中で容赦ない言葉を浴びせかけた。

これも更年期障害の一種なのだろうか。いつ頃からか、男に媚《こ》びる女の甘ぇ声を聞くと、背筋がゾッとするくらい嫌な気持ちになるようになった。

今井《いまい》未知《みち》はアニメに出て来る黒猫ジジに似ている。顔の面積のほとんどを目が占めているキュートな猫だ。本人もジジと呼ばれることが満更でもない様子なのが、なんとも腹立たしい。

有能な深沢が、どうしてジジのような馬鹿《ばか》女の本性を見抜けないのか。

早い話が、男というものは大抵、顔が可愛くて甘え上手な女が好きなのだ。ただそれだけのことだ。仕事ができるとか、深い思いやりがあるとか、情緒豊かだとか、芸術に深い造詣《ぞうけい》があるとか、そんなことは取るに足らない些細《ささい》なことであって、とにもかくにも目の大きい女が上目遣いでボクをじっと見つめてくれる、そのことに無上の喜びを感じる生き物らしい。

バッカみたい。

ジジ、あなた本当にラッキーだったわね。可愛い顔に産んでくれた両親に感謝なさい。だってあなた、それ以外にいいところなんてひとつも見当たらないもんね。

次の瞬間、鋭い視線を感じて目を向けると、ジジがこちらを睨《にら》むように見ていた。

——オバサン、何か文句ある？　男なんてどいつもこいつも、私が見つめればイチコロよ。オバサンとあなたの娘にこんな芸当ができる？

そう言われた気がして、思わず睨み返してしまった。

デカ目のジジめ。

いや、さすがに被害妄想だ。ジジは私のことはともかく、友美のことなんて知らないのだから。

実家の母に言わせれば、友美だって「色白で和風顔」らしいが、今どきは流行《はや》らない地味顔で、夫に似て妙に眉《まゆ》だけキリリとしている。それに、友美は真《ま》っ直《す》ぐに育ちすぎで、奥手でまともに男性と付き合ったことがないのでは。男性に媚びることを知らないで育つと、よっぽど美人でない限り縁遠くなるものだ。

「福田さん、次の仕事をお願いしていいですか？」

気づけば、事務職の松本沙織《まつもとさおり》がすぐ傍に立っていて、こちらの顔を覗《のぞ》き込んでいた。

「あ、ごめんなさい、気づかなくて」

「いえいえ、こちらこそごめんなさい。集中してお仕事されてるのに不用意に声をかけてしまって申し訳ないです」

考えごとをするとき、怖い顔で宙を睨む癖がある。あまりに真剣な顔つきなので話しかけづらいと、若い頃からよく言われたものだ。今のように、ジジのデカ目憎しと腹を立てていても、周りからはプログラムのロジックを頭の中で組み立てている最中だと思われているので助かる。

「福田さんは本当に仕事が早くて正確で助かってるんですよ」

「ありがとう」と素直に応えた。お世辞じゃないとわかっているのに、わざわざ「私なんてそんな……」と謙遜《けんそん》して見せるのが、年齢とともに面倒臭くなった。

自分は運のいい人間だと思うようになったのはいつ頃からだったろうか。法学部を出た自分がコンピューターのプログラマーになったのは就職口が他になかったからだ。当時は四年制大学を出た女子に企業は冷たく、特に自宅通いではない女子にはほとんど門戸が閉ざされていた。その中でコンピューター関連の企業だけは違った。世の中にはまだパソコンもなかったし、ワードプロセッサーという機械の噂《うわさ》を聞いたことはあったが、それさえ見たこともなかった。だからSEだとかプログラマーと呼ばれる仕事がどんなものか想像もつかなかった。

その当時、女子大学生の中でタイプライターを習いに行くのが流行っていたので、千賀子もしばらく通っていたことがある。だからブラインドタッチだけはできた。それがコンピューターの仕事に就いたときに役立った。

「次の仕事は、配当計算のプログラムなんですが」と沙織は仕様書一式をドサリと机の上に置いた。

「難しそうね」

「そうなんです。複雑で難度が高いんですよ。ですから是非とも福田さんに作ってもらいたいと思いまして」

沙織は三十五歳で独身だ。美人ではないが上品で真面目《まじめ》で人当たりもいい。年上の女性に好かれるタイプだ。こういった女性は、昔から縁遠いと相場が決まっている。

ジジのように鼻持ちならない女とは対極の位置にある。

「わかったわ。で、納期までのスケジュールはどうなってるの？」

六十近くになって、自分ほど稼げる女は少ないだろうと千賀子は思う。派遣といえば貧困の象徴のように世間では言われているが、プログラマーは別格である。ただ、身分は保証されていないし、ひとつのプロジェクトが終わる毎《ごと》に派遣契約が終了する。そのたびに、もう二度とどこからも声がかからないかもしれないと不安になるが、実際は、すぐに次のオファーが来て、この三十年近く、仕事が途切れたことはない。子育てにお金がかからなくなってからは、プロジェクトが終了すると二週間ほど休みを取り、旅行をして英気を養ったり、家事に専念して暮らしを楽しんだりする。それから、やおら次の仕事に入ることにしている。

大学生のときは、就職活動で全人格を否定されたような敗北感を嫌というほど味わった。だが五十七歳となった今では、当時の同級生たちに羨ましがられている。彼女らの多くは企業に就職したものの数年後には寿《ことぶき》退社した。出産後、社会に復帰しようとしても、簡単にはいかなかったが、自分にはプログラマーの経験があり、派遣の仕事を続けることができた。それを考えれば、人生とはどこでどうなるかわからないものだとつくづく思う。どんな幸福が待ち受けているのか、それとも待ち受けているのは不幸なのか、今後どんな世の中になっていくのか、想像もつかないからこそ、友美の将来が不安なのだ。

友美がこのまま独身でいるのならば、少しでも多く財産を遺してやらねばと考えたこともあった。だが、人間一人が死ぬまで安泰に暮らせるだけの額を残すことなど、庶民には到底無理だとすぐに気がついた。仮に友美が九十歳、百歳まで生きるとしたら、本人の貯蓄や年金以外に、いったいいくら遺しておいてやれば足りるのか。そういうのは、たぶん資産家だけが可能なのだろう。例えば、都心の一等地に賃貸マンションを所有していて家賃収入が入ってくるというように。

やはり庶民は結婚して家族を増やしておいた方が安心だ。自分が友美一人しか産んでいないのに、こんなことを思うのも気が引けるが、なるべくなら子供の数は多い方がいい。

昼休みになり、郵便局に行った。もうすぐ実家の母の誕生日なので、プレゼントを送るためだ。

自分が結婚した頃は、嫁入り道具という言葉がかろうじて残っていた。代表的なのは、洋ダンス、和ダンス、鏡台の婚礼三点セットと呼ばれるものだ。その和ダンスの中には、母が誂《あつら》えてくれた訪問着や付け下げや小紋と、それに合う帯や帯締めなどが収められていて、紋付きの喪服まであった。だが、なかなか着る機会がなく、いまだに仕付け糸がついたままタンスの中で眠っているものが少なくない。

そう考えると、自分は時代の変わり目にいたのだと思う。昭和ひと桁《けた》生まれの母親たちと、その娘世代では生活スタイルが大きく変わってしまった。それと同じように、普段はそれと気づかなくても、自分と友美の世代も、物事に対する感覚がきっと大きく違うのだろう。

せっかくの着物なのに着る機会がないのを母に申し訳ないと感じたこともあったが、考えてみれば、着物を誂えたのは自分の希望ではなくて母の楽しみだった。だから娘の自分が気に病むことではないと考えを改めるようになった。それに、あの頃は日本全体がバブル景気に沸いていた時期でもあった。

先週、久しぶりにミシンを出して帯でバッグを作り、それを今回の母への誕生日プレゼントとした。宝の持ち腐れになるよりはいいだろう。

「七十五番の方、窓口へお越しください」

整理券の番号を呼ばれ、小包を持って窓口に近づこうとしてハッと息を呑《の》み、思わず立ち止まった。

窓口の女性が、ふだんよりぐっと老《ふ》けて見えた。女性は、「どうぞ、こちらへ」と言いながらも、立ち止まってしまった千賀子を怪訝《けげん》そうに見ている。

ふと我に返り、「ゆうパックでお願いします」と急いで笑顔を取り繕って小さな荷物を差し出した。

「少々お待ちください」

メジャーでテキパキと大きさを測る女性局員の横顔を、そっと観察した。

——この女性は、既に曲がり角を曲がってしまった。

残酷なことだが、誰しもある日突然、老ける。

たぶん、「ある日突然」と感じるのは錯覚で、十七、八歳を過ぎる頃から老いというものはじわじわ忍び寄っているのだろう。男女ともに若いときは美形でなくてもそれなりに清潔感がある。そのうえ、たとえ態度が悪くても、どことなく可愛げがあるものだ。それは、歳を重ねた自分が彼らを見て、自分にも身に覚えのある若さゆえの愚かさだと勝手に解釈するからかもしれないが。

どちらにせよ、それらの眩《まぶ》しい若さは「ある日突然」消えてしまうらしい。

そうだ、友美だってそうなる。

それも、あまり遠くない日に。

またもや腹の底から焦りがムクムクと湧《わ》き出てきた。

4

夫は箸《はし》を置き、テレビのリモコンを引き寄せて音量を上げた。

「おい、チカちゃん、面白そうな番組やってるぞ」

テレビに映っているのは大勢の初老の男女だった。青空の下で何やら白い紙らしき物を交換している。

画面下にテロップが出た。

――北京《ペキン》人民公園、通称「お見合い広場」

ナレーターが淡々と話し始めた。

――昨今の中国では、親同士による代理お見合い会が盛んです。結婚適齢期の子を持つ親同士が、子供に代わって相手を探すというものです。こちらをご覧ください。赤煉瓦《れんが》の塀には、隙間なくびっしりと身上書が貼《は》り付けられています。少なく見積もっても、数万人分はあるでしょうか。

「さすが中国だ。スケールが違うよな」

感心したように夫が言い、付け合わせの豆もやしを頬張った。

「私たちと同じ世代かしら」

塀に群がる親たちは六十歳前後だろうか。熱心にメモを取っている。その真剣な横顔に、切実な思いが表れているようで、自分の気持ちと重なった。

画面が切り替わり、一枚の身上書がアップで映った。写真の中の娘は、ラメをふんだんに使った派手なパーティドレスのようなものを着ていて、頭にはティアラまで載せている。母親たちが揃って地味な服装なのと対照的だ。娘は自分なりに考えて、少しでも美しく見せようと工夫したのだろう。

――身上書には、年齢、学歴、職業、年収などが書かれています。親御さんたちは、少しでも好条件の相手を見つけようと必死です。女性が男性に求める条件として譲れないのは、年収と学歴です。それとは別に、自家用車と北京市内にマンションを持っているとポイントが跳ね上がるとのことです。

カメラがスタジオに戻った。

白い丸テーブルを挟んで向かい合っているのは、司会者の男性と有名大学を出ている女性お笑いタレントだ。

――やっぱりアレですか？　中国でも女性は若い方が持て囃《はや》されるんでしょうか。

男にフラれてばかりで、気がつけば四十代になっていたという自虐《じぎゃく》ネタで売ってい
る彼女が身を乗り出した。
——そのようですね。中国では二十七歳を過ぎた女性をこう呼ぶらしいです。
司会者が「剰女」と書かれたボードを出した。
——その漢字、わたし見たことあるよ。剰余算の剰だよね。どういう意味なの？
——売れ残りと訳されているようです。
——やっぱり？　ゲッ、キツイなあ、もう。
お笑いタレントが大袈裟《おおげさ》に泣き顔を作ると、妻子持ちの司会者は屈託なく笑った。
——二十代前半の人は、相手に求める条件が細かいらしいです。でも年齢が上がっ
ていくにつれて、条件はどんどん緩くならざるを得ないですね。
——それそれ、それは日本でも同じだよ、全く腹が立つ。私は年を取るにつれてギ
ャラも上がってるし、少しは人間としても成長してると思うんだけどなあ。それなの
に、どうして結婚市場での価値は下がっちゃうのかなあ。それにしても、中国人のお
父さんやお母さんは必死だね。あの形相、私は見てらんないよ。まるで自分の親を見
るようでさ。
——中国では、日本のように社会福祉が整備されていないんですね。ですから一生

独身でいるのは非常に大きなリスクになるんです。

「すげえなあ。学歴と年収かあ」と夫が箸を置いた。「よくも条件だけで割り切れるもんだよなあ」

まるで夫のつぶやきが聞こえたかのように、司会者は続けた。

――中華全国婦女連合会が行った調査によりますと、二〇〇七年には、相手を選ぶ条件として最も大切なことは人柄や性格であると、七十七パーセントの人が答えています。経済力と答えた人は、たったの三パーセントに過ぎませんでした。考え方が大きく変わった原因は、二〇〇八年の世界金融危機によると言われています。それは中国経済だけでなく、結婚観にも影響をもたらし、回答者の七割近くが経済力と答えるようになりました。

「こういう番組の作り方ってどうなんだろうな」

夫は食後の茶をひと口飲むと言った。「まるで中国人は金さえあれば、あとはどうでもいいみたいな印象を与えるよな。中国人だって人柄を重視することに今だって変わりはないと思うぜ」

「でも、アンケートの結果はそうじゃなかったよ。車とマンションもあった方がいいって言ったじゃない」

「条件の揃っている男なら誰でもいいってわけじゃないだろ。その中から更に性格の合うのを探すんだと思うよ。誰だって金はないよりあった方がいいに決まってる。社会福祉が行き届いていない国なら死活問題だもんな」

「なんだ、そういうことか。だったらあの親たちの気持ちもわかるよ。いくらお金持ちでも性格や考え方が合わなきゃ無理だよね。もちろんそれ以前に暴力を振るう男は論外だし、ギャンブル好きもダメだし、アルコール依存症なんて、どこの国でも話にならないもんね。それにさ、親がいいと思ったって、実際に会ってみて人となりを判断して決めるのは、結局は本人同士なんだろうしね」

「そう、そういうことだよ。でも日本だって社会福祉が充実しているとは言いされないよな。生涯独身でも楽に生活していける人は勝ち組だけだよ」

「うん、格差はどんどん広がっていってるしね」

「ところで友美はどうなんだ？　本当に彼氏はいないのか？　隠してるってことはないか？」

夫のこの質問も何度目だろう。

「私が見たところ、今まで男性とまともに付き合ったことはないと思うよ。でも、友美だってもういい歳した大人なんだから、親が口出すことじゃないよね。結婚したいと思うなら、合コンに参加したり婚活サイトに登録すればいいんだもの。今の時代は、そういうのがいっぱいあるんだから」

「俺たちが若かった頃は自分で相手を見つけるのが普通だったよな。従兄弟《いとこ》のヤッちゃんなんて、本当は見合い結婚のくせに、テニス教室で知り合っただなんて、結婚式で司会者に言わせてかっこつけてたもんね」

夫はポンカンを食べながら、スマートフォンで何やら検索を始めた。

「あれ？　日本にもあるんだな、その親婚活ってヤツ」

「えっ、そうなの？」

そのとき、玄関ドアが開く音がした。

「ただいま。なんか食べるものある？」

友美は就職して五年は寮で暮らした。六年目以降は寮を出るという決まりが会社にあったので、アパートを探したが、家賃の高さと給料の安さを天秤《てんびん》にかけた結果、自宅から通うことに決めたのだった。会社は自宅から近いので、そもそも寮暮らしをする必要はなかったのだが、本人の自立のためと勧めたのは千賀子だった。その方が結婚が早いと考えた。

自分たち夫婦もそうだった。自分は広島の出身で、夫は山形の出身だ。二人とも地元の高校を卒業してから大学進学で上京して一人暮らしを始めた。人は親元を離れることによって孤独と家庭のありがたさを知り、寂しさを埋めるために、誰しもパートナーを見つけようとする。

友美もそうなることを期待したのだが、五年の間に真剣な交際をした男性はいなかったようで、目論見《もくろみ》は外れて親元に帰ってきてしまった。

「なあ友美、お前は結婚はしないのか？」

夫はどうしてこうもストレートな物言いしかできないのだろう。デリカシーがなさすぎる。

案の定、友美は嫌な顔をした。夫をチラリと見ただけで返事もしない。

「今テレビでさ、中国の親の代理婚活を見たところなんだよ」

「へえ」と友美は興味なさそうに応えながら台所に入っていった。冷蔵庫を開ける後ろ姿が見える。

「母さん、鍋に残っているカレイの煮付け、食べていい？」

「いいわよ。余ってるから」

本当は友美の分も作ったのだった。二十八歳にもなって母親に身の回りの世話をしてもらう生活は、決して本人のためにならないと考え、友美の食事の用意はしないと決めていた。だが、毎日疲れた顔で夜遅く帰ってくる姿が不憫《ふびん》で、つい三人分を作ってしまう。食卓に箸を揃えてきっちり用意したり、味噌汁を温め直したりしてやらないだけで、冷蔵庫や鍋の中には、いつも「余り物」として入れてある。

「よかったらジップロックに入っている豆もやしのナムルも食べてちょうだい」

「うん、いただく。ありがと」

「なあ友美、お前は結婚したくないのか？」

「したくないわけじゃないよ。いつかはしたいと思ってるけど」

「……そうか」

そこで会話が終わる。いつものことだ。

仕事に追われる毎日で、休日の友美はほとんど寝てすごしている。二十八歳といえば、五十代の自分から見たら若いに決まっているが、体力面では既に若くはないことを自分は知っている。

――私はもう若くない。

忘れもしない。自分がしみじみそう感じたのは二十七歳のときだった。それまでは、どんなに疲れていても一晩眠れば体調は元に戻ったはずなのに、何日経《た》ってもなかなか戻らなくなっていた。もちろん体力は人それぞれだから一概には言えない。だが友美は、健康とはいうものの決して丈夫な方ではないし、自分の娘だから自分と似たようなものではないか。

千賀子は、テーブルに手をついて「よっこらしょ」と言って立ち上がり、友美の箸くらいは出してやろうとしたとき、夫がじっとこちらを見ていることに気がついた。

夫は微かに、だがしっかりと頷《うなず》いた。

夫のその表情を見たのは久しぶりだった。何かを決意したときに見せる顔だった。

5

今日も夫と友美の帰りは遅い。

夫は展示会の準備で祝日出勤だ。

テレビニュースで成人式の様子を見ながら夕飯を作った。

色とりどりの振袖《ふりそで》を着た女性たちが映っている。まさに花が咲いたような華やかさだった。中には、二十歳とは思えないほど老けて見える女性もちらほらいる。肌は若いが小太りでオバサンみたいだ。それを見て少し安堵《あんど》する。二十歳の若さだからといって、みんながみんな魅力的というわけでもない。

フフッと、思わず苦笑が漏れた。

そんなの当たり前じゃないの。だって自分が大学生のとき、若いという理由だけで同級生がみんな魅力的だなんて思ったこともなかった。モテるのは美人でスタイルの良い子だった。若いというだけで価値を見出《みいだ》すのは中高年だ。つまり、結婚相手となる若い男性は、若さで誤魔化されることはないということだ。

人間は男も女も外見じゃないよ、中身だよ、性格だよ、誠実さだよ、などと堂々と言う人が最近は少なくなった。今どきは小学生の女の子でも、小遣いの大半を洋服やアクセサリーや化粧品に使う子がいると聞く。

そんなことをつらつら考えながら夕飯の準備を終えると、冷えきったベランダに出て、昨夜干した洗濯物を取り入れてから、さっき洗濯したばかりのシーツを干した。

群青《ぐんじょう》色の夜空を見上げると、星が幾つか瞬《またた》いている。

「ただいま」

すぐ背後で声がしたので、驚いて振り返ると、夫がベランダに顔を出していた。

「あら、お帰りなさい」

「焦った方が良さそうだな」と、夫はいきなり言った。

「なんのこと？」と言いながらベランダから部屋の中に入り、そのままリビングを横切って台所に戻ると、南瓜《かぼちゃ》のポタージュスープの入った琺瑯鍋《ほうろうなべ》を火にかけた。後ろから夫がついてくる。

「友美の結婚のことだよ。仕事の合間にネットで婚活事情を調べてみたんだ」

夫は通販会社に出向になってから、窓を背にした部長席に座っているらしく、たまの息抜きにネットを検索してもバレないという。ずっと証券会社で株やお金だけを取り扱ってきたのに、今になって不慣れな営業部門に配属され、最初の頃は「俺のサラリーマン人生、いったい何だったんだろう」と落ち込むこともしょっちゅうで、「ノイローゼになりそうだよ」と言っていたのに、今では「この世で一番難しくてやりがいのある仕事は営業だ」と言いきるようになった。「俺は気持ちの切り替えがうまいんだ」などと本人は自慢げに語ったが、本当は、定年が間近に迫っているからではないかと千賀子は見ている。あと数年の辛抱だと思えば、畑違いであっても部長職とそれなりの給料がもらえていることに、感謝するようになったのではないか。だが、営業で外を回っている部下たちが会社に戻るまでは部長の自分が帰るわけにはいかず、毎日のように居残っていて帰りは遅い。

「今日はずいぶんと早かったのね。私も夕飯まだなのよ」

「うん、今後はちょっと考えを改めようと思ってさ」

「どういうこと？」

「自分の仕事をきちんとこなしたら、さっさと帰ろうかと思う」

考えたら当たり前のことを、夫は今更ながら言い出し、流しで手を洗った。そして食器棚からスープ皿とスプーンを二人分出してトレーに載せると、まな板の上でフランスパンを斜めに切り始めた。

「チカちゃんは何枚食べる？」

「そうねえ、二枚かな」

「チーズ載せる？」

「もちろん」

千賀子が安価なオージービーフのフィレステーキを焼く隣で、夫は手際《てぎわ》よく夕飯の準備を整える。夫は焼き魚に煮物というような和食よりも、カフェのランチみたいな食事を好む。そのせいなのか、横顔が弾んで見える。

まだ友美が幼かった頃、共働きなのに家事も育児も夫は手伝ってくれず、心身ともに疲弊して苦しんだ時期があった。大学時代の同級生なのに、家事育児は妻がやるものだと決めつけている夫に殺意に似た感情を抱いたことも一度や二度ではない。その不公平感や屈辱に耐えられず、溜《た》まりに溜まった怒りは、ある日爆発した。

——フクちゃんがこれほど思いやりのない男だとは知らなかったよ。どれだけ私を働かせれば気が済むの？　あなたも一年三百六十五日献立を考えて夕飯を作ってみなさいよ。毎日早朝に起きて友美の世話をしてみなさいよ。友美が夜泣きするたびに、抱っこして家の中をウロウロしてみなさいよ。寝不足でフラフラしていても私は九時には出社しなくちゃならないのよ。重労働なんだよ。死にそうなんだよっ。

あのとき夫は驚き、呆然《ぼうぜん》としていた。外で嫌なことがあったか、虫の居所が悪いのかと勘違いしていた。だから言った。

——今後も改善されないようであれば、実家に帰らせていただきます。

そう啖呵《たんか》を切ったとき、千賀子が憎しみと悲哀に満ちた目をしていることにショックを受けたと夫から聞いたのは、それから十年以上も経ってからだった。

その後、夫は目に見えて変わっていった。帰宅後すぐに家事をやるようになった。千賀子がいちいち指示を出さなくても率先してやるべき家事を見つけては自らやるようになるには、それからさらに十年ほどかかったが。なんと長い道のりだったことか。いつだったか、そのことを友人たちに話したことがある。彼女らも千賀子と似たような行動に出た過去があると口を揃えた。だが驚いたことに、結果は全く違った。彼女らの夫は逆ギレしたり、怒って何日も口をきかなくなったりしたらしい。不機嫌な状態があまりに長引いて、家庭内の雰囲気がギスギスし、そのうち子供たちも父親には近づかなくなった。これじゃあ教育上よろしくないと、丸く収めるために彼女らは自分の方から折れた。今も離婚しておらず、表面上は順風満帆のように見えるが、心の中では恨みがたんまりと積もっていると言う。そういう話を聞くにつけ、自分は当たり籤《くじ》を引いたと思わざるを得ない。夫は高給取りでもイケメンでもないが、人間として最低限の思いやりは持ち合わせている。女が訴えなければ気がつかない鈍感な面はあるが、根は善良だ。そんな男と結婚して正解だったと、年齢を重ねるにつれて、しみじみ思うようになった。

「こんなに早く帰って、周りの人に何か言われなかった？」

「どうせあと数年で定年になるような男をわざわざ馘首《くび》にはしないだろ。それに、仕事は朝イチから集中してきちんとやってるし。それより定年後のことを今からしっかり考えておいた方がいいと思ってさ。何かの資格を取るなら定時で上がって勉強した方がいいだろ」

「それもそうね。あ、ワイン買ってきたけど飲む？　七百五十円だけど美味《おい》しいらしいの」

「いや、今日の俺はカフェオレの気分」

「じゃあ私もそうする」と千賀子が言うと、夫は早速インスタントコーヒーの瓶を棚から取り出した。

「ところで友美の結婚のことだけどさ、今の時代でも三十歳を超えたら結婚するのは難しいらしいぞ」

「そんなことないでしょ。三十歳で独身なんて人いっぱいいるじゃない」

「俺もそう思ってたけどさ、ネットの情報によると、晩婚化って言われてる今でも、半数は二十代で結婚してるらしいよ」

「そうなの？」

ふと、既婚の甥《おい》や姪《めい》の顔が思い浮かんだ。彼らが結婚したのは二十代だった。みんながみんな三十歳を超えてから結婚するわけじゃない。言われてみれば当たり前だ。

もしかして自分は、我が娘に不利な情報に正面から向き合えなくなっているのか。

――三十歳過ぎて独身なんて、今や普通のことよ。

――離婚率も高いし、無理して急いで結婚しない方がいいのでは？

そう言って自分を納得させようとしていた面は否めない。それが都心部に特化した情報だとわかっているのに。だって、故郷に住む姉の勢季子《せきこ》が、自分の娘のことを嘆いていたではないか。

――亜季《あき》の同級生なんて、ほとんど二十代半ばまでに結婚したわよ。今や子供が二人いるのが普通よ。中には三人いる子もいる。うちの亜季みたいに三十歳を過ぎても結婚しそうもない女の子は田舎じゃ少数派よ。なんだか不安だけど、まっ、いいか。そもそも親が口出しする問題じゃないしね。

そう割り切れるのは、亜季が大手食品メーカーに総合職として勤めていることもあるし、姉自身が三十代で離婚したからだ。

オーブントースターがチンと鳴り、夫が「アチッ」と言いながらパンを取り出した。焦《こ》げたチーズの香ばしい匂いが台所に立ち込める。

「お肉も焼けたわ」

粒胡椒《こしょう》をこれでもかというほど載せると、安い肉でも熱いうちならなかなかイケる。ダイニングに運び、向かい合って座った。

「いただきます」

「いただきます。で、チカちゃんはどう思う？　このまま放っておいて友美が結婚できると思うか？」

「このままじゃ難しいかもね」

そのうちいい人ができるに違いないと、のんびり構えていた時期もあった。だが、雌としての旬《しゅん》を過ぎつつあることを認めざるを得なくなっている。適齢期だとか旬だとかを口にするのが憚《はばか》られる世の中になり、何でもかんでも差別だとかハラスメントなどと糾弾されてしまう風潮だ。だが厳然たる現実から目を逸《そ》らすことはできない。

高校生や大学生の頃の友美は、目鼻立ちは地味でも、肌が輝いていて若々しかった。あの頃はリビングや廊下ですれ違う度に、思わずその若い頬に触れたくなったものだ。それほどまでに瑞々《みずみず》しくて水蜜桃《すいみつとう》のようだった。

だが、今はもう……違う。

娘を持つ母親として、もっとしっかりしなければ。世間の風潮に流されている場合ではない。

自分は既に五十年以上も生きてきた。友美よりは世の中を知っているつもりだ。後悔先に立たずという言葉ほど恐ろしいものはない。自分のことならまだいい。だが娘のことになると、死ぬ間際まで後悔で苦しみそうな予感がする。

「友美は休みの日は何してるんだ？」

「寝てることが多いけど、ＤＶＤを見たり音楽を聴いたり、たまには学生時代の友だちと食事してるみたいよ」

「友だちって、女？」

「うん、たぶんね」

「今は楽しいかもしれないけどさ、年を取ったらどうなる？」

「そうねえ、客室乗務員の真由美なんかも独身だけど、彼女の場合は……」

「あんなリッチな女と友美を比べてどうすんだよ」

「うん、それもそうか、稼ぎだけじゃなくてタイプも違うしね」

あの派手な顔立ち、五十七で大きな赤い花柄のスカーフを使いこなせる真由美……。

「なあチカちゃん、もしも仲のいい友だちから三百万円貸してほしいって言われたらどうする？」

「は？　突然、何の話よ」

「どうするんだよ。三百万円、貸すのか？」

「貸さないわよ。そんなことしたら友情が壊れるじゃない。お金っていうのはね、いざというときは身内に借りるものよ。つらい状況にある友だちに私がしてあげられることは、話を聞いて慰めてあげることくらいよ」

「だよな。三百万円も貸してくれるのは親族だけだよ。友だちは貸してくれない」

「フクちゃん、いったい何の話をしてるの？」

「友美は一人っ子だぜ。俺たちが死んだ後、アイツ一人で大丈夫だと思うか？　俺の兄貴やチカちゃんのお姉さんだっていつまでも生きてないぜ。まさかタッちゃんやマリちゃんとかの従姉弟に頼るわけにはいかないだろ」

「そりゃそうよ。友美が年を取った頃にはタッちゃんだって年寄りになっているし、まさかタッちゃんの子供に頼るなんてあり得ないわ。確かまだ二歳だけど、今後も会う機会だって少ないだろうし」

「四十代、五十代まではいいよ。定年まで今の会社に勤め続けることができれば六十代だってそれなりにやっていける。でもそれ以降はどうなんだ。友美は社交的な性格でもないし、貯蓄も少ない。友美がこのマンションに住み続けるとしても老朽化して補修費用がかかるだろうし、リフォームなんてことになったら相当かかるだろ」

「考えれば考えるほど不安になるよ」

　食事を終えると、夫が食器を洗った。千賀子はその隣に立ち、布巾《ふきん》で次々と拭《ふ》いていく。

　そのあと三人がけのソファの端と端に座った。真ん中の席にはさっき取り入れた洗濯物が堆《うずたか》く積まれている。テレビを見ながら二人で畳んで、ガラスのローテーブルの上に積み重ねていく。その一連の流れ作業が、何年も前から夫婦の習慣になっていた。

「人生は色んなことがあるもんね」

「だろ? 病気や怪我《けが》はもちろんのこと、天災だってあるよな」

やはり独身のままでは心配だ。

6

夕飯の後、夫とテレビを見ていると、ガチャリと玄関ドアが開く音がした。

「ただいまあ」

今日もまた声に疲労が滲み出ている。

——ママ、あのね、今日学校でね、ねえ、ママ、ちゃんと聞いてる?

高校時代には、千賀子が会社から帰ってくるなり、そんなはしゃいだ声が聞こえたものだった。だが、久しくそんな声を聞いてない。

「なあ、友美、結婚のことだけどな」

夫が、待ってましたとばかりに話しかけた。

「また?」

思いきり顔を顰《しか》めてソファの前を通り過ぎ、台所に入っていく。鍋の中を覗いてから火を点《つ》ける姿が、カウンター越しに見えた。

「いつかは結婚するつもりだって、この前言ったよな?」

「言ったけど?」

「いつかって、だいたいいつ頃だ?」

「そんなことわかるわけないじゃん。いい人が現れたらって話だよ」

カウンター越しにチラリと父親を見る。

「で、そのいい人ってのは、そのうち現れそうなのか?」

「神のみぞ知るってとこだね」と他人事《ひとごと》のように嘯《うそぶ》く。

「早い話が当てはないってことだろ。このままじゃマズイんじゃないか?」

夫はいつになくしつこかった。友美もウンザリした顔を隠さない。

日々の生活でいっぱいいっぱいで精神的にも余裕がないのだろう。そのうえ父親から最も聞かれたくないことを、ここのところ連日のように尋ねられる。それもあってかストレスが溜まりに溜まって、今にも爆発しそうな顔をしている。

「合コンに行くこともあるのか?」

「全くございませんが、何か?」

電子レンジが唸《うな》り声を出し始めたので、夫の声が大きくなる。

「婚活サイトに登録はしてんのか？」

「しておりませんが何か？　母さん、この豪州産て書いてあるお肉、食べてもいいの？」

「いいよ。胡椒たっぷりかけて焼くと美味しいわよ」

「おい友美、要はなんの努力もしてないってことか？」

「努力？　結婚って努力してするもんなの？」

ジュッと肉が焼ける音がする。

「親の代理見合いっていうのがあるんだよ」

「この前、父さんが言ってたやつでしょ。北京の公園でやってたのをドキュメンタリー番組で見たって」

「それがさ、日本でもやってるんだよ。親婚活って言うらしい。それに行ってみようかと思うんだよ」

「誰が？」と、友美はガスコンロから顔を上げて振り向いた。

「誰がって、俺か母さんだよ。友美の身上書を持って参加してみようと思うんだ」

「冗談でしょ。やめてよ」

「どうして?」

「かっこわるいじゃん。私は自分で相手を見つけられず、いつまで経っても親がかりのダメな人間ですって世間に暴露してるも同然じゃん。それにさ、そういうところに参加する男側の過保護な親もどうよ。息子だってマザコンじゃないの? どうせモテない男ばっかりなんだろうし」

「だったら聞くけど、お前は……」

夫が呑《の》み込んだ言葉は手に取るようにわかった。

——だったら聞くけどお前は男にモテるのか? よくも人のことをそんなにひどく言えるもんだな。

きっと友美にもわかったのだろう。口を真一文字に結んで眉間《みけん》にしわを寄せ、夕飯を載せたトレーを持ってキッチンから静かに出てきた。ダイニングテーブルにトレーを置くと、こちらに背を向けて黙々と食べ始めた。

「父さんも母さんも、私のこと恥ずかしい娘だと思ってるんでしょ」と背中を向けたまま友美が言う。

言っている意味がわからず、夫婦で顔を見合わせた。

「親戚《しんせき》の中でパッとしないの、私だけだよね。タッちゃんとマリちゃんはもう結婚してるし、亜季ちゃんは独身だけど美人だし、有名な食品メーカーの総合職だもんね」

「なに言ってるの。友美のことを恥ずかしいだなんて思ったことないわよ」

思わず大きな声を張り上げていた。

「世間体のために結婚を勧めてるんじゃないの？」

「まさか、そんなことするわけないだろ。お前の老後を心配してんだよ」

「老後を？　そりゃまた随分先のことまで心配してくれてんだね。自分らの老後もまだこれからなのにさ」

「友美に家族を作ってほしいんだよ。俺たちもいつまでも生きてるわけじゃない。親戚の伯父さんや伯母さんが亡《な》くなったら、頼る人がいなくなるぜ。今は健康で若いから一人でも生きていけると思ってるかもしれないけど、長い人生何があるかわからないからな。俺たちは長く生きてきた分、家族の良いところも悪いところも、友美よりは知ってるつもりだよ。結婚して他人と家族になって、子供ができて孫ができて家族が増えていく。太古の時代から脈々とそうやって人類は生きてきたんだ。タッちゃんの結婚式で、タッちゃんのお父さんが急に泣き出したこと覚えてるだろ？　あのときの気持ち、友美もわかるよな」

「あれには驚いたよ。あんなゴリラみたいなゴツい伯父さんが人前で、それも手放しで泣くなんて」

「あれはな、タッちゃんが生まれてから今までのことが頭をよぎったんだよ。二十数年に及ぶ息子との関わりが次々に思い出されて感極まったんだ」

「だからってあんなに泣くかな」

「経験がないとわからないことがたくさんあるんだよ」

「だけど子供を持つって大変なことじゃん。莫大《ばくだい》なお金がかかるし自分の時間もなくなるし」

「子供のために自分の時間も金も無理してでも注ぎたくなるんだよ。それが親ってものなんだ。ところで友美、日常生活で出会いはあるのか」

「全くないけど？」

「自分の子供が欲しいとは思わないのか？」

「パンダの香香《シャンシャン》なら大好きだけど、人間の赤ちゃんはウザい」

「でも、お前と母さんはよく一緒に買い物に行ったり料理を作ったりして楽しそうじゃないか。将来お前にもそんな娘ができたらいいと思わないか？」

「そりゃあ、生まれてすぐ小学校五年生くらいになれば楽しいだろうけどさ。女の人はみんな赤ん坊の世話が大変で疲れきっていて、旦那《だんな》さんは家事も育児も手伝わないどころか浮気したりして悲惨らしいよ」

そのとき千賀子は、いきなり強烈な嫌悪《けんお》感が喉元《のどもと》までせり上がってきた。

「馬鹿じゃないの？」

思わず口をついて出ていた。「ちゃんちゃらおかしいわよ。そんなの単なる耳年増じゃないの」

友美が振り返り、目を丸くして口を半開きにしたままこちらを見ている。

「結婚したこともないくせに、ああでもない、こうでもないって、噂《うわさ》やら想像やらで決めつけていること自体、結婚している女から見たら滑稽《こっけい》なんだけど」

いつからだろうか。友美が傷つくのではないかと慎重に言葉を選ぶようになったのは。

自分には気が短いところがあり、一度火が点いたら言いたいことを言ってしまい、人間関係につまずいたことが過去に何度もある。だから母娘《おやこ》といえども、言い過ぎないよう自制し、我が娘にさえ気を遣ってきた。果たしてそれは正しいことだったのだろうかと最近になって思うようになっていた。

言いたいことは言ってもいいのではないか。

子供がいっとき傷ついてもいいじゃないの。

子供のためになると思えばこそ、親は口うるさく言うのだ。それに、それほど常識から外れた理不尽なことを言った覚えもない。自分では真っ当なことを言っているつもりだ。自分が悪者になるのを覚悟で、友美のことを思って言っている。

「赤ちゃんのことだってそうよ。育てるのが大変だとか、お金がかかりすぎるだとか、それって独身女が自分に都合のいい情報ばかり集めてきてるだけじゃないの。そうじゃない女性の方がたくさんいるわよ」

「母さんの言う通りだよ。結婚や子育てが大変だなんて言うのは、独身でモテないヤツらだろ。そうやってみんな自分を慰めてるのさ」

夫が更にキツイ言い方をしたので、びっくりして夫の顔を見たが、夫の目は真剣だった。

友美が怒っているかと思ったが、そうでもなかった。神妙な顔つきをしている。

「家族旅行して楽しかったとか、保育園でお遊戯が上手にできて可愛くてたまらなかったとか、そういう話を友だちから聞くことはないのか？　そうか、ないのか。結婚した友だちとは疎遠《そえん》になったからだろ。それとも結婚している友だちは友美に気を遣って、楽しそうなことを言わないようにしてるんじゃないのか？　違うのか？　じゃあ友美はどこからそんな噂を聞いてくるんだよ。単にマスコミに踊らされてるだけじゃないのか。そうだろ。そういう悪いことばかりが印象に残るんだろ。それはきっと、友美自身が未婚だってことに負い目を感じているからだよ」

それはいくら何でも言い過ぎではないか。そう思って友美の顔色をそっと窺《うかが》うが、その表情には、やはり憤《いきどお》りはなかった。皿の一点を見つめていて、何も言わない。深く傷ついたのかもしれないが。

「俺たちも、もうすぐ六十歳になる。そろそろ親の死を覚悟しておいたほうがいいぞ」

「父さんたら、またまた大袈裟だね」と、友美の声が弱々しく響く。

「大袈裟なんかじゃないさ。もう俺たちは若くないよ」

友美がお茶をゴクリと飲んだ。

「友美、よく聞けよ。この日常が永遠に続くわけじゃないんだ。今は親子三人とも元気で、それぞれが外で働いて稼いでいる。だけど俺はもうすぐ定年を迎えるし、それに母さんだって……あれ？　そう言えばチカちゃんはいつまで働くんだっけ？」

「雇ってもらえる限り働き続けたいとは思ってるけど、六十歳以上の人が周りにいないから、どうなるかわからない」

「そうか。ま、どっちにしろ、年月とともに家族の形はどんどん変わっていくんだよ。友美が今後もずっと独身なら、俺たち夫婦が死んだ後、友美はこのマンションで一人で暮らすことになる。脅すつもりじゃないが、実際問題としてマンションも老朽化していく。分譲だからといって、いつまでも住める保証はないんだよ」

「そうなの？　住むところがなくなったら……それは怖いね」

案外と素直な反応をするものだ。何十年も先のことまで具体的に想像したことが今までなかったのだろう。二十八歳にもなって気楽なものだと千賀子は思う。だが、自分は二十代で友美を産んだから、友美の成長とともに先々のことを具体的に考えるようになった。あと何年したら小学校入学、そして次は中学校入学、そしてそのときの自分たち夫婦の年齢は、給料は、預金額は……というように。だけど、子供がいなければ具体的な節目の行事がないから、細かくは考えにくいのかもしれない。

「だからさ、積極的に婚活してみたらどうかって父さんは思うんだよ」

「婚活なんてかっこわるいよ」

「なんでかっこわるいんだ？　出会いを求めるのは恥ずかしいことでも何でもないぞ」

「だって私の同級生で結婚している人たちは、結婚相談所に何十万円もかけたわけじゃないよ。学校や職場で知り合って結婚したんだから。なのに、どうしてわざわざ婚活までしなきゃなんないわけ？　なんか物欲しげでみっともないよ」

「そんなこと言ってる場合か？　二十年後ここで一人ポツンと暮らしていることを想像してみろよ」

「二十年後はまだ父さんも母さんも生きてるでしょ」

「だったら四十年後はどうだ。お前は六十八歳だ。俺たち夫婦はこの世にいない。マンションも老朽化して取り壊されている頃だ」

「それは……まずいね」

「金の問題だけじゃないよ。孤独に耐えられるかどうか、それに病気になったり、何かあったときどうするのかってことだよ」

今日の夫はなかなかいい。真剣に説得を試みようとしている。

「美咲《みさき》や涼子《りょうこ》と一緒に暮らすのもいいかもね」と、友美は大学時代の友人の名を挙げた。

「その友だちだってずっと独身とは限らないぜ」

夫がそう言うと、友美の顔色がさっと変わった。

「そのうち披露宴の招待状が届くかもしれないわよ。それか、来年の年賀状に『結婚しました』って書かれてるかも」

千賀子までついつい脅したくなってくる。もうのんびり構えていられる年齢じゃない。

「それは……有り得るね。今のところは美咲も涼子も彼氏はいないみたいだけど」

「もしも、次々に結婚したら？」

夫が尋ねると、友美は途端に不安げな顔になった。

「そうなると私は一人ぼっちかも。もともと社交的な方じゃないし」

「結婚して子供ができると、みんな自分の家族のことで精一杯になるもんだよ。金も時間もなくなる。そんなとき、例えば友美が相談に乗ってもらいたいことがあっても、相手にしてもらえないかもな。だけど、薄情だと言って責めるのはお門違いだぞ」

「そうよ。私も友美が小さかったときは、友だちとの付き合いは途絶えて、何もしてあげられなかったもの」

「友美が絶対に結婚したくないとか、仕事に生きたいっていうんなら、俺は無理に結婚を勧めない。人生は思ったように生きるのが一番いいからな。でもさ、いつかは結婚するつもりだと言うんなら、今から焦《あせ》った方がいいぞ。そうしないと、日に日に天涯孤独の身になる確率が高くなる」

「私の母は五人兄妹で、父は八人姉弟だった。だから私にはいとこが三十人近くいるし、孫の代となると数えたことはないけど、すごい人数になるの。あの時代はほとんどの人が結婚して子供が二、三人いた。だから、実際に頼ったことはなくても、心の底では心強いと思っていたというか……」

友美を産んだ後は子供ができなかった。一人っ子にしてしまい、申し訳ない思いで声が小さくなる。

「アパートを借りるときや、入院や手術でも保証人がいる。独り者がどんどん増えているから、そのうち国が肩代わりしてくれるような法整備ができればいいんだが」

夫はそう言い、冷めたコーヒーを飲んだ。

「俺はさ、友美みたいにいつかは結婚したいと悠長なことを言っている人間が一番心配なんだよ。俺の会社には四十代の独身女性が何人かいるけど、生涯独身を通すとはっきり決めている女性は、ちゃんと将来の計画を立てているよ。小さいながらも駅から近いマンションを購入しているし、聞けば定年までにローンを払い終えるらしい。だけど、いつか素敵な誰かに巡り会えるかもって漠然と思っているヤツらは男も女も老後の計画を立てていない。海外旅行や洋服なんかにバンバン金を使っている。それなのに、何の根拠もないのに何とかなると思ってる。友美も一生結婚しないならしないできちんと覚悟を持って人生設計をしておいた方がいいぞ」

「そうか……人生は思っていたよりずっと厳しそうだね」と友美が呟《つぶや》くように言う。

「私はね」と千賀子は口を挟んだ。「友美がコンプレックスや嫉妬《しっと》心を持って生きていくことが最も嫌なのよ」と、友美のプライドをいたく傷つけるかもしれないと思いながらも思いきって言ってみた。

「友美のコンプレックスや嫉妬心って、何のことだ？」

「見ちゃったのよ。友だちから来た年賀状を破いて捨ててあったのを」

自分がモリコの年賀状を何度もしつこく読み返すのとは対照的だった。行動は真逆でも、コンプレックスや嫉妬という点では同じだろう。

「母さんたら誤解しないでよ。あれはあまりにひどい年賀状だったんだから」

「どこが？　披露宴での写真だったでしょう。二人でキャンドルに火を灯《とも》すときの」

「あの娘《こ》はね、前々から何でも自分の方が人より上だと思っていて、わざと見せつけるところがあったのよ。アタシはこんないい男と結婚できたけど、アンタには無理でしょってのが見え見えだったよ」

「はあ？」と、夫婦揃って呆《あき》れた声を出していた。

「そういうのを嫉妬というんだぜ」

「そんなことないってば」

「その娘に嫌なところがあったとしても、結婚していたら、その年賀状を見ても特にどうってことはないんじゃない？　せいぜいどんなドレスかなとか、自分のときはレースの形がああだった、こうだったくらいしか思わないものよ。破って捨てようなんて考えもしないわよ。もしかしたらこの先もずっと、赤ちゃんが生まれたとか小学校入学式なんかの写真が載った年賀状も破り続けるかもね」

「そうだな、たぶん死ぬまで引きずるよ」と夫が脅すように言う。

友美は黙ってしまった。表情からは何も読み取れない。

「友美、親婚活のことだけど、試しに俺か母さんが一回だけ行ってみてもいいかな？　一回の参加費は一万五千円だ。登録料も成婚料も要らないから、婚活サイトに登録するよりはずっと安上がりだろ。そこで身上書を交換して家に持ち帰ってくる。それを見て友美が嫌なら断ればいい。それだけのことさ。それほど深刻に考えることでもないさ。気楽にやってみようぜ、気楽に」

夫は友美が返事をする隙も与えず、畳み掛けるように話し続けた。

「来年の正月は、お前の友だちがみんな結婚式の写真を印刷した年賀状を送ってくるかもしれないぜ」

そんないやらしい言い方までするとは、夫の危機感は相当なものらしい。それも毎日のようにネットで現在の結婚事情を調べ、今後の友美の長い人生にまで思いを馳《は》せた結果なのだろう。それを思うと、こちらまで落ち着かなくなってきた。

「私が行くわ」と千賀子はきっぱり言った。「友美が引き止めても私は行くよ。そうしないと一生後悔する気がするから」

「は？　なんで母さんが後悔するの？　後悔するとしたら私でしょう？」

「親も子供もきっと後悔するよ」と夫は言った。そして、「矢沢永吉のことを思い出したよ」といきなり話が飛んだ。

「ヤザワ？　なんで？」と友美は、ぽかんとして父親を見つめた。

「ヤザワの次はクロワッサン症候群で、その次が負け犬だったわね」と千賀子が続ける。

「それ、何の話？」と友美が尋ねる。

「俺が高校生だった頃、矢沢永吉の自伝が爆発的に売れた。俺は読まなかったけど、同級生で読んだヤツが結構いた。その本には、サラリーマンなんていうつまらないものになるな、男だったら夢を追いかけろって書いてあったらしい。それを真に受けて就職もせず、かといって進学もせず、夢を追い続けた同級生は、いまだに独身で貧乏暮らしだよ。つまりさ、成功者の言うことを真に受けるなってことさ」

「お父さんの同級生はどんな夢を持ってたの？」

「ヤザワみたいなミュージシャンになる夢さ。ほかには俳優とか」

「ふうん、無謀だね」

友美はバブルが弾《はじ》けたあとの厳しい時代に育ってきた。就職も氷河期だった。

「で、母さんの言ったクロワッサンなんとかっていうのは？」

「クロワッサン症候群というのはね、クロワッサンという雑誌がシングルという生き方は素晴らしいと書き立てて女性を煽《あお》ったのよ。だから、お金もない、有名でもない、いいおうちのお嬢様でもない、それどころか一流大卒でもなければ大企業に勤めているわけでもない、そんな庶民の女が真似をして、取り返しがつかないことになったのよ。負け犬という言葉にしたって、独身の勝ち組が作ったんだから」

「そうなのか」と友美は宙を見つめた。

「要はさ、成功者はクローズアップされるから目立つだけで、そんなのはものすごく少数派なんだってことを忘れるなよ。現実は想像以上に厳しいんだ。だけど、そのことに三十代では気づかない。五十代で気づいたときにはもう遅い。時間は刻々と迫っている。容赦無く人間は年を取る。友美にも時間はないんだぞ」

夫はカバンの中からiPadを取り出した。

「このグラフを見てくれ。友美の九十歳までの経済と親戚関係がわかるだろ」

友美はフォークを置いて、リビングに入ってきた。

千賀子と友美は、夫の背後から画面を覗き込んだ。

「ここを見ろ。友美が五十歳のときに、俺の兄貴、つまり友美の伯父さんが死ぬ」

人の死を勝手に決めつけているのがおかしくて、千賀子と友美は思わず噴き出した。

「そして友美が五十二歳のときに俺が死んで、五十六歳のときにチカちゃんの姉さんが亡くなる」

「私はいつ死ぬ予定なの？」と千賀子は尋ねた。

「親の世代の中ではチカちゃんは一番最後だ。友美が五十九歳のときだ」

「平均寿命を考えると、確かにその辺りになるわね。だったら友美は今の私くらいの年齢で天涯孤独となるわけね。従姉弟たちには子供がいるからいいだろうけど」

「ひとりぼっちは嫌だなあ」と友美がポツリと言った。「そこまで具体的に考えると怖くなってくるよ」

「だよな。友美は本当に天涯孤独になるよな」と、夫が追い討ちをかける。

「やっぱり結婚した方がいいわよ、友美。私が親婚活に行ってあげるよ。ね？」

「だけど……私みたいなのは、そういうところでもモテないと思うんだよね」

「そんなことないわよ。友美は可愛いじゃない」

「親から見たらどんな子供だって可愛いよね」

「そうじゃないわよ。可愛いと思う男性もいるはずよ」

「希望的観測だね。見合いの場合は写真から入るって聞くし」

「これが最後のチャンスかもしれないぞ。俺たちもこれから年を取ると体力も判断力もなくなってくるし、癌やら糖尿病やら高血圧症になったら、もう親婚活の会場に行くこともできなくなる」

「父さん、最後のチャンスだなんて……」

「そうだ、最後だ」

友美は黙り込み、ダイニングテーブルに戻って残ったお茶を飲み干した。その様子を夫婦でじっと見守る。

「だったら……うん、そうだね、よろしくお願いします」

友美が頷くのにつられて千賀子も強く頷き返す。夫は胸元で小さくガッツポーズをしていた。

いきなり態度が軟化したのは、自分の将来の生活が現実感を伴って想像できたからかもしれない。

それとも、いつかいい人が現れたらと口では言いながら、今のままの生活では、いつかなんていう日は来そうもないと、内心では思っていたのか。

「じゃあ、決まりね。紅茶を淹《い》れるわね」と、千賀子は立ち上がって台所に向かった。

「ねえフクちゃん、親婚活には夫婦揃って行こうよ」

「そりゃあ二人の目で選んだ方が心強いけど、参加費が倍になるんだよ」

「倍？　一万五千円が三万円に？　まったく、いい商売ね。だったらやめとく」

「その分の料金で数多く親婚活に行った方がいいよな」

——数打ちゃ当たる。

夫も自分と同じことを考えているらしい。

どんどん参加しよう。親婚活をやっている会社はたくさんあるようだから。

「どうぞ」と、隣家の主婦からもらった台湾土産のドライマンゴーを、紅茶に添えて出した。ガラステーブルの上に置くと、友美もダイニングの椅子《いす》から立ち上がり、向かいのソファへ移動してきた。

「実はね」と、友美がマンゴーを縦に裂きながら静かに言った。「マルミが結婚するらしいの」

「えっ、マルミちゃんが？　本当？」と、千賀子は驚いて聞き返した。「こんなこと言っちゃ悪いけど、最も縁遠いタイプだと思ってたわ」

マルミは友美の同級生で、顔の形が丸いから小学生の頃からそう呼ばれている。

「この前、喫茶店で待ち合わせしたときに紹介されたのよ。びっくりした。相手の男があまりにかっこわるくて」

「マルミちゃんは小学生の頃からアイドル好きだったよね。あの当時から面喰いだって公言してなかったっけ？」

「だよね。それなのに、あれはないよねえ。でも……羨《うらや》ましかった」

「羨ましい？　なんでだ？」

「相手の人、顔が残念なだけじゃなくて背も低いし太ってるし、見るからにオタクって感じでさ、ブカブカのジーンズとチェックのシャツなんて、いったいいつの時代の格好なのって聞きたかったくらい、ほんとかっこわるいの」

だからさ、なんで羨ましいのかを聞いてんのよ。そう言おうとしたが、夫が話の先を促すように友美をじっと見ているので、自分もそれに倣《なら》った。

「目の前に座ってる私なんか眼中にないって感じでさ、趣味の話で盛り上がっていて、二人だけの世界に浸ってるの。マルミには、あんな男が運命の人に見えるのかって考えると不思議でたまらなかったなあ。恋ってすごいね。ダサい男と冴《さ》えない女のラブラブな様子ってさ、滑稽なんだけど、なんか微笑《ほほえ》ましいんだよね。こういう言い方すると、上から目線みたいで嫌らしいかもしんないけど」

「いいぞ、友美」と夫が力強く言い放った。「お前にその感覚があるんなら、結婚なんて簡単だよ。外見だけでは相手のことはわかりませんって婚活本にも書いてあったからな。お前にも趣味や話の合う相手がきっと見つかるよ」と満面の笑みだ。

最近の夫は、ネットで調べるだけでなく婚活関係の書籍を何冊も買い込んで熱心に読んでいる。何日か前、テーブルに置いてあったのをパラパラとめくってみたが、あちこちにマーカーが引いてあり、付箋《ふせん》もたくさん付いていた。今も夫はやる気が漲《みなぎ》った表情をしている。空回りしなければいいのだけれど。

7

夫はいくつかの親婚活のサイトから、既に一社を選び出していた。それは「良縁いずみ会」という会社で、親会社は大手ゼネコンだ。成婚の折には家を建ててもらおうと宣伝を兼ねているのか、それとも単に婚活業界に手を広げようとしているのかはわからない。夫はホームページの雰囲気が真面目そうで気に入ったといい、千賀子も、そのデザインに良い印象を持った。プログラマーという仕事柄、ホームページの使い勝手の良さでよく練られた設計だとわかるし、洗練されたデザインは資金の潤沢さを物語っている。

早速ネットから申し込むと、翌日にはパンフレットや身上書の用紙などが郵送されてきた。

その夜、三人で身上書の書き方を検討した。

一行目は親の氏名と住所を書く欄だ。高校時代に書道部だった友美が丁寧な字で書き入れていく。二段目は本人に関する欄だが、住所は市区までとなっていて、町名や番地などは書かなくてもよいと注意書きがある。

「ストーカー防止の配慮かもしれないな」と夫が言う。

そう聞くと、なんだか怖くなってきた。もう随分前のことになるが、ストーカー殺人のニュース報道を初めて見たときの衝撃は未《いま》だに忘れられない。それまで千賀子は、恋愛にリスクが伴うなど考えたこともなかった。女にフラれた男はやけ酒を呷《あお》って女を忘れ、男にフラれた女は長かった髪をバッサリ切って心機一転する。そういうのが昭和時代の演歌やポップスの歌詞にもあった。つまり、フラれたつらさを肥やしにして人間的に成長するのではなかったか。それともそんなのは昔話になってしまったのだろうか。

「困ったもんだよな。最近の男はプライドをなくしちゃったのかね。それともプライドが高すぎるのかな」と夫が言う。

「もしかしたら」と、千賀子はふと思いついて言った。「昔は、どんなに酷い夫でも逃げずに耐えるしかなかったんじゃない？　だって、女は結婚する以外に生きる術《すべ》がなかったでしょう」

「そうか、つまり女が逃げなきゃ男も追いかける必要がなかったわけか」

「そうよ。だから昔はストーカーが少なかったのよ。今回の参加者の中にもストーカーになりそうな息子さんがいるのかなあ」と、千賀子は誰に尋ねるでもなく呟いていた。

「親が代理婚活をするくらいだから、息子がストーカーってのはほとんどいないんじゃないかな。少なくとも親子関係は良好ってことなんだろうし」と夫が言う。

「そうよね、親子のコミュニケーションが取れてる家庭ってことだもんね。だったら安心かな」

　親の代理婚活のホームページには、主催者に依らず、こぞって同様の注意書きがあった。

――必ずお子さんの同意を得てから申し込んでください。お子さんが積極的でないと婚活は成功しませんし、相手の方にも大変失礼です。

「母さん、疑い始めたら誰とも交際できないよ。で、次の欄は生年月日と勤務地と最終学歴だね」

特に迷う項目もなく、友美は淡々とペンを走らせていく。

その次の段は、転勤のある男性とのご縁は「可」か「不可」かを問うている。

「転勤はない方がいいなあ」と言い、友美はペンを持つ手を止めた。

「そりゃそうよね」

親元を遠く離れると、子供が生まれたときに苦労する。自分も友美を産んだとき、実家が遠いために誰の助けも借りられなくて大変な思いをしたものだった。

「だって相手が転勤になったりしたら、私が会社を辞めなきゃならないじゃん。それとも今どきは、奥さんが会社に勤め続けるために別居する夫婦も多いのかな」

「えっ?」と千賀子は声を出し、思わず夫と顔を見合わせた。

友美は、毎日のように疲れ果てた暗い顔で帰宅する。仕事の内容を尋ねても、アルバイトの女子高生たちとたいして変わらないと言う。そのうえ女子高生たちの方が流行に詳しくて言葉巧みだから売上額が多いのだと溜め息をつく。そんな様子を毎日見ていたから、友美は一日も早く辞めたがっていると、千賀子は勝手に思い込んでいた。結婚後は、家計を助けるためにパートに出るくらいのことはするだろうけど、と。

「だってさ、夫の転勤先の近くの店舗に異動させてくれるほど、うちの会社は親切じゃないんだよ。そもそも全国に店舗を持ってるわけじゃないしね。大阪と福岡なら支社があるにはあるけど、幹部以外は現地採用だしさ」と、友美が思案顔で天井を見つめる。

「意外だわ。友美が今の会社に勤め続けたいと思ってたなんて。仕事には満足してるの？」

「まさか。ノルマはキツイし人間関係もよくないし、満足なんて程遠いよ。でもさ、特別な資格でもない限り、そう簡単にまともな転職先なんて見つからないでしょ。それに今の会社だって、超氷河期に私に手を差し伸べてくれたわけだから、感謝の気持ちも少しはあるわけよ」

「だけど、結婚したらパートでもいいんじゃないの？」

至極真っ当なことを言ったつもりだったが、友美は呆れたような顔でこちらを見た。

「母さん、それ本気で言ってる？　今の時代は女も自分の稼ぎがないとヤバイんだよ。私の同級生の山下ミーコのこと覚えてる？」

「山下さんなら覚えてるけど。クラスで一番勉強できた子でしょ」

「そう、その山下ミーコ。あの子ね、メガバンクに勤めてる男と結婚したんだよ」

「へえ、すごいわね」

「でね、ミーコは妊娠したとき悪阻《つわり》があまりにひどくて、それまで勤めていた建設会社を辞めざるを得なかったんだってさ」

「あら、それは残念ね。出産前休暇がもっと長ければいいのにね」

産後の休暇や育児休暇は多くの会社に普及したが、いまだに産前の休暇は驚くほど短く、大きなお腹で満員電車に乗って通勤しなければならないから危険極まりない。自分の頃と比べて全く進展がないことに驚いてしまう。

「問題はダンナさんだよ。激務とパワハラに耐えられなくて、ある日突然会社に行かなくなっちゃったんだってさ。だからミーコは最近になって就活始めて、あちこち面接に行ってるらしいよ。鬱《うつ》っぽいダンナに子供の面倒を見てもらうのは不安だから、実家のお母さんに預かってもらってるって聞いたよ」

「それは……大変ね」

山下の母親の上品な微笑みが思い浮かんだ。保護者会で何度か会ったことがある。

「つまりさ、結婚したからといって、この先ずっと安心とは限らないわけよ」

「そりゃあそういう例もあるだろうけど、何もみんながみんな、そういうわけじゃあ……」

「だって母さん、子供を抱えて離婚した人だって同級生に二人もいるんだよ。まだ私たち二十代だよ。それ考えると多くない？　バレーボール部のキャプテンだったミホは薬剤師だからなんとかやっていけるだろうけど、手芸部だったマミは気が弱い上に身体《からだ》があんまり丈夫じゃないのに、時給九百六十円の立ち仕事してるって聞いて心配だよ」

結婚したからといって一生安泰に過ごせるとは限らない。そんなことは言われなくてもわかっているはずだった。実際に姉や同級生の美鈴《みすず》などの身近な人間も離婚しているし、不慮の事故や病気で夫が早くに亡くなることだってある。だけどそれらは確率の低いことで、よりによって我が娘に降りかかってはこないだろうと、自分は無意識のうちに能天気に構えていたのではないか。今や、それらの事例は、「滅多に起こらないこと」ではなくなっているのではなかったか。

自分自身は、出産後も子供を育てながら働いてきた。贅沢《ぜいたく》しなければ夫の給料だけで暮らせたのだが、働いた方が自分のためにもなると思って頑張ってきた。振り返ってみれば精神的にも体力的にも常にキャパシティをオーバーしていて、つらく思うことが多かった。だが、体力も知力も人並み程度の自分でも、なんとかやってこられたのだから、誰にでもできると考えていた。でも、それは間違いだったかもしれない。その証拠に、学生時代の友人で、今もフルタイムで働いている女性は数えるくらいしかいない。数少ない彼女らは、保育士や看護師や小中学校の教師などで、資格を持つ者ばかりだ。真由美を除いて、民間企業で働き続けている友人はいない。専業主婦の友人たちが平穏無事にここまで生きてこられたのは、離婚が「滅多に起こらない」世代だったからではないか。姉や美鈴が離婚したとはいっても、彼女らには実家という帰る場所があった。

友美は、転勤の項目については「不可」をマルで囲み、「次は、結婚後の住居だね」と言いながら、ペンを持ち替えた。

見ると、「親と同居」か「どちらでも良い」か「親とは別居」の三択となっている。

「親との同居なんて想像しただけで窮屈だよ。父さんの田舎の家くらい広かったらいいんだろうけど」

夫は山間部の出身だから、母屋《おもや》以外に離れもあるし納屋《なや》もある。その周りには野菜畑もあれば草ぼうぼうの空き地もある。いつだったか家族で帰省したとき、家を継いだ義兄夫婦が隣家との境を明確には知らないことに驚いたことがあった。だが考えてみれば、都市部での庭仕事とは違い、草取りが追いつかないほど広すぎる土地を持て余し気味で、そのうえ地価が話にならないほど安いとなれば、境界線を気にかけないのもわかる気がした。義兄は病院勤務のレントゲン技師で、義姉は小児科病棟で保育士をしている。そんな多忙な生活の中、家族で食べる分の野菜を作るだけでも精一杯なのだろう。

「俺の田舎でも、今どき親と同居しているのなんて滅多にいないよ」

「同居は不可ってことでいいよね」と、友美がペンを動かそうとするのを見て、「ちょっと待って」と、千賀子は言った。「ここはボカしておいた方がいいんじゃないかしら。相手の親の面倒を見る気はないという印象を与える気がするのよ。取り敢えずは『どちらでも良い』にマルをしておいたらどうかな」

「俺も賛成。身上書を見て最初に判断するのは親世代だからな」

「そうは言ってもやっぱり同居は考えられないよ」と友美は譲らない。

「実際は、子供夫婦と同居したい親も今どきは少ないだろうけどな」

友美の言う通り同居不可でいいかもしれないとも思う。結婚するのは友美であって自分ではない。人生の先輩としてアドバイスしたい気持ちもあったが、自分の考えに自信があるわけでもない。本来なら、息子の妻が「同居しても構いませんよ」と言い、それに対して姑《しゅうとめ》が「お気持ちだけありがたくいただいておくわ。でも若夫婦は二人で自由に暮らしなさい」と勧める。そういうのが理想だろうとは思うが、それも既に時代遅れの考え方なんだろうか。

　千賀子の気持ちをよそに、友美はさっさと「親とは別居」を大きくマルで囲んだ。

「相手への希望の欄は、性格について書けばいいんだよね。それとも年収何百万円以上で身長は何センチ以上とか書くのかな。どう思う?」と友美が尋ねる。

「最初は様子見ってことで、当たり障《さわ》りのない内容にしておいた方がいいんじゃないかな」と夫が言う。

「だよね」と友美は言い、「真面目でおおらかな人」と書き入れた。

　最下段は家族構成の欄で、続柄と年齢、職業や最終学歴、兄弟姉妹が未婚か既婚かを書くようになっていた。

「そういえば友美、プロフィール写真は出来上がったの?」

「まあ一応ね」と友美の歯切れが悪い。

「どうしたの?　気に入らなかったの?　二万円もしたんでしょう?」

「どう言えばいいのかなあ……私ってさ、こんなにブスなのかな」

　そう言いながら、友美は写真館で撮ってもらった写真を封筒から取り出した。

「どれどれ――これはちょっとないな」と夫がすっぱりと切り捨てる。「実物の方がずっといいよ」

「だよねえ、だよねえ」と友美がホッとした表情を見せる。

「プロに撮ってもらったんでしょう？　私にも見せてよ。あら、ホント。なんだか腫《は》れぼったい顔してるわね。それに白塗りに見えるし、髪型も似合わないかも」

「メイクアップアーティストのお姉さんに化粧も髪もやってもらったんだけどね」

「そもそもプロって何だろうな」と夫が呟く。「カメラマンもメイクアップアーティストも資格ってものは特にないんだろ？」

「この写真なら私が撮ってあげた方がマシよ」と千賀子は言った。「よく見ると微妙にピントが合ってないわ。デジカメの時代にピンボケってどうなのよ」

「私はもっときれいなはずです、なんて抗議するのは勇気がいるだろ。だからみんな泣き寝入りする。となると誰でもできる商売ってことになる。そのうちネットの口コミで倒産に追い込まれる可能性もあるだろうけど」と夫が言う。

「最近は、たいした腕もないのにプロと名乗る人が多すぎるわ。この前だって、修理に出したミシンが戻ってきたけど全然直ってなかったもの」

　あのときも、文句を言いに行ったのだが取り合ってもらえなかった。恥知らずにも

「ちゃんと直したはずですよ。なんなら買い換えたらどうですか」と言われ、いまだに腹の虫が収まらない。日本が貧しかった時代は物を大切にしてきたし、あんないい加減な仕事は企業も使い手も許さなかったのではないか。ミシンにしても写真にしても贅沢品だった。だけど、今なら簡単に買い換えられ、使い捨てにされる。

それまであまり意識してこなかったが、豊かになると、あちこちに弊害を及ぼすものらしい。仕事や人間の価値が軽くなってしまったのではないか。そして、それらのことは、今どきの結婚事情にも何かしら影響しているのではないか。少なくとも一生に一度きりという真剣味や覚悟が薄れてきている気がする。

「自撮り棒を買ってみようかな」と友美が言う。

「そうね、写真館を渡り歩くより手っ取り早いし安上がりよね」

そのとき、婚活のパンフレットの下の方に、本人同士のパーティの募集があるのに気がついた。

「ねえ友美、これに参加してみたらどうかしら。何人くらい来るのかは書いてないけど」

「参加してみようかな。ものは試しだし」

見ると、友美は唇を引き締めて真面目な顔をしていた。照れや嫌悪感のようなものは薄れてきたらしい。

久しぶりに親子三人が団結して同じ目標に向かっている。そう思うと、千賀子は温かい気持ちになった。こういった家族の雰囲気は、友美の大学受験以来だ。

「服装はどういうのがいいのかな。やっぱりピンクとか？」

「清楚《せいそ》な感じが受けるんじゃないかしら。フクちゃんはどう思う？」

「うーん、派手すぎず地味すぎず、無難な格好がいいんじゃないか？　スーツとかワンピースとか」

「強烈に女を意識させる服装がいいってネットに書いてある」と、友美はスマホから顔を上げた。

「なんだか、いやらしいわね」

「そういう意味じゃないよ。露出度が高い服はNGって書いてあるから。男性好みの格好がいいんだってさ。例えば花柄のふんわりしたスカートとか」

「なるほどね。最近は男性もピンク色を普通に着てるものね。つまり、アレね。袖《そで》がシフォンのブラウスとか、ドレッシーなフレアースカートよね。ちょっと古めかしいけど」

「そんなの持ってないから買わなきゃね」と友美が言った。面倒に感じているかと思ったら、案外と楽しそうな表情をしている。

日頃の友美は、黒いジーンズに黒いセーターという格好で出勤することが多かった。店に立つときは自社製品を着るように言われているから、店に着いたら着替えるらしい。社員割引で購入した何点かを取っ替え引っ替え着ている。そもそも友美はファッションに興味がない。それなのにアパレルに就職したのは、就職氷河期でどこの企業も募集が少なかったからだ。業種を狭めず手当たり次第に応募して、やっと内定をもらえた。

「母さん、一緒に買い物に行こうよ」

誘ってくれるとは思わなかった。友美が小学生の頃は、よく一緒に買い物に行ったものだ。当時の雰囲気を思い出すと、なんだか楽しくなってきた。

「友美、洋服も靴も母さんに買ってもらいなさい」

「えっ、フクちゃん、私がお金を出すの？」

「そうだよ。これも嫁入り道具のひとつだよ」と、夫は言った。

そういえば……自分が結婚した時代とは違い、着物や家具などの嫁入り道具を揃えてやる必要のない時代になった。となれば、「そうね。洋服くらい親が買ってやってもおかしくないわね」

ワンピースを十着買ってやったところで、着物一枚分にもならない。

——娘を持つとロクなことがない。金食い虫だよ。

独身の頃、両親にそう言ってからかわれた団欒《だんらん》の光景が突然脳裏に蘇《よみがえ》った。娘は金がかかるばかりで、他家に嫁に出すから元手を回収できないというのだ。そんな時代の中で自分は育ってきた。だが最近の若い女性は違う。自分で稼ぐようになり、嫁入り道具も要らなくなった。特に都市部のマンション暮らしとなると、立派な家具を揃えてやったところで置く場所がない。

だったら普段でも着られるワンピースを何枚かまとめて買ってやろう。結婚が決まったら素敵な食器を揃えてやろう。最近はデパートに行く回数がめっきり減ってきている。歳とともに何を着ても似合わなくなったからだ。だからか余計に、久々の買い物を想像するだけで心が浮き立ってきた。

「友美、似合うものがあったら高くても遠慮せず母さんに買ってもらうんだぞ」

「でもフクちゃん、それほど高価なものを買う必要は……」

「チカちゃん、いま金を使わないで、いったいいつ使うんだ？　人生の中で、ここぞというときに使わないと、あとで後悔するぞ。友美を最大限きれいに見せる服を選ぶんだよ」

「フクちゃんて何だか人が変わったみたい」

そう言うと、夫は噴き出した。「俺が最近喋《しゃべ》ることは、ほとんどが婚活本の受け売りだよ」

「なんだ、そうか」

「本は本当に役に立つよね」と、友美がしみじみと言った。

「そうか？」と夫が優しげな目で友美を見る。

「私が子供の頃から父さんは口酸《くちす》っぱく言ってたじゃん。行き詰まったときや悩みごとがあったときは、とにかく本を読めって。本の中に答えが見つかるって」

「よく憶《おぼ》えてるな」

こういうときの夫はとても嬉《うれ》しそうな顔をする。家庭を顧みなかった時期があったからか、少しは子育てに貢献したと思えてホッとするのだろうか。

8

親婚活の一週間前だった。

会社から帰って郵便受けを覗くと、待ちに待った「良縁いずみ会」からの封書が入っていた。参加者に関する資料が同封されているはずだ。千賀子は玄関ドアを開けるのももどかしく、三和土《たたき》に靴を脱ぎ散らかして小走りでリビングへ行き、すぐに封を開けた。

参加者の経歴がA３の紙に一覧表になっている。男性は四十三人で女性は四十五人だ。氏名は書かれていないが、受付番号順に、職業、年齢、学歴など、一人分が一行にまとめられていた。だが、学歴欄は専門卒か大卒か院卒かだけで、具体的な学校名は書かれていないし、職業欄にしても、会社員か自営かと書かれているだけで、社名も職業もわからない。

「なんだ、たったこれだけか」と千賀子は独《ひと》り言《ご》ちた。

ざっと見たところ、男性は五十代が二人で、四十代が十数人、二十代はたったの一人。残りは三十代だが、三十代といっても三十五歳以上が多かった。

思った以上に年齢層が高くて落胆した。ズンと胃の辺りが重くなったような気がする。

「なあんだ、がっかり」

誰もいない部屋で言ってみた。声に出したら少しは気分が軽くなるかと思ったが、そうでもなかった。期待が大きかった分、心の中がモヤモヤして、直立不動のまま窓の外の揺れる木々を見つめていた。

ふっと、いつもの言葉が思い浮かんだ。

――やるべきことを淡々とこなしていこう。

五十歳を過ぎてから、ことあるごとに心の中で呟くようになった。まるで呪文《じゅもん》のように。

年齢とともに疲れやすくなり、気づくと、ぼうっとしていることが多くなった。そうなると、家事が溜まって家庭生活がうまく回らなくなり、翌日はもっと大変なことになる。だから、この呪文を唱え、心の中から悩みや不安をいっとき追い出して空っぽにし、目の前にある仕事を機械的に片付けていく。いつの頃からか、多忙な自分の暮らしの中ではとても重要な言葉になった。

「さてと」

鍋に水を入れて火にかけた。油揚げと豆腐の味噌《みそ》汁を作ったあとは、ほうれん草、玉葱《たまねぎ》、人参《にんじん》を無心に切っていく。今朝出がけに、豚肉を冷凍庫から冷蔵庫に移し、酒と醤油《しょうゆ》を振りかけておいた。それと切った野菜を炒《いた》め合わせれば終わりだ。あとは休日に作っておいた大豆とひじきの煮物やキンピラ蓮根《れんこん》をテーブルに出せばいい。キッチンに立ったまま、夕食後のデザートにと買ってきた苺《いちご》をつまみ食いした。びっくりするほど大きくて甘いのに、意外と安かったことを思い出したら、ほんの少し気分が和らいだ。

夕飯の下準備が調うと、皿や箸《はし》をテーブルに並べた。ガラスの器に盛った苺の赤が豪華さを演出してくれる。苺は惣菜《そうざい》じゃないから錯覚に過ぎないけど雰囲気はごまかせるだろう。

そのあとは、「良縁いずみ会」から届いた資料を夫と友美のために、プリンターで二部コピーした。

その夜、三人でリビングに集まった。

夫と自分はソファに座り、友美はダイニングの椅子で、それぞれが資料に目を落としている。リビングが静まり返り、紙をめくる音だけが響いていた。

目を通し終えた夫が顔を上げた。

「これだけは譲れないという友美の条件を、もう一回確認しておこうか」

夫は、まるで会議室にでもいるかのように言い、ガラステーブルの上にパソコンを置いた。

覗いてみると、「婚活の傾向と対策」というタイトルがついたファイルが作られている。夫の力の入れようが窺えて心強い。娘の一生を左右する事柄なのだ。証券会社に勤務していた頃のように「忙しい」のひと言で家族から逃げられては、こちらが責任の重さに打ちひしがれてしまうところだった。

「同い年くらいがいいと思ってたんだけど」と友美は残念そうに言った。「これを見ると、二十代の男性は一人しかいないんだね」

申し込み順に番号が振られていて、最後尾が二十九歳の男性だった。職業欄には医師と書かれている。

「医者なんてきっと引く手数多《あまた》だろうに、なんで親婚活に参加するんだろうね。まっ、どっちにしろ経済的にも頭脳的にも私なんかとは話が合わないと思うけどね」

一覧表が届いて具体化してきたからか、友美はボールペンを片手に、更に真剣な横顔を見せている。

「二十代の男性が少ないのも当然かもしれないわね。だって親御さんが心配して乗り出すとなると、年齢層は高くなるわけよね」

「同い年くらいがいいなんて言ってられないみたいだな。この際、年齢幅を広げてみたらどうだ？」

「ねえ友美、三十五歳以下にしてみれば？」と千賀子も勧めてみた。

「うーん……わかった。じゃあ、三十四歳以下にしてみるよ」

「えっ？　三十四歳は良くて三十五歳はダメなのか？」と、夫が苦笑混じりに尋ねた。

このからかい半分の笑い方が、友美には我慢がならないことに夫はいまだに気づいていない。いつまで経《た》っても友美が幼子のままのような感覚でいる。一人娘が可愛いのはわかるが、小馬鹿にしているように見えるのだ。

「三十四歳の人でも私より六歳も上だよ。三十五歳となると七歳も違う」と憤然と友美が言う。

「六歳違いだと、友美が小一のときに相手は既に中一なのよね」

「子供の頃に流行《はや》ってた歌や映画や本の話題もきっと合わないよ」と、友美が言う。

「なるほど。それを考えると結構離れてるな」と、夫がやっと苦笑を引っ込めた。

「今回は三十四歳以下に絞ってみることにするよ」

一人一人に会って話してみることができれば、年齢幅を広げてもいいと思うかもしれない。それどころか、歳なんて関係ないと感じることもあるだろう。だが紙に書かれた項目で選ぶとなると、何らかの条件で線引きしないと収拾がつかなくなる。

「で、友美、他に条件は？」

「太りすぎていない人。それと、この前も言ったけど、転勤のある人や自分の親との同居を希望している人も避けたい」

「そこのところ、他の女の人はどう考えているのかしら」

女性側の一覧表をあらためて眺めてみると、男性に望む条件として、転勤も共働きも「どちらでもいい」としている女性が大半だった。それらが果たして本音かどうかはわからない。友美と同じように許容範囲を広げておいた方が得策だと判断したのかもしれない。だが、親との同居の欄だけは「親とは別居」とはっきり記している女性がほとんどだった。誰しもそれだけは譲れないということらしい。

「じゃあ上から順にチェックしていくとするか。まず一番目は……」と、夫が議長のように取り仕切る。

「この人は年齢がダメだね」という友美の言葉で、一斉にバツをつける。

「この人は喫煙者だからダメだ」

「この人は転勤アリが引っかかるし」

一人ずつ見ていくと、希望条件に沿わない男性が大半を占めた。そもそも三十代前半の男性は八人しかおらず、その中でも条件が合うのは四人しかいない。

「この人、趣味多すぎ」と友美が苦笑している。「ほら、三ページ目の上から二番目の人」

見ると、趣味特技の欄には、「旅行、カラオケ、スキー、登山、気象予報、散歩、サイクリング、フットサル」と書かれている。

「その次のヤツも多いぞ」と夫の声で見てみると、「ネットゲーム、格闘技、食べ歩き、クラリネット、読書、カメラ」と書かれていた。

「趣味はたくさん書いた方が有利なのかしら」

「同じ趣味を持っていたら話のとっかかりになるだろ。いっぱい書いておいた方がヒットする確率が上がるんだろうな。要はネットの検索条件と同じだよ」

「その下の四十八歳の男性の趣味を見てよ。さすがに世代の違いを感じるよ」と友美が感慨深げに言う。

見ると、「ボウリング、ガーデニング、草野球、囲碁」と書かれている。

「男性だけじゃなくて女性も年齢層が高いんだな。二十代は友美を含めて五人しかいないぞ。年齢だけを見ると、友美は有利かもしれないな」

夫の言葉が、まるで競馬予想か何かのように聞こえた。

「こんなことを会社で言ったらセクハラで訴えられるけどな」

「普段なら女を年齢で差別することを不快に感じるけどね」と、千賀子は続けた。

「だけど恋愛と違って見合いは条件から入るものだから仕方がないのね。女は若い方が有利なのは今に始まったことじゃないわ」

「母さん、女だけじゃないよ。男だって若い方が有利だよ。街で大学生くらいの男の子を見かけるたびに、清潔感ハンパないなあって思うもん。肌が本当にきれいなんだよ。そういうとき、私はもう若くないんだな、もう出遅れちゃったなって感じてたけど、今回の参加者の中では若い方だとわかってちょっとホッとした」

この正直な友美の気持ちを知ることができて、親婚活を始めてよかったと千賀子は思った。我が子といえども、就職してからは会話も少なくなってきていた。そのうえ二十代後半に入ってからは、妙なヤサグレ感がつきまとうようになり、受け答えに可愛げもなくなったから、腹を割って話すどころか、声をかけるのさえ憚《はばか》られることもあった。自分自身が仕事で疲れている日となれば尚更《なおさら》だ。

「じゃあ、三十代の会社員四人に申し込むってことでいいわね」

「ちょっと待って、二ページ目の一行目の人もお願いします」

「え？　だってこの人、三十七歳よ。九歳も歳上じゃないの」

「職業欄に教師って書いてあるでしょう。だからだよ」

聞けば、友美は教職についている男性が好きだという。千賀子も夫も教師に対してはそれほど良い思い出はないのだが、友美は中高時代に何人かの尊敬できる教師に出会ったらしい。

チクリと胸が痛んだ。もしも自分が専業主婦だったならば担任教師のこまごまとしたことまで知っていたのではないか。自分は忙しすぎて必要最低限しか構ってやれなかった。そして何より、疲労が溜まりに溜まって始終イライラしていた。

「そんな素敵な先生がいたなんて知らなかったわ」

「友美は恵まれてたんだな」

夫と顔を見合わせた。親としてほのぼのと幸せな気持ちになったのを、口には出さなくても互いに感じ取っていた。今まで知らなかった様々なことがわかってくる。

「それとね、やっぱり二十九歳のお医者さんもお願いします。試しに会って話してみたいから」

「わかったわ。積極的にいきましょう。色んな人にどんどん会ってみるのはいい人生経験になるもの。といっても、私が親婚活の会場で上手く立ち回れるかどうかは全く自信ないけどね」と言いながら、千賀子は改めて責任の重さを感じた。

「大丈夫だよ。失敗してもいいさ、何も一回で終わりってわけじゃないんだからさ。これからも他社の親婚活にも参加して経験を積んでいけばいいんだよ。何なら俺が行ってもいいんだし」

「そお？　うん、そうだよね」

「私も、本人同士のお見合いパーティに行って頑張ってみるよ」

友美が意気込むなんて、最近では珍しいことだった。

「なんだかサバイバルの様相を帯びて参りましたね」

夫がまた茶化した。

9

親婚活の会場となったシティホテルは、五反田駅からバスで五分の場所にあった。

千賀子は予定通り一人で来ていた。夫婦で参加すると倍の料金が必要となるからだ。だが、例えば子供が三人いる場合、身上書を三人分持参しても料金は一人分で変わらないという。独身の子供が何人もいると、かなりお得感がある。

受付で名前を告げると、番号札を渡されて首から下げるよう言われた。娘を持つ親はピンク色で息子の親はブルーだ。

広い室内には長机が何列も並べてあった。千賀子は自分の番号を見つけて席に着き、場内を見渡してみた。母親の参加が八割で、夫婦参加が一割、父親だけの参加が一割といったところだ。

郵送されてきた資料から、娘や息子の年齢層が高いのはわかっていた。だが、それに応じて親の年齢も高いという当たり前のことを失念していた。周りは七十歳前後と見える親が圧倒的多数を占めている。この会場の中では、自分はかなり若い方だ。

それにしても、古き良き時代の日本人を見るようだった。というのも、まだ開始時刻の三十分も前なのに、ほとんどが既に着席している。実家の母もそうだった。どこへ行くにも何をするにも、何日も前から準備万端整えておき、当日も早めに家を出る。遅刻などとんでもないと考える世代だ。常に人様の迷惑にならないよう気を配っている。

そのとき、ふっと不安に襲われた。もしも、この中の誰かの息子と結婚すれば、友美の舅姑《しゅうとしゅうとめ》は、自分たち夫婦より一回りほど年上になる。家族関係や結婚についての感覚が、自分たち世代とは違うのではないか。

自分と夫は昭和三十年代の生まれだが、そんな自分たちよりももっと日本が貧しかった時代に、彼らは子供時代を過ごし、テレビや冷蔵庫もなく、薪で風呂《ふろ》を沸かす生活を知っているはずだ。高校進学率にしても、全入と言われた自分たちの世代と比べて、ずっと低かった。思春期には中3トリオを始めとして、たくさんのアイドルがテレビを賑《にぎ》わせていたが、彼らの時代は舟木一夫が歌った「高校三年生」くらいしかないのではないか。そして何より、考え方や感じ方が封建的であることを、千賀子は若い頃の会社勤めで嫌というほど思い知らされてきた。それはつまり、友美が「今どきの嫁は全くなってない」と攻撃される対象になる可能性が高いことを意味しているのではないか。

「開始時刻になりました」

マイクを通した声が聞こえて、我に返った。

前方を見ると、スーツ姿の若い男性がマイクを握っていた。

「それでは皆さま、ただいまから親の会を始めたいと存じます。最初に代表から挨拶《あいさつ》がございます」

六十代半ばくらいの小太りの女性が現れた。

「えっと、みなさん、こんにちはあ。代表の中山美代子でございますう」

ホームページで見た写真の印象とは違った。もっと品のある女性だと思っていた。ダラダラとした喋り方をするうえに、昭和の代物《しろもの》と思われる肩パッド入りのよれよれのスーツを着ている。

「えっとですねえ、ご自宅に郵送しました一覧表に変更がございますう。男性の四十三番、つまり最後尾の方ですね。その親御様が都合により欠席なんですよう」

えっ？　最後尾といえば唯一《ゆいいつ》の二十代男性ではなかったか。急いで一覧表を捲《めく》る。

やっぱりそうだ。まさかと思うが……二十代の医師は見せ球だったのか？

顔を上げて代表の中山美代子を凝視した。締まりのない横顔が、ますます疑惑を確信に変えていく。

「それとですねえ、男性一人と女性二人の追加がございましてえ、その分の追加一覧表は受付で既にお渡しししておりますよねえ。はい、それでは早速ですがあ、ご子息をお持ちの親御様方は身上書をテーブルの上に置いて控え室で講習をお受けくださあい。その間、お嬢様をお持ちの親御様方は、このお部屋で男性側の身上書をご覧くださあい。持ち時間は三十分ですう」

息子を持つ親は、長机の上に我が子の身上書と写真を置き、ぞろぞろと部屋を出ていった。それと同時に、娘を持つ親たちが一斉に立ち上がった。

みんな前もって一覧表を見て目星をつけてきたのだろう。狙《ねら》いを定めた番号のところへ速足で歩いて行く。その一方で、取り敢えず一番から順に見ていこうとするノンビリ組もいた。

千賀子は手許《てもと》の一覧表にあらためて目を通した。夫と友美の三人で話し合い、条件に合う男性の番号にマル印をつけてきていた。それらを先に見て回り、そのあと時間が余れば一番から順に見ていこうと決めた。

身上書は番号順に並んでいるからわかりやすかった。一人目は三十三歳の男性だ。その番号を見つけて身上書を覗《のぞ》き込んだ。

えっ、こんな人？

写真を見て少なからずショックを受けた。既に中年オヤジといった風貌《ふうぼう》だった。そのうえ年収の欄が空白のままなのも不満だ。何も友美を資産家や高給取りと結婚させたいと思っているわけではない。だが、家賃の高い東京で、ある程度の暮らしを維持していくには、最低でも年収四百万円は必要だ。友美自身は働き続けると言ってはいたが、妊娠や出産や保育園の空き状況によっては仕事を続けられるかどうかはわからない。だから男性単独で四百万円は稼いでほしい。派遣社員の多い昨今、それを望むのは贅沢なことなのだろうか。

四百万円あれば家賃の高い東京でも四人家族がギリギリ食べてはいけるが、教育費を捻出するのは難しい。仮に三百万円とすると、なかなか暮らしは成り立たない。こういったことが自分には直感的にわかる。長年に亘《わた》って家計を取り仕切ってさたからだ。だが、未婚の友美に、この生活感覚を実感しろというのは無理がある。だからこそ人生の先輩でもある親がこうやって、こんな場にしゃしゃり出てきた意味がある。親の代理婚活と聞けば、過保護だと揶揄《やゆ》する人も世の中には大勢いるに違いない。実際に誰かにそう非難されたわけではないが、見えない批判が心の奥底で燻《くすぶ》り続けていた。たぶんそれは、自分の内なる声なのだろう。本音では、結婚相手くらい自分で見つけてきたらどうなのよ、いったい何歳になるまで面倒を見なきゃなんないの、もういい加減に子育てを終えて自分の時間を取り戻したいのよ、と友美を突き放したくなる気持ちもあった。そんなモヤモヤした気持ちは、恋愛上手の子を持つ親には決して理解できないだろう。仮に友美が「いい女」で、恋人を取っ替え引っ替えして人生を謳歌《おうか》しているならば、自分はきっと親婚活に参加するような親たちを過保護だと冷ややかな目で見たに違いない。

そっと深呼吸して気持ちを落ち着かせてから、男性の身上書をじっくり見た。

それにしたって、男が年収を書かないなんて非常識じゃないの。こっちは友美の少ない年収を正直に書いたっていうのに。

あれ？　もしかして自分は作戦下手なのではないか。不利なことは書くべきではなかったのでは？　自分はまだまだ経験が足りないらしい。いわば親婚活の素人《しろうと》だ。今後は戦略を学んでいかねばならない。

次の瞬間、そんな不満がスッと引っ込んだ。学歴と勤務先名を目にしたからだ。有名国立大学を卒業していて、科学分野の公益財団法人に勤めていると書かれている。

ふうん、エリートだったのか、そう心の中でつぶやいていた。父親は大卒、母親は短大卒とだけあり、既婚の兄の職業欄には研究者とだけ書かれている。文句のつけようがないじゃないの。脇《わき》に挟んだ一覧表を取り出し、予《あらかじ》めつけていたマルをボールペンで大きく囲んで二重マルにしてから次の番号を探した。

次の男性は三十七歳の教師だった。一覧表には「教師」としか書かれていなかったが、実際の身上書には城南大学附属高校の数学教師と書かれていた。本人も城南大学卒で年収は八百万円とある。有名私大の附属校となれば、エスカレーター式に大学へ進めるから、進路指導もそれほど大変ではないだろう。つまり、時間的にもゆとりのある生活を送っているのではないか。証券会社に勤めていた頃の夫は残業続きだったから、まるで母子家庭のような暮らしだった。実家を遠く離れての孤独な子育てを思い出すと、友美にはそういった生活を送ってほしくないと思う。となると、理想的な男性ではないだろうか。

写真の背景が晴れ渡った浜辺だからかもしれないが、爽《さわ》やかな印象を受けた。だが、人物が小さすぎて顔がよくわからない。目を凝らして見ると、髪が薄くなりかけていて、幾分太っているようだ。身上書には身長百六十八センチで体重六十五キロと書いてあるが、自分には男性の体重のことはよくわからない。夫を始めとして亡《な》き舅や実家の父も、ひょろりと背が高くて骨皮筋右衛門と渾名《あだな》されるくらい痩《や》せ型だったから尚更だ。

両親の欄を見ると、夫婦ともに有名国立大学卒だ。母親は七十代だから、当時としてはかなりの少数派だろう。自分たち一家に比べて格上の家庭にも思われたが、こちらとしては文句はないので、さっきと同じように一覧表のマルを二重にしてから次へ向かった。

三人目は不動産会社に勤めている男性だった。見せ球を疑われる二十九歳医師を除けば、参加者の中では最年少の三十歳だ。イケメンではないが、スポーツマン風だし、白い歯が覗く笑顔が優しそうだ。大学も中堅レベルだから友美と釣り合いが取れている。一流大卒の男性だと、友美とは差がありすぎる。夫に馬鹿呼ばわりされる暮らしはつらい。伯母がそうだったからわかる。

え？

家族の欄を穴の開くほど見つめた。両親ともに医者と書いてある。そのうえ姉は公認会計士で弟は医学部在学中だ。こういう家庭、どうなんだろう。親姉弟が立派すぎる。こういう家の息子はやめておいたほうが無難だろうか。庶民そのものの友美が、向こうの家族に溶け込めるとは思えない。

一覧表を広げて「エリート一家」と書き込み、マルの上から三角を書き入れた。最も若い男性だっただけに残念だ。

四人目の男性は三十二歳で、またしてもエリートだった。有名私大を出て有名な鉄鋼メーカーに勤めている。家族の欄を見ると、父親はとっくに定年を迎えている年齢だが、それでも「無職」とは書かずに「元四菱商事勤務」と書かれていて、母親は短大卒の主婦だ。この男性も例に漏れず既にオジサンといった雰囲気が漂っているが、これといって問題はなさそうなので、二重マルにして、次に進んだ。

五人目の男性は三十四歳で、偏差値のぐんと低い大学を出ていた。勤務先は地元の信用金庫とある。こういった男性の方がエリート男性よりも友美には合うのではないか。この先、結婚生活が五十年にも及ぶことを考えると、背伸びをしなくてもいい分、気が楽でいい。

だが……親の経歴を見て手が止まった。父親は東大卒で「元朝日銀行ニューヨーク支店勤務」で、母親は元ＣＡ、そして兄もまた東大卒でメガバンク勤務だ。気楽だと思ったのは間違いだった。家族の中で随分と差があるものだ。とはいえ、今では親も年金生活だろうから、医者一家ほど敷居は高くない。こちらとしては相手に不満はないので、一応は二重マルにしておいた。

時間が余ったので、一番から順に見ていくことにした。

年齢や経歴を見るより先に、どうしても写真に目が行ってしまう。四十代や三十代後半の男性の写真のほとんどが、手抜きとしか思えないものだった。

――男は外見ではない、中身である。

いまだにそう思っているのだろうか。白黒の証明写真を引き延ばしたようなものや、冠婚葬祭での写真、飲み会の帰りなのか酔っ払っているとしか思えない写真もある。

友美は自撮り棒まで買った。美容院にも行き、ガラにもなくドレッシーなワンピースを奮発し、マスカラをボリュームが出るものに買い換えた。そのうえで納得いくまで何度も撮り直した写真だ。

三番目に見た不動産会社勤めの男性が、中年太りしていないという、単にそれだけのことで、この中ではまるでアイドルのようにかっこよく思えてくる。今更だが、ここは女が誰ひとり言い寄ってこない男ばかりが参加するところなのか。

千賀子は、男性の外見は並で十分だと考えていたし、友美もそう言っていた。だが、自分たちが想像していた「並」や「普通」というレベルは高すぎたのかもしれない。ここに参加した息子たちは、イケメンかどうかという以前に清潔感がない。三十代というのはこれほどオジサンぽいものだったろうか。自分の夫は五十代後半となった今でも細身で腹も出ていないし、白髪混じりとはいえ髪が多い方だ。だから余計にそう思ってしまうのか。

自分たち夫婦が二十代で結婚したからか、写真を見ていると、昔で言うところの、いわゆる「後妻募集」かと錯覚しそうだった。中年太りにもかかわらず、趣味の欄には「スイーツ食べ歩き」だとか「グルメ」と書いている男性が多いところを見ると、肥満の自覚はなく痩せる努力もしていないらしい。今はまだ若いからいいかもしれないが、そのうち生活習慣病になりそうで心配だ。

友美は美人でもなければスタイルが特にいいわけでもないが、中肉中背を保っている。輝かんばかりの若さこそ失ってしまったとはいえ、どこからみても中年のオバサンといった感じは微塵《みじん》もない。親の欲目かもしれないが、ジーンズとTシャツ姿なら実年齢より若く見えると思う。

友美も言っていたとおり、街を歩けば、おしゃれな男の子がたくさんいる。そんなのは、もう何十年も前からのことで、最近の話ではない。それなのに、いまだに外見を全く気にしない男性が少なくないとは驚きだった。それも、これは見合い写真なのだ。普段はどうあれ、もう少し意識してもいいのではないか。

　今や晩婚化が進んでいて、世間には美男美女であっても三十歳を超して未婚の人も少なくない。だから、そういったイケメンもチラホラ参加しているのではないかと思っていたが甘かった。

　その一方で、これほどまでにエリート揃いだとは考えてもいなかった。家でマルをつけてきた男性のほとんどが、思っていた以上に学歴も勤務先も一流だ。そのうえ親兄弟までが有名大学を出ている。安定した職業に就き、育った家庭環境も良さそうだとなれば、これを好条件と呼ばずしてなんと呼ぶのか。

　そうは思うものの、心の中は違和感でいっぱいだった。こんな脂《あぶら》ぎったオジサン然とした男たちの誰かと友美が結婚するなんて……。それとも二十代半ばで結婚した自分には、三十代から四十代の「落ち着いた大人の男性」と娘の結婚が受け入れられないだけなのだろうか。

　ほぼ全員の身上書をざっと見終わったところで、息子を持つ親たちがぞろぞろと部屋に戻ってきた。

「そろそろ三十分が経過いたします」とスタッフの声が響いてきた。「それでは男女の交代をお願いします。お嬢様をお持ちの親御様は、身上書をテーブルの上に置いてから控え室の方へ移動して講習をお受けください」

千賀子は、友美の身上書を机の上に置いてから、廊下を挟んだ向かいの控え室へ向かった。

全員が着席した頃、「お疲れ様ですぅ」と言いながら、代表の中山美代子が入ってきた。ホワイトボードを背にして立ち、笑顔を振りまいている。

「男性側の身上書をご覧になって、どうだったでしょうかあ。素敵な男性は見つかりましたでしょうかあ。このあと互いに身上書を交換することになりますがあ、ご希望や条件に合わない方から申し込まれた場合でも、なるべく断らないで交換してくださいねえ。一旦は自宅にお持ち帰りになることをお勧めします。だって交際してみるかどうかの判断は、お嬢様にお任せになるのが良いと思いますからね。それとねえ、写真をひと目見ただけで気に入らないということもあるかと思いますが、実際に本人に会ってみたら実物の方が写真の何倍も素敵だったということもよく聞かれますからねえ」

だらしない話し方の割には内容はまともだ。周りを見回すと、熱心にメモを取っている母親も何人かいる。

「それでは次にい、お配りした資料の三ページをご覧くださあい。そうですう。『お断りの方法』のページですう。そこに書いてありますように、お手紙を添えて身上書を郵送で送り返すようにしてくださいねえ。下の方に文例が書いてありますでしょう。ちょっと読んでみますう。『身上書を交換してくださり、誠にありがとうございました。残念ながら、この度はご縁がありませんでしたので、身上書をお返しいたします。ご子息がご良縁に恵まれますようお祈り申し上げます』というように、書いてくださいねえ。断る理由は絶対に言わないでくださいよう。わざわざ、どこがどう気に入らないなんて言う必要は全くありませんからね。そんなの相手を傷つけるだけですよう」

一概にそうとも言えないのではないか。もしも自分が息子を持つ母親ならば、はっきり指摘してもらいたい。

——あの写真はまずいですよ。服装や髪型を変えるだけで印象がぐっと良くなると思いますよ。

そうアドバイスされたら、きっと素直に受け入れるだろう。そしてすぐにでも息子に伝え改善するよう促す。そうでなければ進歩がないではないか。

「それとねえ、すぐには返送しないでくださいねえ。最低でも一週間経ってからにしてくださいよ。すぐに返されたら、どう思いますかあ？　うちの子は箸にも棒にも引っかからないほどひどいのかあ、そう思って落ち込みますよねえ。ですからあ、十分検討した結果だと相手に思わせるようにい、一週間は置いてくださいねえ」

「なるほど」と、つぶやくような声が背後から聞こえてきた。

息子を持つ親たちにも同じ話をしたのだろうから、相手からもすぐには返送されてこないということだ。茶番といえば茶番だが、妙齢の男女を傷つけないよう配慮するのは賛成だ。なんせ恋愛に慣れていない男女の集まりだろうから、人によってはティーンエイジャーのガラスのハート以上に脆《もろ》い可能性もある。

「みなさあん、何度も繰り返すようですけどう、とにかく実際に会って話をしてみなければわかりませんからあ、書類上の細かな条件をチェックするのではなくてえ、常に間口を広げておくことが大切なんですう。そしてえ、実際にお会いになるときはあ、当人同士だけではなく、できれば双方の親も一緒に会われることをお勧めしますう。あくまでもお見合いですからあ、過保護には当たりませんしい、特にお嬢様をお持ちの親御さんは、その方が安心でしょう」

説明が終わり、元いた部屋にぞろぞろと戻った。

「それでは、今から身上書の交換をいたします」と若い男性スタッフが、さっきの主催者とは打って変わってきびきびと話し出した。「まず始めに、お嬢様をお持ちの親御様の方から、希望されるお相手に身上書の交換を申し出てください。三十分経ちましたら交代いたしまして、次はご子息をお持ちの親御様が申し込む手順となります」

交換用の身上書はコピーして一枚ずつ丁寧に三つ折りにして茶封筒に入れてきた。写真の裏には名前も書き入れてある。封筒の表に自宅住所を書き入れて切手も貼《は》った。それを十セット用意してきた。夫や友美とともに一覧表にマルをつけた人数より多いが、思わぬ素敵な男性に申し込まれるかもしれないと考えた。一人一行の一覧表だけでは情報が少なすぎたし、友美は三十四歳以下と細かく区切ったが、三十五、六歳で良さそうな人がいるかもしれない。主催者側からも、最低でも十部くらいは持ってくるように言われていた。

「時間が足りない場合もあるとは存じますが、最後に三十分ほど時間を設けまして、男女別なく自由に身上書を交換する時間といたしますのでご心配なく。それではお嬢様をお持ちの方からどうぞ」

娘を持つ親たちが一斉に立ち上がった。

千賀子は番号の小さい順に回るつもりで歩き始めたが、その番号の前には既に五人の母親が並んでいた。待ち時間がもったいないので、そこは後回しにすることにして次の番号へ向かった。そこにも先客がいたが、一人くらいならと先客の背後で待つことにした。

千賀子は、待つことのメリットにすぐに気がついた。少し離れた場所だからこそ、相手の親を遠慮なく観察することができる。三十七歳の城南大学附属高校教師の息子を持つ母親は、髪を高くセットして控えめな金のイヤリングをつけ、落ち着いた色目の花柄のブラウスを着ていた。

「うちの息子には、お宅のお嬢様はちょっとどうかな。ごめんなさいね」

母親の声が聞こえてきた。向かいに座っている母親の痩せた背中が丸くなった。

「そうですか……残念です」とつぶやくように言うと、うなだれた様子で立ち上がる。

他人事《ひとごと》ながら、いきなりつらい気持ちになった。

「じゃあ次の方、どうぞ」と、母親が千賀子に目を移した。

「あ、よろしくお願いします」と千賀子は言い、向かいの席に座って友美の身上書を差し出した。母親は手に取ると、メガネをずり下げ、鋭い目つきで検分するように見ている。

「あら、お嬢さんは二十八歳なの？　まだまだ焦《あせ》る年齢じゃないでしょう」

「いいえ、二十八歳なんて、あっという間に三十歳になりますし」

「お嬢様は、今後もお仕事を続けられるおつもりなんでしょう？」

「ええ、まあ今のところはそうですが、でも将来子供ができたときには……」

「うちは鎌倉に別宅がございましてね」

いきなり何の話だろう。単なる自慢話なのか。お宅とうちでは釣り合いがとれませんわ、とでも言いたいのか。

「広い庭がございましてね、息子はそこで庭仕事をするのが好きなんですの。休日の度に鎌倉で過ごしてるんです」

「はあ」

「お宅様から鎌倉までは遠いでしょう？」

「ええ、まあ」

「お嬢様が会社勤めを続けられるのなら、都心に住んでいる男性をお勧めしますわ」

「え？」

「まだ二十代ですもの。大丈夫ですよ」

つまり、体良く断られたということなのか。

唖然《あぜん》とした。友美のいったいどこが気に入らないというのか。

今回の参加者の中で、友美は数少ない二十代なのだ。実際に会って気に入らなかったというならわかる。だが、この母親は身上書だけで判断した。問題は学歴なのか、勤め先なのか、それとも自分たち夫婦の学歴か。それとも、顔写真とか？

「そうですか……わかりました。失礼いたします」とお辞儀をして、その場を離れた。思った以上に傷ついていた。どうしようもなく落ち込んでくる。全人格を否定されたような気持ちになった。自分のことならまだしも、大切なひとり娘の全てを。

自分の席に向かって歩きながら考えた。あの母親は七十代だが国立大学を出ている。頭が良くてお金持ちで堂々としていた。なんだか惨《みじ》めでたまらなくなってきた。

いや、次に行こう、次に。時間がないのだった。いちいちメゲてる場合じゃない。成果を上げなければ家に帰れない。何もお土産がないなんて、友美がどんなに傷つくだろう。頑張れ、自分。

心の中でそう言って自分を励まさないでは顔を上げられなかった。それほどまでに、断られることは傷つくことだった。

しかし初《しょ》っ端《ぱな》がこれとは……。屈辱的だった。さっきの母親には具体的な何かを言ってほしかった。もっといい大学を出ているお嬢さんを探しているんですよ、とか。うちの息子はとにかく面喰いなんですよ、とか。

実際にそう言われたら更に傷つくかもしれないが、それでも理由がわからないよりはマシな気がする。いや、待てよ。自分の前にいた女性には、もっとけんもほろろだったじゃないか。それに比べたら自分は丁寧に対応してもらえた方だ。

ああ、何だろう、このザラザラした気持ち。

自分よりもっと傷ついた人がいることで安堵《あんど》するって、どうなのよ。

今日一日で、性格が大きく歪《ゆが》む予感がした。今よりもっと卑屈な人間になるのか。

気を取り直そうと、大きく息を吸い込んでから次の番号へ向かった。そこもまた先客が一人いた。三十二歳の有名鉄鋼メーカーに勤める男性の席だ。背後に並んで順番を待っている間に、なにげなく会場内を見渡してみた瞬間、息を呑《の》んだ。順番待ちの列ができている親がいる一方、誰一人申し込みに来ないのか、不安そうにキョロキョロしている親も少なくなかった。この場は、結婚に漕《こ》ぎ着けられない息子や娘の親が集まる所だが、そんな中にさえ歴然と格差があるらしい。

千賀子の前にいた母親は身上書を交換してもらえたらしく、笑顔で「お先に」と言って去っていった。

千賀子は「よろしくお願いします」と向かいに座り、身上書を差し出した。

「あらら、まだ二十八歳ですか。お若いですねえ」と、なぜか眉間《みけん》に皺《しわ》を寄せている。

「お仕事は？　ああ、洋服関係ですか。お忙しいんじゃないですか？」

「え？　ええまあ、少し」

「うーん、ちょっとどうかしらねえ。あんまり忙しい女性はねえ」

「うちの娘は結婚したら家庭を大事にすると思います。家庭的な子なので」

嘘《うそ》がスラスラ出てくる。そもそも家庭的とはどういうことなのか、料理上手で掃除が行き届いて家の中はいつもピカピカで、子供好きで夫の健康に気を遣い、自分のことは二の次、三の次で……そこまで考えて、千賀子はうんざりした気持ちになった。

「そうですか、そこまでおっしゃるんなら、交換してもいいですけどね」

相手が渋々といった表情で身上書を差し出してくる。この偉そうな物言いは、いったいどこからくるものなのか。どうして友美がこいつに見下されなければならないのか。そんなにお宅の息子は偉いんですか？　写真で見る限り、女にモテそうには見えないですけどね。

いっそこちらから断ってやりたい気持ちがムクムクと湧《わ》き上がってくる。

ちょっと待て。自分は友美の使者に過ぎないのだ。自分の好き嫌いで決めるべきではない。それも息子本人ではなく、その母親を見て判断するのは早計かもしれない。

とにもかくにも身上書を持ち帰らなければ、何しに来たのかわからない。

「ありがとうございます」と笑顔を無理やり頰に浮かべ、身上書を交換してから丁寧にお辞儀をして、その場を離れた。

傷ついたり腹立たしかったりしたが、次の相手を思うと、スッと気分が楽になった。三流大学卒で信用金庫勤めの三十四歳の男性だ。やっと物怖《ものお》じしないで済む。とはいえ、父親が東大卒で「元朝日銀行ニューヨーク支店勤務」で、母親は元ＣＡだし、兄も東大卒で銀行勤務だ。だが本人の大学は友美が出た大学より偏差値はうんと低い。信用金庫の名前も聞いたことがないものだった。

番号を探し当てると、そこに座っていたのは父親だった。先客がいないところを見ると、きっと人気がないのだろう。

「よろしくお願いします」と千賀子は向かいに座った。

ロマンスグレーの父親は、見るからに上質そうなツイードのジャケットを着ている。

「どうぞ、お座りください」と父親は上品に微笑《ほほえ》むが、歓迎されていないのを十賀子は直感的に嗅《か》ぎ取った。まだ身上書を見せていないうちからこの態度はどういうことなのか。母親を見たら身上書など見なくても家のレベルがわかるということか。きっとそうなのだろう。それ以外に考えられない。

「うちの娘の身上書ですが」と差し出すと、父親は「これはこれは」と両手で押し頂くように受け取った。その態度を見て、ふっと慇懃《いんぎん》無礼という言葉が思い浮かぶ。

「うん……なるほど」と顎《あご》を撫《な》でている。「アパレルですか、要は洋服屋さんですかね」

「はい、そうですが」

「うーん、どうかな。うちの息子には、ちょっと合わないかなあ」

父親はそう言うと、友美の身上書を押し返してきた。

「え？　ああ、そうなんですか。合いませんか？」

「はい、合いませんね」と、今度はきっぱり言いきった。

取りつく島もなかった。立ち上がるしかない。

「お邪魔しました」

気分がドッと落ち込んだ。

なんでこんな目に遭わなきゃならないのかがわからない。自席へ戻る途中、沸々《ふつふつ》と怒りが湧き上がってくる。

あのさあ、お宅の息子が出た大学は、漢字で自分の名前を書けたら誰だって入れるって噂の四流だよ。もう何年も前から定員割れしてるんじゃなかったっけ。

振り返って、そう怒鳴りつけてやりたくなった。

何気なく腕時計を見た。あ、落ち込んでいる場合じゃないよ。怒りを鎮《しず》めるために何度目かの深呼吸をしながら、さっき飛ばした番号の方に目をやると、もう並んでいる人はいなかった。

「よろしいでしょうか？」と笑顔で尋ねた。さっきの怒りが顔に出ないよう気をつけた。

「どうぞ」と母親が向かいの席を指す。

三十三歳の有名国立大学卒で、勤め先は科学分野の公益財団法人だ。父親は大卒、母親は短大卒とだけ書かれていて大学名の記載がないところをみると、親はエリートではないかもしれない。何枚もの身上書をざっと見たが、ある程度名の通った大学や勤務先の場合は明記してあるし、定年退職して何年も経っているのに自慢できる会社なら元○○と書いてあった。この一家は、息子の経歴は立派だが親はそうでもないのだろう。そう考えると気が楽になった。

向かいにいる母親が友美の身上書を手に取って熱心に見ている隙《すき》に、それとなく母親を観察した。今までの中では最も庶民的で親しみやすい雰囲気だった。洋服もバッグも高級ブランドではなさそうだし、オバサン然としていて都会的なセンスも見当たらない。

「どうでしょうか」

「可愛らしいお嬢さんですね」

「ありがとうございます」

初めて褒められて嬉《うれ》しくなった。

「それでは、一応、交換いたしますか」と母親は息子の身上書を差し出してきた。

母親の言い方が千賀子は気に入らなかった。「交換しましょう」ならわかるが、「一応」という言い草は何なんだ。そのうえ、母親は溜め息《たいき》混じりだったようにも見えたが錯覚か。

自席に戻ると、喉《のど》がひどく渇いているのに気がついた。持参したペットボトルのミネラルウォーターを一気飲みした。そうしたら少し気分が落ち着いたので、抜かりはないかと、交換した身上書と一覧表を照らし合わせてボールペン片手にチェックしていく。

最初は六人に申し込むつもりだった。だが二十九歳医師が欠席だから残りは五人となった。そのうち、四人の親と話したが、交換してもらえたのは二人だけだ。その二人とも乗り気でないのは明らかだった。実はまだ申し込んでいない男性が一人いる。三十歳の中堅大学を出た不動産会社勤務の男性だ。少年らしさの残る、唯一オジサンぽくない男性だから、友美は気に入るかもしれない。だが今までの経過を思うと……申し込む勇気が出なかった。両親ともに医者で姉が公認会計士で弟が医大生で、都心の一等地に自宅があるような家庭だ。鼻で笑われそうな気がした。怖気づいてしまう自分を、夫や友美ならきっと許してくれるだろう。それに、そもそもうちとは釣り合わないよ。

ふうっと大きな溜め息が漏れた。

自分が結婚するときは、家の釣り合いなど考えもしなかった。あの頃の自分は、双方の熱い気持ちさえあれば親なんて関係ないし、玉の輿《こし》という言葉も薄汚れた大人の世界の話だと思っていた。今考えると、二十代半ばにもなっていたのに、ピュアな中学生か反抗期の高校生みたいに考えていた。

両家の釣り合いというものが時代錯誤的なことではなく、実は大切なことだと考えを改めたのは、姉が離婚したあと、親友の美鈴まで離婚してしまったのがきっかけだった。姉は資産家に嫁ぎ、美鈴は逆に貧困な家庭で育った男と結婚した。どちらも恋愛結婚で当初はアツアツだったが、うまくいっていたのは最初の数年だけで、徐々に綻《ほころ》びが生じていった。それでも子供がまだ小さいからと我慢して暮らしていたが、結局は親族を巻き込んで揉《も》めに揉めた挙句に離婚した。双方ともに性格の不一致と言ったが、詳しく聞くほど、育ちや価値観や生活水準の違いが大きく影響していた。

そう考えると、残る一人に申し込む必要はないのではないか。

だが友美は、医師にも申し込んできてほしいと言った。物は試しと、ひとつでも出会いのチャンスを増やそうとしていた。となると、残る一人がエリート一家の息子だったから怖気づいて申し込めなかったのよ、なんて言い訳はできない。ガキの使いじゃあるまいし。

ああ、やはり夫にも一緒に来てもらえばよかった。そしたら夫の意見が聞けたのに。いや、聞かずとも夫の言うことは想像がつく。

——かまうもんか。どんどんダメ元で申し込めばいいんだよ。

きっと夫ならそう言うだろう。

だったら……あとで申し込んでみるか。最後に男女別なく申し込みできる時間を設けるって司会者が言っていたから。そのときまでに心の中に勇気を溜めておくことにする。うん、そうしよう。

そう決めたそばから気が滅入《めい》った。

もうこれ以上、傷つきたくない。いやいや、何を言っているのだ。そんな弱気でどうする。我が子の幸せのためなら、親は恥を忍ぶものだ。

頑張れ、自分。

めげるな、千賀子。

ここに来てから、これで何度目だろう。自分で自分を励ましたのは。

ふとそのとき、いつもの呪文が思い浮かんだ。

――やるべきことを淡々とこなしていこう。

深く考えようとするな。相手の思惑など考えたところで仕方がない。それは想像に過ぎないのであって、いくら考えても真実などわからないのだから。

淡々とやればいい。ただそれだけのことだ。

心の中で呪文を三回唱えると、少しずつ胸の中に勇気が溜まってくるのがわかった。

「はい、三十分経ちました」

マイクを通した声が響いてきた。「それではですね、お嬢様をお持ちの親御様は着席してください。次はご子息をお持ちの親御様が身上書の交換を申し出てください」

周りを見回したとき、隣席の母親と目が合った。なんとも晴れやかな笑顔で会釈を寄越してくる。

こちらも笑顔を返そうとするが、ぎこちなくなってしまった。

「どうでした？　交換してもらえましたか？」と、思いきって話しかけてみた。

「はい、娘に頼まれてきた四人は全員交換してもらえました」

「そうですか……それは良かったですね」

再び、マイクの声が響いてきた。

「お嬢様をお持ちの親御様は、身上書と写真を机の上に置いて、申し込みをお待ちください」

一斉にガサガサと紙の擦れる音が響いた。友美の書類を机上に揃《そろ》えてから何気なく隣を見たときだ。写真が目に飛び込んで来た。

「お宅のお嬢さん、すごい美人なんですね」

女優のブロマイドかと驚いた。

「ありがとうございます」と、隣席の母親は謙遜《けんそん》することもなく満面の笑みで返してくる。「でもね、これは婚活専門の写真館で撮ってもらったからうまく撮れてるだけなんです。実物の何倍もね」と、いたずらっぽく笑う。

「そうなんですか？ それにしてもきれいなお嬢さんですね」と言いながら、千賀子はもう一度覗き込んだ。そのとき、写真を見るふりをして身上書の内容にも目を走らせた。国立の大学を出ていて、三十三歳で勤務先は有名企業だった。

どうしてこんな結婚偏差値の高い女性の親が参加しているの？

まさか……他の女性も立派な経歴で、そのうえ美人だとか？

そうだとしたら、うちの友美なんて論外じゃないの。

他の女性の身上書を見てみたい衝動にかられた。そうしなければ、友美が全体の中のどこら辺に位置しているのかがわからない。せっかく来たのだから、貪欲《どんよく》に情報を収集して、夫や友美にもできる限り多くの見たこと聞いたことを知らせたい。今後の対策を三人で考えて知恵を絞り出すためにも必要なことだ。

終了時間までに隙を見て、他の女性の身上書を見てみよう。

でも、どうやって？

そんなことを考えて焦燥感に取り憑《つ》かれていると、ひょろりと痩せた男性が向かい側に座った。

「十二番の伊藤です。うちの息子を是非よろしくお願いします」

そう言いながら、身上書を差し出してくる。

「えっ？　あ、申し込みですか？　うちの子に？　まあ、本当に？　ありがとうございますっ」

嬉しくてたまらなかった。さっきはどの親にも冷たくされたけれど、ほら、こうやって、友美をいいと思ってくれる人だっているんだからね。そう大声で言って、みんなに知らしめてやりたくなった。

自然と頬が緩んできた。引き締めなければニヤケてしまいそうだった。

その父親は声が大きくて表情が明るい。悲愴《ひそう》な気分に陥っていた自分とは違い、この場を楽しんでいる余裕が見えた。

「ええっと、十二番の方ですね」と千賀子は言いながら、一覧表に目を走らせた。その番号にはバツがついていた。マルをつけない理由となる項目には、あらかじめ青のマーカーを引いていて、それが何箇所もあった。まず年齢だ。三十六歳だが、それはそれほど問題ではないだろう。友美の希望は三十四歳以下だが、少しくらい年上でも交換するだけはしてみよう。アイドルの風間光介だって青春真《ま》っ只中《ただなか》みたいに若々しいけど、本当は四十五歳なのだから。

あ、この人だったか……。夫や友美と三人で話し合ったときに話題になった人だった。一覧表にある「相手に望む条件」に、「母子家庭で育った方歓迎」と書かれていたからだ。

——たぶん女手ひとつで息子を育てたんだろうね。同じ境遇で育った者同士の方が分かり合えるってことなんじゃないかな。うちは両親揃ってるからダメだね。

夫はそう言ったし、自分も友美もそう思った。

だが、いま目の前にいるのは女親ではなく男親だ。いったいどういうことなのか。

「ちょっとお聞きしたいんですが、ここに『母子家庭で育った方歓迎』とありますよね。それはどういう意味でお書きになったんでしょうか」

「ああ、それね。そういった女性の方がうちの家庭には合うと思ったんだよね」

父親はいきなりタメ口になった。明らかに自分より年上だから言葉使いはいいとしても、人を舐《な》めきった口調で不愉快だった。

「うちは夫も元気ですので、母子家庭ではないのですが」

「それはさっき身上書を見たから知ってるよ」

時間を無駄にしたくなかったので、相手の身上書に急いで目を走らせた。職業欄には「団体職員」とあり、写真を見ると太り気味だが年齢より若く見えた。

「どういったお考えで、母子家庭に育った女性がいいと書かれたんでしょうか？」

「うまく言えないけど、雰囲気かな。控えめな女性が好みなんだよね」と父親は言った。

その好みというのは、いったい誰の？　息子さんのじゃなくて、あなたの好みでしょう。

この男が舅《しゅうと》になるのかと思うと気色が悪い。

「申し訳ないんですが、うちの娘は三十四歳以下の男性を希望しているんです」

「は？　うちの息子は三十六歳ですよ。たった二歳の差にこだわることはないんじゃないの？」

「でも娘がどうしても年齢にこだわるものですから」

そういった単純な理由で断る方が相手を傷つけないだろうと、コンマ一秒のうちに目まぐるしく考えた。たった二歳差にこだわるなんて、なんて馬鹿《ばか》な母娘《おやこ》だと呆《あき》れて去って行けばいい。

「まあそう言わずに受け取ってよ」

そう言って、無理やり身上書を押しつけてくる。「さっき主催者も言ってたじゃないの。一旦は持ち帰って子供に判断させろって」

「まあ、それはそうかもしれませんが」

この男性ばかり相手にしていたのでは貴重な時間がなくなってしまう。だから決断した。

「わかりました。交換いたします」

「そうこなくっちゃ」と父親は嬉しそうな顔で友美の身上書を受け取ると、さあ次行こ、とでも言うように元気よく立ち去っていった。

嫌な気持ちになった。だけど、一週間後に断ればいいことなんだし……。

「すみません、いいですか？　二十六番の山崎と言います」

「あっ、ごめんなさい」

気づかない間にテーブルの一点を睨《にら》んでいたらしい。顔を上げると、目の前に巨大な腹回りの男女が並んで座っていた。夫婦とも穏やかに微笑んでいるが、二人とも汗だくらしく、ハンカチで顔や首のあたりをしきりに拭《ふ》いている。

千賀子は急いで一覧表に目を走らせた。やっぱり、あの息子の親だったか。

息子の体重が百十キロもあることが、夫と友美と話したときに話題になったのだった。

「うちは二世帯住宅を建てたばかりなんですよ」

得意げに父親が言った。その隣で、夫と同じくらい丸い顔をした妻が微笑んでいる。

何としてでも断らなければならない。これ以上無駄な交換はやめなければ。友美の身上書を十通も用意してきたとはいうものの、このあと素晴らしい相手からの申し込みが続々とあるかもしれない。

「すみません、うちの娘は親御さんとは別居を希望しておりまして」

「どうしてですか？　家を建てなくて済むし、私らが孫の面倒も見てあげられるし」

と母親が言うと、父親も「そうですよ。三世代同居はきっと楽しいですよ」と畳みかける。

それ、本気で言ってます？　戦前の話ではないですか？　そりゃあ、あんたたちは楽しいでしょうよ。若夫婦が同居してくれたら、年老いていく身には何かと心強いでしょうしね。息子さんだっていつまでも親と一緒で我《わ》が儘《まま》も言えますよね。だけど嫁の立場の友美はどうなるんです？　苦労ばっかりじゃないですか。

「拝見いたします」

そう言って仕方なく身上書を手に取った。相手の女性に求める欄に「運転免許を持っていること」とあるのも、他では見ないことだった。

「大きな家なんですよ。庭も広くて家庭菜園もできるし犬も飼えます」と、母親が笑顔を向けてくる。

「そうですか、羨《うらや》ましいです」と応《こた》えながら住所に目をやると、青梅《おうめ》市だった。そりゃあ家は広いでしょうよ、車の免許がいるはずですよ。

「息子さんはどういった仕事をされているんですか？　パソコンのお仕事とありますが」

「自宅で何やらやっています」

「何やらと言うのは？　会社にお勤めではないのですか？」

「はい。勤めてはおりません。パソコンのことは私ら年寄りにはわかりませんけど、そこそこ給料はもらっているようです」

「大変失礼ですけど、そこそことというのは、だいたいどれくらいですか？」

「家に毎月八万円入れてくれています。野菜は畑で採れるし、卵は近所の人からもらえるので、食費もあんまりかからないんです。心豊かな生活ができると思うんです」

「……そうですか」

ふと羨ましいような気がした。

——あんたのセカセカした暮らしをそろそろ見直した方がいいんじゃないの？　常にお金のことばっかり考えてるでしょう。

神様からのお告げのようにも思えてくる。

家族の欄にも目を走らせた。えっ？　父親が五十七歳で母親は五十六歳？　見た目よりずっと若い。農作業による日焼けの手入れもしないのだろう、しみと皺だらけの手元や、やはり肥満体型が実年齢以上に感じさせる。

外見はさておき、自分たち夫婦と同年代なのに、どうしてこうも考え方が古いのだろう。都内で三世代同居はかなり珍しい。見ると、目の前の巨大な岩のような夫婦の隙間から、ほっそりした夫婦が順番を待っているのが見えた。時間が限られているのだった。こんなことをしている場合じゃない。すぐに断らなければ。

「さっきも言いましたように、娘は同居は考えられないと言っておりますので」

「でも、一度家を見てもらうと気が変わるかもしれませんよ。青梅は自然に囲まれていいところなんです。それにうちの息子は優しくていい子なんですよ」

小学生でもあるまいし、自分の息子を優しくていい子だと自慢するなんて、子供を客観的に見られなくなっているのではないか。大人になれば人は様々な顔を持つものなのに。

どちらにせよ、友美は同居も太りすぎている人も嫌だと言っている。友美の希望を無視するわけにはいかない。

「本当にごめんなさい」と深々と頭を下げてから、腰を浮かして首を伸ばし、夫婦の後ろに並んでいる痩せた夫婦に笑顔で会釈をした。それで初めて順番を待っている人がいると気づいたらしく、渋々といった感じでやっと立ち上がって去っていった。

「失礼いたします」

次に向かいに腰を下ろしたのは、さっきとは打って変わって貧相なほど痩せた夫婦だった。

「これが、うちの息子の身上書です」

写真は遠景だったが、マッチ棒のようにすらりとしている。中堅どころの大学を出ていて区役所勤務だ。手元の一覧表を見るとバツがついていたが、青いマーカーは三十六歳の年齢の箇所だけだった。

「実は」と母親は思い詰めたような顔を千賀子に向けた。「私どもの息子は食べ物の好き嫌いがとっても激しいんです」

「は？　えっと、それは……」

「すみません。コイツが甘やかして育てたもんで」と父親が隣の妻を顎でしゃくる。

「大人になったら何でも食べるようになるかと思ってたんですが、なかなか治らないもので」と母親が力なく言う。

「そういうものかもしれませんね。誰にでも好き嫌いはありますよね」

思わず慰めるような言い方になってしまった。子育ての責任を全《すべ》て母親に負わせる夫に反感を持ったからだ。

「好き嫌いというような程度じゃないんですよ。野菜はほとんど食べないし、牛乳もダメだし、ゆで玉子にしても少しでも半熟の部分があったら絶対に食べないんです」

父親はそう言うと、呆れてものも言えないというように天井を仰いだ。

「アレルギーか何かですか？」

「いえ、ただの我が儘ですよ。お前が甘やかすからだ」と父親がなおも言い募る。

「ですので、お嫁さんになる人も大変だと思うんです」と母親が申し訳なさそうに言う。

「朝食や夕食だけじゃないんですよ。お弁当作りにも気を遣ってもらわなければなりませんからね」と、また父親がつけ加える。「今は妻がやってるんですが、歳とともにコイツも疲れてきたみたいで」とまたもや妻の方を顎でしゃくる。「早くお嫁さんにバトンタッチしたいって、いつも言ってるんですよ」

「それは……お母様もご苦労されていますね」

どう努力しても顔が強張《こわば》ってしまい、ぎこちない笑顔になっているのが鏡を見ずともわかった。

「あのう、それはつまり共働きではなくて専業主婦になる女性をお望みということでしょうか？　もしそうであれば、うちの娘は今後も働き続けたいと言っておりまして……」

「いいえ、今の時代は共働きが普通でしょう。お嬢さんは今後もお仕事を続けてくださって構わないんですよ」

そう言って、母親が慈悲深いような優しい微笑みを向けてくる。

「うちの息子は公務員ですからね、給料があまり多くないいんですよ。ですから共働きの方がいいと、わたくしどもも思っておるんです」と父親が付け加える。

身上書に目を落とすと、年収四百二十万円と書かれていた。

「息子さんは残業が多いんですか？」と尋ねてみた。

「今いる部署は残業はほとんどないです。五時には役所を出ています」と母親が言い、にっこり笑う。

いったいこの人たちは何を言っているのだろう。共働きなのに、家事全てを妻にやらせるつもりなのか。そして毎日の弁当作りまで？　残業がないなら自分で作ればいいじゃないか。

急いで身上書に目を走らせた。父親が七十一歳で母親は六十五歳だ。

「お母様は今まで働いておられたんでしょうか」と念のために尋ねてみた。

「は？　私ですか？　いえ、結婚以来ずっと専業主婦ですけれど？」と不思議そうにこちらを見る。

いきなり絶望感のようなものに襲われた。それも、過去に何度も味わったことのあるドス黒い既視感とともに、だ。

世代が違う。分かり合えない壁がある。

友美が生まれるまで千賀子は正社員として会社に勤めていた。出産後しばらく休んだが、保育園に空きが出て友美を預けられるようになってからは、派遣社員となって社会復帰した。正社員の人々と同じ時間帯で働いていたが、親戚《しんせき》を始め友人や近所の人々の中にも、女が働くことを軽く見ている人々が多かった。だから家事も育児も女がやって当然だと思われていた。その考えは骨の髄まで浸透しているらしく、仕事の大変さや毎日が体力の限界であることを、千賀子が言葉を尽くして説明しても、彼らは聞く耳を持たなかった。

それはなぜなのか。経験がないから理解できないらしいとわかったのは、ずいぶん後になってからだった。

そんな中で理解を示して親身になってくれたのは姑《しゅうとめ》だった。早朝から農作業に明け暮れる毎日の中で、子育ても家事もやり、同居の舅姑に気を遣って暮らしてきた。だから、千賀子が身を粉にして働いていることを理解してくれた。それどころか……。

――私らよりも、会社に勤めとる千賀子さんの方が何倍も大変だべさ。ほんだって私らみだいに、洗濯機を回しながら、大根と里芋を煮ながら、子供の宿題の朗読を聞いてやりながら、出荷する野菜の箱詰めするっちゅうわけにいかんもんなあ。勤めに出とる間は家におらんわけだから、会社から帰ってがら短時間で家事を片付けんとならん。それは本当に疲れることずら。

姑は盆正月に会うたびに、夫に家事や子供の世話をするよう口酸《くちす》っぱく注意してくれたものだ。姑は長年の重労働が祟《たた》ったのか、七十歳になる前に亡《な》くなってしまった。それが残念でならない。

「どうでしょうか。交換をお願いしたいと思うのですが」

夫婦揃って懇願するような暗い目で見つめてくる。

「それは、そのう、だって……」

冗談はやめてくださいよ。うちの友美を何だと思ってるんですか。無料奉仕のお手伝いさんじゃないんですよ。

もちろん、彼らもまた可愛い我が子のために一生懸命なのだ。だが、この必死な雰囲気からして、問題は偏食だけではない気がした。例えば母親に命令口調で世話をさせているとか、嫌いな食べ物が食卓に出たらネチネチ母親を詰《なじ》るとか……想像に過ぎないが、自分の直感は意外と当たることを思い出し、ふと嫌な気持ちになった。

一刻も早く息子の世話を嫁にバトンタッチしたいと思っている。肩の荷を下ろしたいのだ。特別に悪気があるわけではなくて、そういった考えが当たり前な風潮の中で育った世代なのだろう。

――このままでは、息子さんは誰とも結婚できないと思いますよ。自分の食事は自分で作るようにしたらどうでしょうか。そうすれば、安定した公務員なんだし、きっといい人と結婚できますよ。

本当に親切な人間ならば、そう言って忠告するのではないだろうか。

「すみません。うちの娘にはとてもじゃないけど無理だと思います。共働きの上に偏食の息子さんの食事を作るなんてことは」

「そのうち慣れますよ」と母親が平然と言う。息子の将来を心配してというよりも、きっと自分のためなのだろう。

だが、この夫婦は正直に偏食のことを話してくれた。話さないでおくこともできたはずだと考えると、誠実な面もあるのかもしれない。

断りたいのはヤマヤマだが、いったいどう言って断ればいいのだろう。

ああ、やはり夫を連れてくるべきだった。夫ならどう言って断っただろうか。考えてみるが、わからない。だが確実に言えることは、夫ならうまく断ることができるということだ。自分はどちらかというと普段からおしゃべりではない。友人と会っても、八割方は向こうが話していて、自分はいつも聞き役だ。

いや、なんとしてでも、この場で断らねばならない。友美をこんな男性と結婚させるわけにはいかない。

さっきの母子家庭好きの男性のときは、「若い男性を希望しているので」と言って断ろうとしたが、一笑に付されてしまったのだった。となれば、別の理由の方がいいだろう。

「大変言いづらいんですが、そのう……うちの娘はですね、もっと年収の多い男性を希望しておりまして」

「えっ、そうなんですか？」

「ええ、やはり今の時代は最低でも八百万はないと」

守銭奴みたいだと思われてもいい。とにかく断りたかった。

「ほお、そうですか。わかりました。おい、行くぞ」

父親は軽蔑《けいべつ》の目で千賀子をちらりと見てから立ち上がった。母親はむっとした表情で、「よっこらしょ」と言いながら立ち上がり、去っていった。

ぼうっと後ろ姿を見送っていたら、紺のスーツが似合う色白の女性が向かいに座った。「失礼します。よろしいですか？」

この会場内では珍しく、主婦だとかお袋さんという雰囲気が希薄な女性だった。物腰は柔らかいが、所帯じみた感じがまるでない。女学生がそのまま大人になったような人だ。

「私どもの息子なんですけど、いかがでしょうか」と身上書を差し出してくる。

その写真には見覚えがあった。この爽《さわ》やかな笑顔。唯一オジサンぽくない、あの貴重な男性ではないか。ということは、つまり……。

親兄弟の欄に素早く目を走らせると、夫婦ともに医師と書かれていた。やはり、あのエリート一家だった。

「えっと……あの、こちらこそよろしくお願いします」

千賀子が身上書を差し出すと、女性は吟味することもなくサッと手に取って立ち上がった。「そろそろ時間になるみたいだから」

目が合うと、にっこり笑う。女医だという先入観があるからか、かっこよく見えた。六十歳ちょうどで、この中では若い方だ。

一気に気分が上がった。有頂天といってもいいほどだった。

釣り合いが取れない家庭の息子とは結婚しない方がいい。ついさっきまでそう思っていたのではなかったか。実家の姉が苦労する姿を見てきたはずだ。だが、こういう医師一家に縁づくことができたら……想像するだけで安心感が広がる。息子本人は不動産会社勤務だから贅沢《ぜいたく》な暮らしはできないだろうが、いざというときにはバックがついている。

これで素敵なお土産を手にすることができた。そんな喜びに浸っていた。

「時間となりましたあ。それでは五分ほど休憩を挟みましてえ、残り三十分を男女別なく申し込みをしていただく時間といたしまあす」

千賀子はさっと立ち上がり、椅子《いす》にかけておいたジャケットをつかむと、部屋を出て化粧室へと急いだ。鏡の前に立つと、すぐにジャケットに袖《そで》を通し、肩より少し長い髪をゴムで器用にアップにまとめた。そして口紅をキリリと引き直し、眉《まゆ》も太めに描き加える。

これで別人になったとは言えないが、これだけの人数がいるのだから、誰が誰だか覚えている人は少ないだろう。自分にしたって、今日ここで申し込んだり申し込まれたりした人物を探し出せと言われても無理だ。ハッキリ誰とわかるのは、あの太り過ぎの夫婦だけだ。

部屋に戻ると、首から下げた番号札を脇《わき》に挟むようにして隠した。娘を持つ親の番号札はピンクで、息子を持つ親はブルーだから、それを見られたくなかった。しかし番号札を外してしまうと、スタッフから部外者だと思われかねないから外せない。

千賀子は、息子を持つ母親に化けたつもりだった。目当ての女性を探すふりをして、女性側の身上書を見て回った。途中で何度かチラリと周りを見回し、不審の目を向けている者がいないかを確認するが、みんな自分のことに一生懸命で、辺りを見回している余裕はないようだった。そもそも娘と息子の両方を持つ親で、どちらの相手も探しに来ている親も数人だがいる。

歩きながら、長机に並べられた女性の身上書に次々と目を走らせていった。

なるほど……。溜め息が漏れた。

友美の身上書を受け取ろうとしない親がいて当然だ。想像していたよりも美人が多かった。そのうえ大学も一流だし勤務先も有名だ。親の欄を見ると、父親が弁護士だったり医師だったりと書かれているのが少なくない。女性本人が医師というのも二人いて、薬剤師が六人もいることは一覧表で知っていたが、親まで立派だとは考えていなかった。

なんで、こんなに条件のいい女性が縁遠いの？　男性陣とは違い、写真もプロの手によると思えるものが多く、四十歳前後でもオバサン然とした女性はひとりもいない。わざわざ親に頼らなくたって、言い寄って来る男性はたくさんいるんじゃないの？

それとも……。

――あなたとあなたの娘が来るような場所ではないんですよ。

自分たちはそう言われているのではないか。

次の瞬間、自分にスポットライトが当てられているような錯覚に陥った。もちろん「あなた一人だけ浮いてますよ」「お引き取り願えますか」という警告の光だ。上流社会の中に、ぽつんと庶民がひとり紛れ込んでいる。田舎者で身の程知らずのあなた……。

――その洋服もバッグも靴もダサいけど、安物なんでしょう？

周りの人間が、みんな心の中で嘲笑《ちょうしょう》している。

既視感があった。

いつ、どこでだったか……。

ああ、そうだった。保護者会だ。友美を中高一貫の友愛女子学園に進ませた。そのときに経験した惨めな感覚が蘇《よみがえ》り、悪寒《おかん》が走って、しばしその場から動けなくなった。

そのとき、高校の同級生だった美鈴をふと思い出した。

ねえ美鈴、あなたみたいにずっと田舎で暮らしていたら、わからないだろうね。都会にはね、歴然と格差があるのよ。あの学校では母親たちの多くが友愛女子の卒業生だったの。見るからに東京のお嬢さま育ちという感じの人ばかりでね、いま考えたら滑稽《こっけい》なくらい、私はおどおどしちゃってたよ。

「それでは、そろそろ閉会となります」

千賀子は、のろのろと席に戻り、机の上を片付けた。

ホテルを出ると、真ん前にあるバス停の列に並んだ。親婚活の参加者たちがぞろぞろとホテルの玄関から出てくる。

「バス代、いくらだったかしらね」と、一人の母親が誰にともなく尋ねた。

「確か二百十円でしたわね」と一人が答えると、母親たちは一斉にバッグから財布を取り出した。小銭が触れ合う音が響いている。その様子を千賀子は呆気《あっけ》にとられて眺めていた。自分の友人で、今どきバスや電車に現金で乗る人間はいない。それぞれにカードを持っていて、どこでも電子マネーで払う。

こういった世代の人々が友美の舅や姑になるかもしれないと思うと、またしても漠然とした不安が襲ってきた。

10

真《ま》っ直《す》ぐ家に帰る気になれなかった。

独りになって、いつもの自分を取り戻したかった。だから、バスを降りると駅前のカフェを覗《のぞ》いてみた。

「混み合っておりますので、先に席をお取りください」

多くの客がいたが、そこにいる全員が他人で、誰ひとりとして自分の知り合いはいない。だから独りになれる。だから都会が好きだ。

通りに面したカウンターに席を見つけ、熱いコーヒーを飲みながら道行く人々を眺めた。

自分は自分、他人は他人、私は私らしく生きる……普段の自分にとっては当たり前のことが、今日は嘘くさく思えて仕方がなかった。親婚活は、まさに比較と品定めの場だった。美醜、年収、大学の名前、勤務先名、親兄弟の学歴、住んでいる場所の地価、身長、体重……これら全てを総合して結婚偏差値が決まる。

そんな中に飛び込んだのだから本来の自分を見失って当然だよと、自分を慰めてみる。きっと自分は情けない顔をしていたことだろう。ぎこちない愛想笑いを作り、エリートの息子を持つ母親に媚《こび》を売り、徹底的に自分を卑下していたことに、熱いコーヒーが気づかせてくれた。

きっと明日の朝には口内炎ができている。ひどい時は歯茎までズキズキと痛みだす。社会人になった頃からだろうか、負担が重くのしかかってきたとき、決まってそうなるようになった。

どうした、自分、元気出せ。

媚を売って何が悪い。情けない顔を晒《さら》して何がどういけない。子供のためを思えば、親なら誰だってプライドなんて捨てるもんだよ。そうだよ、何度だって何だって捨てられるよ。

いったい自分は誰に向かって怒っているのだろう。わけのわからない怒りと屈辱感でいっぱいだった。

電車に乗ったあとも気分は塞《ふさ》いだままだった。だから自宅の最寄駅で降りると、そのままフラフラとゲームセンターに足が向いた。今まで経験のない種類のストレスが溜まっていた。強いて言えば、大学時代の就職活動に似ている。全人格を否定されたような気分だ。自分のことならまだしも、我が子と自分の家庭のこととなると何倍もつらい。

ラッキーなことに「太鼓の達人」の前には誰もいなかった。財布から百円玉を取り出し、ビゼーの「カルメン」を選曲し、力いっぱい太鼓を叩《たた》いた。中学時代に吹奏楽部でパーカッションをやっていたので打楽器はお手の物だ。あの当時は、ここは運動部なのかと思うほど厳しい練習の毎日で、部活が嫌になることもしばしばだった。だが、この歳になってストレス解消に役立つとは、学生の頃考えてもみなかった。

一度だけやるつもりが、高得点を出してしまったせいで、もう一曲できるという。次は「アルルの女」を選曲すると、人目も構わず力いっぱい桴《ばち》を振り下ろして叩き続けた。

終わって桴を元の位置に戻すとき、背後に気配を感じた。振り向くと、制服を着た男子高校生たちが一列になってこちらを見ていた。

――あのオバサン、スゲエ。

彼らの声が聞こえるようだった。

尊敬の眼差《まなざ》しの中を澄ました顔で通り過ぎ、家路に向かった。

自宅マンションの向こうに夕焼け空が見えた。春は名のみの寒さだが、それでも少しずつ日が長くなってきている。

玄関に入ると、玉ねぎを炒《いた》めたようないい匂《にお》いがした。夫が夕飯を作ってくれているのだろう。

「ただいまあ」と言いながら台所を覗いた。

「お帰り。お疲れ様でした」

そう言いながらも、夫はフライ返しを手にして視線はフライパンに集中している。

「オムレツ?」

「うん、具沢山だよ」と、フライパンを睨んだままだ。

「ありがとう」

夫のレパートリーは少ない。オムレツと焼うどんだけだ。子育てで忙しかった時期には、それしか作れない夫を恨んだものだ。友美には料理ができる男性と結婚してほしいと思う。今は作れなくても努力する男性がいい。

「どうだった、親婚活は?」

「会場が信じられないほど狭くて息が詰まりそうだったわ」

「それはひどいな。一万五千円したんだろ? 全部で何人くらい来たんだ?」

「九十人くらいかな」

「とすると、全部で……」と夫は天井を見上げた。「百三十五万円か。たった数時間でか。ボロい商売だな。それも、ほとんど元手が要らないよね。でもさすがにホテルなんだから、コーヒーとケーキのバイキングくらいはあったんだろ?」

「出たのは水だけよ」

「何だそれ、マジか。水をウェイターがサーブして回るわけ？」

「ウェイターなんていないよ。後ろの方にピッチャーと紙コップが置いてあって、どうぞご自由にだって」

「へえ、やるなあ。徹底してる」

「は？　感心してどうすんのよ」

そのとき、玄関のドアがバタンと閉まる音がした。

「ただいまあ」

友美は、千賀子が参加した「良縁いずみ会」の主催する本人同士のパーティに行ったのだった。リビングに入ってきた友美は、いつもと違い、きちんと化粧をしてシフォン素材のクリーム色のワンピースを着ていた。

「お腹《なか》ペコペコだよ」

今にも餓死しそうに嘆いてみせる。だが、その茶目っ気たっぷりの横顔に翳《かげ》りがあった。この子は傷ついて帰ってきた……千賀子は我が子のぎこちない笑顔を見てすぐに悟った。

「そんなに腹が減ったのか？　パーティと名がついているのに、友美のところも水しか出なかったのか？」

夫は台所のカウンターから顔を覗かせて、苦笑しながら尋ねる。

「コーヒーと紅茶が出たよ。セルフサービスだったけど」

「儲《もう》けやがって」と、夫がフライパンをひっくり返して、巨大なオムレツを大皿に載せながら毒づく。「さあ、できたぞ。みんなで食べよう」

「うわあ、美味《おい》しそうだね。父さんのオムレツ大好きだよ」

大急ぎで手を洗い、小学生のように感激してみせる。そのわざとらしさが痛々しかった。だが夫は、娘に料理の腕を褒められたのが嬉《うれ》しかったらしく、満面の笑みだ。

「いただきまあす」

「友美、どうだったんだ。良さそうな男はいたのか？」

「撃沈ですう」

そう言いながら、大皿から自分の皿に取り分け、本当に飢餓状態でもあるかのように猛スピードでオムレツを口に運んでいく。相当ストレスが溜まっているらしい。

「友美はカップルにはなれなかったのか」

「カップルは一組も成立しなかったよ」

「だったら撃沈も何もないだろ。みんながそうなら」

「十対十だったんだけどさ、すごい美人が一人いたわけよ。男どもは全員その美人に夢中になっちゃってさ、ああいう人、ほんと迷惑なんだよね。あれだけきれいだったらモテるだろうに、なんでこういうパーティに出てくるのかなあ。まさかチヤホヤされていい気分になるためとか？　もしそうなら暇な上に馬鹿だよ。お金ももったいないし。それとも、私たちブスに対する嫌がらせとか？」

千賀子は、世代的にもそういったパーティの経験はないが、会場の様子は容易に想像できた。とびきりの美人が一人いたら、パーティはその女の独壇場になる。

「それにしても男という生き物は残酷だよねえ。いくらなんでも露骨なんだよ。ブスにも少しは気を遣えっつうの。こっちだってお金払って参加してんだからさ」

わかりやすい娘だ。がっかりが腹立ちに変わっていく過程が目の前で展開し、千賀子はホッと胸を撫《な》で下ろしていた。意気消沈は心配だが、腹立ちはエネルギーに転換しうる。

「私が話しかけたら愛想よく受け応えはするけど、ふとした拍子に美人を目で追ってるんだよ。要はさ、女って所詮《しょせん》は顔だよね。ほんと馬鹿馬鹿しい」

強がってみせるが、とはいえまだ傷心が完全には癒《い》えていないのが見てとれる。

「小中高と真面目《まじめ》に勉強したり卓球部と書道部をかけもちで頑張ったり、将来のためと思って色んなこと努力してきたけど、ああいうの何だったんだろうね。顔さえ良ければいいってことになると……ああ、なるほど。最近の小学生が化粧して洋服にも小遣いを費やして女子力を上げようとしているって母さんから聞いたとき、世の中オカシイんじゃないかと思ってたけど、アイツら正解だわ。聡明《そうめい》ですわね、最近のお子ちゃま方は」

「初対面となると仕方がないかもね。友美だって男性を外見で判断したんじゃないの？」

「そうかも、確かに。人のこと言えないね」

「そんなことなら合コンなんて意味ないな」と夫が言う。「で、チカちゃんの方はどうだった？」

向かいに座る友美がスプーンを持つ手を止め、じっとこちらを見つめる姿が視界に入った。

「私は四人と身上書を交換してもらって持ち帰ったわよ」

友美の両肩がストンと落ち、スプーンを持つ強張った手がふっと緩んだ。交換した相手がどうあれ、枚数だけはある。これで良かったのだ。もしも一枚もなければ、どんなに暗い雰囲気になったことだろう。

「食事が終わったら、持ち帰った身上書を見ながら三人で検討しましょう」

「ああ、そうしよう」

食事を終えると、友美が率先して皿を洗い、その横で夫がコーヒーを準備している。千賀子は寝室へ入り、ジャージに着替えてから洗面所で化粧を落とした。顔を洗ったら少しサッパリして、幾分は疲れが和らいだ気がした。親婚活では精神的な高揚とドン底を交互に繰り返したせいか、わずか三時間だったとは思えないほど疲れ果てていた。

三人でソファへ移動すると、千賀子は四枚の身上書をガラステーブルに並べて置いた。

夫と友美は、一枚ずつ手に取って熱心に眺めだした。

「残念ながら二十九歳のお医者さんは欠席だったのよ」と千賀子が報告する。

「何だ、それ。怪しいな」

「フクちゃんもやっぱりそう思う？」

「それは『釣り』ってヤツだよ。婚活サイトでもよくあるらしいよ」と友美が言う。

「それとね、三十七歳の高校教師には断られたの」

「そうなのか？　理由は何だ？」と夫が尋ねる。

「理由を言ったりしないわよ。お宅のお嬢さんのここが気に入りませんなんて口に出すのは厳禁だもの」

「そうなるとダメだった理由を想像するしかなくて、逆に精神衛生上よくないな」

「そうかもしれないわね。だけど、断る理由を言うのも良《よ》し悪《あ》しよ」と、千賀子は言葉を濁した。仮に、うちの息子は面喰いなもんでねと面と向かって言われたら、お宅の息子さんは鏡を見たことがあるんですか、などと言い返してしまいそうだ。

「ええっ、三十三歳って、こういう感じなの？」と、友美はがっかりした顔を隠さなかった。「ここまでオジサンとは思わなかったよ。うちの会社にも同じ年齢の営業の男性がいるけど、もっと若々しいよ。その人、子供が二人もいるけどさ」

「どれ、見せてみろ。あ、本当だ。脂《あぶら》ぎった中年オヤジって感じだな」と夫も同調する。

「こっちの人もそうだよ。三十二歳の鉄鋼メーカー勤務だって。へえ、年収高いんだねえ。だけど……」

「主催者の人が言ってたけどね、会ってみないとわかんないって。写真より実物の方がずっといいってこともあるらしいよ」

「そうなの？　本当に？　その逆もあるだろうけど」

「実際に会ってみないと人柄もわからないしね」

「あれ？　チカちゃん、これ、どうして？」と、夫が一枚の身上書を指差す。「うちは母子家庭じゃないのに交換したのか？」

「だってしつこかったのよ。時間がもったいなくて交換しちゃったの」

「だけど、母子家庭同士の方が分かり合えるってことなら、うちは当てはまらないだろ」

「それが違うのよ。会場に来てたのはお父さんだもの」

「変なの」と、友美も首を傾《かし》げている。

「あれ？　身上書の『相手に望むこと』の欄に、もっと変なことが書いてあるぞ」と夫が顔を顰《しか》めた。

自宅に郵送されてきた一覧表は一人分が一行だけで、抜粋された文章しか載っていない。身上書にはもっと詳しく載っているが、千賀子はまだ隅々まで目を通していなかった。

「読んでみるぞ。『母子家庭で育った方、歓迎。できれば人見知りなぐらいおとなしくて控えめな女性を希望します』だってさ」

「ゲッ、気味が悪い」と友美が眉根を寄せた。

「これって、どういうこと？」

「要はそういう人を薄幸で可哀想だと勝手に決めつけてさ、かわいがって満足したいってことじゃないか？」

夫の解釈に、千賀子は唖然《あぜん》とした。

「そんな……」

おそらく息子本人の希望ではなくて、会場に来た父親の好みに違いない。そしてあの父親は、その深層心理のイヤラシさには気づいていない。

「つまり、男を立てて自己主張をしない従順な嫁がほしいってことだよな。マジ古いよなあ。男の俺でも鳥肌が立つよ」

せっかく息子の嫁にもらってやったのに、口答えはするし、素直にいうことを聞かないし、見損なったよ。そう言って、ほどなくして舅が嫁をイビるようになる。そんな未来が容易に想像できる。姑ではなく舅のパワハラとなるとかなり厄介だ。

「ゾッとするわね」と、千賀子はつぶやいていた。

「そもそも母子家庭イコール可哀想だとか貧乏っていう決めつけが古いよ。シングルマザーが高収入のキャリアウーマンで、子供も萎縮《いしゅく》せずのびのび育っているなんてのもいるよ」

「こんな人、嫌だよ。母さん、断ってね」

「うん、わかってる」

こんな父親がいる限り、この息子は結婚できないのではないか。それとも、息子も父親と同じように歪んでいるのだろうか。

「あ、この人、いい感じ」

友美が目に留めたのは、例の医者一家の息子だった。イケメンではないが、三十歳と最年少だし、四人の中で唯一若々しさが残る男性だ。

「え？　このご家族、すごくない？」

友美が「家族」と言わず、わざわざ「ご家族」と言うのがおかしかった。

「こういう人と結婚するのを、玉の輿《こし》に乗るっていうのかな」

「それは違うでしょ。親兄弟がどうあれ、本人は不動産会社に勤めているんだから」

「そうか、こういうのは玉の輿とは違うんだね」

そう言う間も、友美は写真から目を離さない。

「おい、友美、ビビッと来たなんて思ってるんじゃないだろうな」

「えっ？」と、友美は口を半開きにして驚いたように父親を見た。

――父さん、どうして私の気持ちがわかるの？

そう言っているのも同然だった。こういうところが小学生のときから変わらない。

「友美は今、この人が運命の人かもしれないと思ったんだろ？」

「え……なんでわかるの？」

「顔に書いてあるよ。だけどな、運命でも何でもないんだ。友美は単にこの男の外見を気に入っただけなんだよ。会ったこともなくて性格だってわからないんだし」

「へえ、すごい。フクちゃんを見直したわ。人間の心理がよくわかっているのね」

そう言うと、夫は苦笑した。「これも婚活の本に書いてあったんだ」

「なんだ、そうなの。だけどそれは正しいわね」

「言われてみればそうだね。性格も考え方も全然わかんないのに、ビビッと来たなんておかしいよね」と、友美も素直に認めた。

「で、どうする？　これは向こうから申し込まれたのよ」

「会ってみようと思う」と友美が即答する。

「わかったわ。フクちゃんはどう思う？」

「友美がいいと言ってるんならいいんじゃないか？」と、夫はあっさり言った。

「一覧表に載ってた百十キロの男性のこと、覚えてる？　そこの親御さんにも申し込まれたのよ」

「二世帯住居を新築したって人だよね」

会が終了する間際《まぎわ》、主催者がマイクを通して尋ねたのを、千賀子は思い出していた。

――この中で、一通も身上書を交換できなかった人はいませんかあ？

そのとき、みんな一斉にこの夫婦のことを思い浮かべた。

自分たちのことだと気づき、二人は咄嗟《とっさ》に俯《うつむ》いてしまった。主催者が場内を見渡してもう一度同じことを尋ねたが、二人は手を挙げなかった。

一通も交換できなかった場合は何らかの配慮があると聞いていた。司会者が全員の前で子供の経歴を発表したり、親がマイクを通して我が子の長所や人となりを話して申し込みを募るというものだ。だが、彼らが手を挙げなかったのは、もう十分に居たたまれない思いをしていたからだろう。千賀子も似たような気持ちになっていたから、痛いほどその親心はわかるつもりだった。

「母さん、この二世帯住宅の人のことは断ってくれたんだよね」

「うん、断った。悪いとは思ったけど仕方ないよね」

断られる場合と同じくらい、断るのも心に傷を負う。双方ともに人の親だ。子供が何歳になっても、我が子を思う親の気持ちには変わりはない。

「三十四歳の人にも断られたわ。信用金庫に勤めている人よ。大学のレベルもかなり低いし、こちらとしてはリラックスした気持ちで申し込んだんだけどね」

「どう言って断られたんだ？」

「うちの息子には合わないとか何とか。お父さんもお兄さんも東大出で、お母さんが元ＣＡだった」

「そういうこともあるかもな」と夫がひとり合点がいったように頷《うなず》いている。「つまりアレだよ。家族の中での落ちこぼれというポジションなんだな。そんな息子に結婚で一発逆転を狙《ねら》わせてやりたいんだよ」

「何なの、それ。そんなの聞いたことないわ。結婚によって優秀な親兄弟と同列まで引き上げてやろうっていうこと？　へえ、世の中には色んな考え方があるのね。そんなことも本に書いてあったの？」

「いや、そういうヤツが前の会社にいたんだよ」

それが本当なら、息子自身もつらいのではないだろうか。もっと気楽に生きた方がいいのではないか。そう考えるのは自分が庶民だからか。ハイソな家庭では、親族全体のレベルを保つためには珍しくないことなのかもしれない。

「偶然かもしれないけどね、今回は市役所勤務の公務員がすごく多かったのよ」

「公務員かあ、安定しててていいよね」と友美が言う。

「そうとも言えないぞ。少子化でどんどん人口が減ってるし、マイナンバーの導入で役所の事務は簡素になってるよ。それに、夕張市みたいに財政破綻《はたん》したら、給料が激減して食えなくなって辞めざるを得なくなる。だから公務員といえどもうかうかしていられない時代が来てるよ」

「なるほどね。これからはますます先が見えない世の中になるんだね」と友美が言う。

「就職すれば死ぬまで安泰なんていう時代は、長い歴史の中ではほんの一瞬なんだろうな」と夫がしみじみと言った。

「婚活をすることが、これほど人生勉強になるとは思いもしなかったわ」

千賀子はそう言って、ぬるくなったコーヒーを飲み干した。

いつになく苦かった。

11

会社での昼休み、千賀子はパンと牛乳を机の上に載せた。

駅前のパン屋で買ってきたのは、イチジクとクルミの入ったフランスパンだ。それを一口大に千切って口に放り込みながらスマホを開いたとき、真由美からメールが届いているのに気がついた。

――チカちゃん＆モリコへ
お元気ですか？　今年はなかなか二人から連絡が来ないので、私の方からメールしてみました。

　恒例の年一回のプチ同窓会のことですが、今年はどうしますか？　私は来月の第一週であれば何曜日でもＯＫなのですが、お二人の都合はいかがでしょうか。表参道に素敵な一軒家レストランを見つけました。ランチタイムなら、お財布にも優しいし、長居できそうな雰囲気もあります。お返事お待ちしていま〜す。

　文章のすぐ下に、店のＵＲＬが貼り付けられていたのでタップしてみると、まるでフランスかイタリアの片田舎にある店かと思うような、荘厳《そうごん》な石造りの外観が現れた。

　仕事柄、舌が肥えている真由美が紹介してくれる店にはハズレがない。ランチメニューの項目をタップすると、赤身サイコロステーキ、舌平目のムニエル、ほうれん草とベーコンのキッシュから一点を選べるらしい。どれも美味しそうだ。前菜には美しい彩《いろど》りのサラダがついていて、パルメザンチーズがこれでもかというくらいかかっている。そのうえ飲み物とデザートもついていて、値段が手頃だというのだから百点満点だ。真由美自身は余裕があるから、本当はもっと高い店でも構わないのだろうが、こちらの懐《ふところ》具合を考慮してくれているのも嬉しい。

三人で年に一度会うことが習慣化したのは十年ほど前からで、ちょうど子育てが一段落した時期だった。真由美は外国にいることが多いし、多彩な趣味を持っているから多忙だ。だから、真由美抜きでモリコと二人で会うことはちょくちょくあった。

だけど……。

――里奈が結婚することになりました。

あの年賀状が届いて以来、モリコには一度も連絡していない。時間が経《た》てば経つほど気まずくなるとわかっているのに。

「調子、どうですか？」

どこからか松本沙織の声が聞こえてきた。

顔を上げると、沙織がとびきりの笑顔で深沢久志に話しかけているのが見えた。老婆心ながら、どうせならそんな事務的な声じゃなくて、デカ目のジジみたいな甘え声を出した方が男心をくすぐるんじゃないかと思う。

沙織が深沢に恋心を抱いているのを知っているのは自分だけだろうか。ただ、沙織もなかなかやるものだ。用もないのに偶然通りかかったふりをするなんて。きっと化粧直しをしてきたばかりだろう。顔全体がマットな質感だし、唇はピンク色で艶々《つやつや》している。

「大丈夫です。なんとか納期には間に合わせますから」

深沢はコンビニ弁当から顔を上げると、ニコリともせずに、律儀《りちぎ》に敬語で答えた。ボクの方が年下ですから礼儀はわきまえていますよ、とでも言わんばかりだ。少しムッとしている様子からすると、進捗《しんちょく》に遅れがないかどうかを事務職の沙織が偵察にきたと捉《とら》えたのかもしれない。

――俺は徹夜で頑張っているし、さっき進捗会議が終わったばかりなのに、なんでまた聞きに来るんだよ。

そう言いたそうに見えた。

沙織の傷ついた横顔が友美と重なった。こちらまでつらくなってくる。

ちょっと深沢くん、ひどいじゃないの。ジジに対する態度と百八十度違うじゃない。女を見る目がなさすぎるわよ、目を覚ましなさいよ。

そう言ってやりたい衝動に駆られた。

ジジは、今日は休んでいた。「体調が悪くて」と電話が入ったらしい。確か二ヶ月ほど前にもそう言って休んだのではなかったか。納期が迫ってスケジュールが厳しくなってくると、ジジの体調は決まって悪くなる。みんなはそのことに気づいていないのだろうか。派遣の自分でさえ気づいているというのに。誰かにジジの悪口を言いたくてウズウズする。だが、派遣の分際で、社員さんの悪口を言うわけにはいかない。いや、それ以前に、気軽に話せる相手がこの職場にはいない。

千賀子は、自分に割り当てられた担当分のプログラムを、スケジュール前倒しで着々と作り上げていた。だが、午前の進捗会議では、「なんとかスケジュールには間に合います」と、まるでギリギリで切羽詰まっているような言い方で報告しておいた。もしも余裕があるとバレたら、ジジが作った筋の通らないグチャグチャのプログラムの尻拭《しりぬぐ》いをさせられる恐れがある。たぶん一から作るより何倍も大変で徹夜は免れないだろう。それだけはなんとしてでも避けたかった。

ジジのような狡《ずる》い女ではなく、真面目な子持ちの女ならば肩代わりしてやってもいい。実際に、保育園から「お子さんが熱を出しました」と急に呼び出しがかかり、焦っていた女性社員のプログラムを何度か引き受けたことがある。若い頃、自分もそうやって周りの心ある人に助けられて今日までやってこられたから、恩返しの気持ちもあった。だが、ずる休みするジジに加担してやる気はさらさらない。そんなのはジジに気のある男にやらせればいい。そうすれば、憧《あこが》れのジジに感謝される特権が付いてくる。もちろんジジの言う「ありがと」は上辺のことかもしれないが、ジジにそう言われるだけで舞い上がる男は、今ぐるりと周りを見回しただけでも、深沢を含めて三人はいる。

千賀子はパンを食べ終えると、もう一度スマホのメールを読み返した。ああ、それにしてもモリコに会うのは気が重い。里奈は結婚するというのに、友美の婚活は悉《ことごと》くうまくいっていなかった。

あの親婚活から二週間が経っていた。こちらから断ったのは、「母子家庭の娘」を希望する例の男性だけだ。その他の男性には、こちらから見合いの申し込みの電話をかけたが、「ご縁がなかったようで」という言葉で次々に断られてしまった。そして数日後には身上書が郵送で返されてきた。医者一家にしても同様だった。

――身上書を交換してくださってありがとうございました。残念ながらこの度はご縁がなかったようでございます。お嬢様のご良縁をお祈り申し上げます。

どれもこれも、親婚活の主催者が指導した紋切り型の言葉が並んでいた。具体的な理由は全くわからない。友美の身上書を見た息子たちは、どういう反応をしたのだろうか。あの参加者の中で、友美は年齢的にはかなり有利だったはずだ。だが、三十歳を少し過ぎている才色兼備の女性が少なくなかった。そのうえ、良家のお嬢さん風が多かった。

そんな中、わざわざ友美を選んだりはしないだろう。息子たちは、親が持ち帰った何人分かの身上書を見比べてみて、迷うことなく美人を選ぶ。ただそれだけのことだ。あのねえ、あんたたち、自分の顔を鏡で見てごらんなさいよ。高望みばかりしてるから、あっという間に三十歳を過ぎてしまうんでしょうよ。どこから見たって中年のオジサンにしか見えないよ。

そう言ってやりたくて仕方がない。意地悪な気持ちが腹の底から湧《わ》き出てくるのを止められなかった。我が子可愛《かわい》さに他人を罵《ののし》っている。知らない間に、自分も例に漏れず愚かな母になったということか。

会社帰りの電車の中で、千賀子は無意識のうちに、向かい側に座る人々を端から順に見ていった。

——ちょっとお尋ねしますけどね、あなたは独身ですか？　だったら、うちの娘と結婚してやってくれませんか？

そう言って、片っ端から声をかけたい衝動にかられた。

ふと気づけば、目を皿のようにして車内の若い男を物色している。中年ぽくなくて、太りすぎてない若い男はどれだ。多少ダサくてかっこわるくてもいいから、実直で聡明な男がいい。

世の中にはこんなにたくさんの男がいる。それなのに、どうして友美はたった一人の男さえ見つけられず、見染められないのだろう。やはりデカ目のジジみたいな女でないとダメなのか。

電車内の男性がみんな冷たい人間のように思えてきて、殺伐とした気持ちになった。


その日曜日、表参道のレストランに向かっていた。

風はまだ冷たいというのに、いつの間にか厚いコートが華やかな街には似合わない季節になっていた。ブティックのウィンドウは春一色だ。気の早い店では初夏を意識したディスプレイさえある。

この頃から、季節の移り変わりの速さを怖いと思うようになっていた。自分が年を取るからではない。この調子だと友美はすぐに三十歳になり、三十五歳になり、ますます縁遠くなる。

今日は無理をしてでも明るく振舞おうと決めていた。真由美とは年に一度しか会わないのだから、暗く沈んでいるところを見せたら、それを印象づけたまま今後の一年間が過ぎていってしまう。

いや、そんなことよりも、もっと大切なことは、モリコに「里奈ちゃんの結婚おめでとうっ」と、思いきり明るい調子で笑いかけることだ。その場面を想像すると、途端に憂鬱《ゆううつ》になった。いつもなら楽しみで仕方がない集まりだというのに。

店に入ろうとすると、「こっち、こっち」とテラス席から真由美が手を振ったのが見えた。モリコはまだ来ていないらしく、真由美が丸テーブルにポツンと一人座っている。

「お久しぶりい。チカちゃんは変わんないねえ」と真由美が弾《はじ》けるような笑顔で迎えてくれた。

「チカちゃん、テラス席だと寒いかな？　パティオヒーターもあるから大丈夫かと思って」

「いいわよ。外の方が気持ちいいもの」と言いながら、真由美の向かい側に座り、店のブランケットを膝《ひざ》に掛けた。

「そういえばさ、里奈ちゃん、結婚するんだってね」

「そうらしいね」

「年賀状を見てすぐにお祝いを送ろうと思ったんだけど、忙しくてなかなか……」と真由美は言いながら、紙袋をゴソゴソさせている。

そのとき、こちらに向かって真っ直ぐに歩いてくる人影が見えた。モリコだった。

「お久しぶり」と言いながら椅子に座る。

「モリコは相変わらずスレンダーね」と真由美が褒めたので、千賀子も釣られてモリコの全身に目を走らせた。もともと痩《や》せ型なのに肩のあたりの肉が更に落ちて、頬がやつれているように見えた。

千賀子は二人にわからないように、鼻から思いきり息を吸い込んだ。そして目いっぱい口角を上げて笑顔を作ってから言った。

「里奈ちゃん結婚するんだってね。おめでとっ」

よし、終わった。これで今日のミッションは終了だ。そう思って、やっと肩の力を抜くことができたのに、当のモリコは、「え？　うん……ありがと」となぜか歯切れが悪い。

そのとき、女性店員が水を運んできた。

「メインは三種類の中から選べるらしいの。どれにする？」と尋ねながら、真由美がメニューを広げる。

それぞれに注文を終えると、真由美は紙袋の中から小さな包みを取り出した。

「忘れないうちに渡しておくわ。これ、お嬢さんの結婚祝い」

「えっ、うそっ、どうしよう、私、何も持ってきてないよ」と、千賀子は思いがけず大きな声を出していた。下がりかけた店員が、振り向いてこちらを見たほどだ。

「何をそんなに驚いてるのよ。私はチカちゃんと違って、次はいつ会えるかわからないから、今日持ってきただけよ」

「あっ、そうか。でも……」

結婚祝いのプレゼントのことなど、今まで一度も頭に思い浮かばなかった。自分でも信じられない。里奈の結婚を素直に祝えない気持ちを、モリコに見透かされないようにしなければと、そればかり考えていた。

「真由美、気を遣わせてしまったわね」

「フライトでイタリアに行ったときに買ったアクセサリーなの。今どきの新婚家庭には何が必要か見当もつかなくてね。だからペンダントにしたよ。里奈ちゃんには会ったことがないから、果たして気に入ってくれるかどうかわかんないけど」

「ありがとう。里奈もきっと喜ぶわ」

そう言うと、モリコは大切そうにバッグにしまった。

サラダが運ばれてきた。色とりどりの野菜が盛り付けられている。

「いただきまあす」と元気な声を出したのは真由美だ。

「きれいねえ。写真を撮っておこうかしら」とモリコがスマホを取り出した。

「真由美はいつも素敵なお店を紹介してくれるわね」と千賀子は言い、真っ赤なトマトを口に運んだ。

ほどなくしてメイン料理も運ばれてきた。どれも美味しそうで、食器も外国の高級ブランドだ。

千賀子がチーズのたっぷり入った熱々のキッシュを切り分けていたときだった。

「ねえモリコ、何かあったんじゃない？」と真由美がいきなり尋ねた。

「えっ、何のこと？」とモリコが皿から顔を上げて、真由美を見た。

「だって今日のモリコ、メッチャ暗いじゃない」と真由美は言い、「ねえ、そう思わない？」と千賀子を見る。

「私は……全然気づかなかったけど」と、千賀子は正直に答えた。

「えっ、本当？」

真由美は目を丸くし、「私の思い過ごしかしら」とつぶやいたが、納得できないといった表情をしていた。

きっと今日の自分は鈍感なのだ。里奈の結婚に対し、「おめでとう」と笑顔で言わなければと、朝からそればかり考えていた。そして役目を終えたとばかりに、今は目の前の料理に意識が集中している。我ながら何とも単純だ。

「真由美って鋭いのね」

モリコは溜め息まじりにそう言うと、フォークを置いてグラスの水を一口飲んだ。

「実はね、里奈の結婚に夫が大反対なのよ」

「なんで？」と真由美が尋ねる。

「それが、なんていうか、色々とね」とモリコが言葉を濁す。

「里奈ちゃんは確か証券アナリストだったよね。高給取りなんでしょう？　もしかして相手の男性に何か問題があるの？」と真由美が聞く。

「問題と言えば問題だけど」

「ご主人から見て、相手の男がどういうふうにダメなわけ？　それとも単に嫁に出したくなくなったとか？」と、真由美は遠慮がない。

「まさか。もう里奈もいい歳だから早く結婚した方がいいって以前から夫も言ってたのよ」

「じゃあなんで反対なの？　そんなにとんでもない男ってわけじゃないんでしょう？　里奈ちゃんは頭も良くてしっかりしてるんだから、それなりの男性を選んだわけでしょう？　あ、もしかしてお相手は再婚で子供がいるとか？」

真由美がズケズケと質問してくれるので、千賀子は黙って聞いていればよかった。

一年の半分以上を海外で過ごすからか、真由美は自由で、考え方にしても千賀子たちとは一線を画している。真由美からすれば、相手の男性の婚姻歴や子供の有無など全くこだわる必要はないという考えだからこそ、平気で聞けるのだろう。そのうえ真由美は独身で子供がいない。だから我が子と比較して優越感を持ったり劣等感を持ったりと、余計な感情が入り交じらない分あっさりしている。

「うん、あのね、どういえばいいのかな」と、モリコはグラスを弄《もてあそ》んでいる。「役者志望でね、収入が……アルバイト程度なのよね」

千賀子は驚いて、モリコを見つめた。

「どこで知り合ったの？　飲み屋かなんかでナンパされたとか？」

真由美はたいして驚いた様子もなく、軽いノリで質問を続けている。

「いま流行《はや》りの寺婚よ」

「テラコン？」と、千賀子と真由美の声が揃った。

「若手の住職たちが主催する婚活のことよ。お寺の本堂に男女を集めて一緒に水引きを作ったり座禅を組んだりして、互いに親交を深める企画なの。参加費が安くて成婚率が高いってことで、最近は人気があるのよ」

「それにしてもさ、どうして里奈ちゃんはよりによってそんな男性を選んだわけ？」

いくら真由美でもその聞き方はまずい。「よりによって」だなんて。

案の定、モリコは奈落《ならく》の底に突き落とされたような顔になった。座がシンとなる。

「役者志望なら、すごいイケメンなんじゃない？」と、千賀子は思いきって口を挟んだ。

モリコはふうっと息を吐いてから「当たり」とボソリと言い、小さく切り分けたキッシュを静かに口に運んだ。

「仕方ないかもね。学生時代に同じクラスだったとか、職場で同僚だったとかっていうんなら性格や能力を重視するけど、婚活となれば外見だけだもん」

真由美はそれで慰めたつもりなのだろうか。

「寺婚の成婚率が高いのはどうしてなんだろう」と、千賀子は誰にともなくつぶやいていた。

「住職が言うにはね、人物本位の方針だからなんだってよ」と、モリコが疲れたような顔で続ける。「学歴も年収も年齢も明かさないまま見合いさせるんだもの」

「となると、やっぱり外見勝負ね」と、真由美がアハハッと軽快に笑った。

「笑いごとじゃないんだけどね」とモリコがムッとしている。

「なんで経歴を明かさないままなの？」と千賀子は尋ねた。

「その方が余計な先入観を持たずに人間性だけを見ることができるんだって。それが住職の考え方なのよ」

「人間性なんて、そんな短時間でわかるわけないじゃん。その坊主《ぼうず》も未熟だね」と、真由美が切り捨てる。

――おい、友美、ビビッと来たなんて思ってるんじゃないだろうな。

そのときふと、夫が言った言葉を思い出した。外見が好みだっただけで、運命の出会いと錯覚してしまう若い男女はやはり多いのだろう。

「で、里奈ちゃんはどうなの？　後悔してるの？」

「すごく幸せそうだけどね」

「そりゃそうだ。だって恋に落ちたってことだもんね」と真由美が続ける。「現実に気づいて気持ちが醒《さ》めるのは時間の問題だろうけどね」

「やっぱり、そう思う？　でも、もう一緒に暮らしてるの」と、モリコの表情がますます暗くなる。

「もう籍は入れたの？」と千賀子は尋ねてみた。年賀状に書いていたくらいだから、夫の反対で揉《も》めているとは想像もしていなかった。

「夫の大反対にあったから、実は式も入籍もまだ済ませてないのよ。でね、夫にはまだ言ってないんだけどね……あの子、妊娠したみたいなのよ」

「あら、おめでとう」と、真由美はすかさず言った。「モリコもとうとうおばあちゃんね」

真由美の屈託のない明るさにモリコは何も答えず、人参《にんじん》のグラッセをフォークで次々に突き刺して焼き鳥の串《くし》のようにすると、大きく口を開け、ヤケクソみたいに口の中に放り込んだ。

千賀子は何を言うべきかわからず、付け合わせのブロッコリーを黙って口に入れた。

「だってセクシーだもん、そういう男って」と真由美が言う。真由美は空気が読めないのか、それとも人間の器が大きいのか。

「そういう男って、どういう男のことよ」と、モリコの目が攻撃的になっている。

「だってそうじゃない。就職もしないで夢を追い続けているんでしょう？　そのうえ役者志望ならイケメンのはずで、バイタリティや男の色気ってヤツが半端《はんぱ》じゃないよ。女なら誰だってフラフラッとなるわよ。きちんとした家庭に育った行儀の良いお坊ちゃんとは違って、そういう男は危険な香りがするもの」

「それ、すごくわかる気がする」と思わず口走った千賀子を、モリコは鋭い目で睨《にら》んだ。

12

夕食後に、シュークリームを三人で食べていた。

「来月も親婚活があるのよ。また申し込んでみようかと思うんだけど」と、千賀子は切り出した。

本音を言うと、親婚活には二度と参加したくなかった。前回は屈辱的な思いまでして身上書を交換したのに、見合いは誰とも成立しなかった。友美はもちろんのこと、夫も落ち込んでいるのが見て取れた。それに、親婚活は三時間とは思えないくらい疲労した。翌月曜日は仕事に集中できずにミスを連発したほどだ。

それでもなお来月の親婚活について話してみたのは、友美の反応を見るためだった。友美の口からもう一度行ってみてほしいとは言い出しにくいだろうが、もしも望むならば、無理をしてでも再挑戦するつもりだった。

「母さん、もういいってば。私、もう婚活はやめるよ」

醒めた風を装《よそお》う苦笑が似合っていなかった。

「だって結局は女は顔じゃん。馬鹿馬鹿《ばかばか》しいよ」

強がってはいるが、傷ついて落ち込んでいるのが見て取れる。身上書を交換したのに、会うこともなく向こうから断ってきた。となれば、息子本人が友美の身上書を見て気に入らなかったということだ。たぶんそれは、学歴でも職歴でもなく写真に違いないというのが友美の推測だ。断るときには理由には触れず、「ご縁がなかった」と伝えるのが礼儀だとされているから、実際のところ理由はわからないが。

「顔じゃないでしょう。勤務地だとか趣味とか、何か合わないと感じた点があったんじゃないかしら」

親の贔屓目《ひいきめ》なしでも友美は決して「ブス」ではない。

「だったら母さん、ちょっと聞くけどさ、仮に私がとびきりの美人だとしたら、向こうは断ったと思う？」

「えっ？　それは……」

娘がいくつになろうと、親としては道徳的な答えを導き出したかった。人間は外見なんかじゃない、中身であると。

だが友美はもはや小学生ではない。これまでにも厳しい現実を嫌というほど見てきたのだろう。それは美人の友人と並んで歩いているときの男子の視線であったり、部活やサークルでの暗黙の女の序列だったり、就職活動のときの面接であったり。

千賀子自身はそういった視線や扱いには慣れてしまい、興味すらなくなって随分と経つ。自分は外見の良し悪しなど意識しない毎日を送っていることに、改めて気付かされていた。そう考えてみると、年を取るというのもなかなかいいものだ。男でも女でもない、単なる人間として暮らしている。

「断られた理由を想像したって意味ないよ」と夫が言った。「就職試験で断られたときと同じだよ。ああでもないこうでもないって想像したところでわかるはずないのに、なんでだか考えずにはいられない。で、容姿に始まり全人格を否定されたような気持ちになって落ち込む。相性が悪く、縁がなかっただけなのに」

「でも父さん、就活と婚活とは別ものでしょ。それに採用担当の人は、短い時間の面接で相手の人間性や能力を嗅《か》ぎ取るんじゃないの？」

「まさか」と夫は言い、またもや苦笑して友美を見た。友美は馬鹿にされたと思ったのか、思いきりムッとした表情を晒《さら》している。

「俺は今まで何度も会社で面接官をやってきたけど、五分やそこらで人間性や能力なんてわかるわけないよ。特別に変なヤツとか偏《かたよ》った考えのヤツは迷いなく落とすけどね」

「じゃあ、どうやって選んでたの？」と友美が食ってかかるように尋ねた。

「俺たちと一緒に仕事していけるかどうか、つまり社風や仕事に馴染《なじ》めるかどうかを見るんだよ」

「だよね」と千賀子も同意した。「人を一瞬にして見分けるなんて、そんなの無理よね。そもそも日本の会社は突出した人間より、和を乱さないで働ける普通の人を求めているもの」

どんどん話が脱線していく。だが、傷ついた者には内容がどうあれ、話し合って和むことが必要だ。

「でも、婚活はもうやめるよ。母さん、忙しい中、今までありがとね」

沈黙が訪れた。

夫は宙を睨みながら冷めた紅茶をゆっくりと飲んでいる。そして、おもむろにカップをテーブルに置くと、ふうっと息を吐き出した。

「友美は今、人生の岐路に立っているんだ。あきらめたらきっと後悔する」

夫は断言するように言った。

「岐路って言われてもね。なんだか父さん、大袈裟《おおげさ》だね」

「大袈裟じゃないさ。家庭を作るか作らないかの分かれ道に、今まさに友美は立ってるんだよ。友美が家庭はいらないというんなら、俺はこれ以上は口出ししないよ」

「そうキッパリ言わないでよ。なんだか見捨てられたような気がするよ」

友美は自嘲《じちょう》気味に歪《ゆが》めていた唇を途端に引き締めて真顔になり、膝に置いた自分の手に目を落とした。

「俺と母さんはお前を見捨てたりしないよ。たった一人の子供なんだ。だけど、いつまでも手助けできるわけじゃないことは、この前の人生シミュレーションでわかっただろ」

「私たちが友美を助けられるのは、あと何年くらいかしら」

そう言いながら、親婚活の会場の光景を思い出していた。「七十代の母親が多かったのよ。若々しくてお洒落《しゃれ》な人もいたけど、腰が曲がっている人や、杖《つえ》をついている人も何人かいたの。子供が四十代以上ともなると、諦《あきら》め顔の親御さんも少なくなかったわ」

「ほかのお母さん方は、そんなに老《ふ》けてたの？」

そう言いながら、友美は紅茶をゴクリと飲んだ。

「前にも言ったけどさ、生涯独身を通すつもりなら、大雑把でもいいから死ぬまでの経済的見通しを立てておいた方がいいぞ。精神的にもきちんと覚悟しなくちゃな。そうでないと、親としてはいつまでも心配でたまらないからね」

友美の将来が心配だと、自分たち夫婦は老後の生活を楽しめないだろう。例えば七十代になって夫婦で温泉に行ったとする。のんびりと湯に浸《つ》かっていても、四十代で独り身の友美の先行きが心配になるのではないか。

「確かに独身を通すのは気楽でいいかもしれないな。でもさ、一人で荒野に立つような緊張感を常に持ち続けていなくちゃなんないぞ。そういう覚悟があるんなら俺はもう何も言わないけど」

「荒野って……」

「何も脅してるわけじゃないよ。でも実際問題として、そういうことなんだよ」

「フクちゃん、荒野っていうのも本に書いてあったの？」

「あれ？　何でバレるんだろ。でもさ、俺も本当にその通りだと思ったわけよ」

「荒野に一人か……」と、友美が小さく呟《つぶや》いた。

「そろそろ風呂《ふろ》に入るよ」

そう言って、夫が立ち上がったとき、友美が「私、決めた」と言って宙を睨んだ。

「もう一度写真を撮り直すよ。化粧や髪型も研究してみる。劇的には化けられないだろうけど頑張ってみるよ。なんせ私の場合は、経済的にも精神的にも一人で生きていく自信なんてないから。家族を作らなきゃヤバイよ」

「いいぞ、その調子だ。前向きな気持ちで頑張らないとな。気分が暗いと可愛い顔も台無しだぞ」

「少しダイエットした方がいいかな」と言いながら、友美は残りのシュークリームにかぶりついた。

「何事もあきらめた時点で終わりだもの。前向きに明るくいきましょう。私もどんどん親婚活に参加していくよ」

千賀子は自分自身に言い聞かせるように力強く言って、覚悟を決めた。

13

渋谷駅周辺は、大学生の頃から苦手だった。

進学のため上京してきてまだ間もない頃、パルコにフレアースカートを買いに行ったことがあった。駅前がゴチャゴチャしている上に、あまりの人の多さに目眩《めまい》がしたものだ。そのときの印象が強いせいか、東京に住んで既に四十年近くになるのに、渋谷には数えるくらいしか行ったことがなかった。

千賀子が生まれ育ったのは、碁盤目状の道に整然と家が立ち並ぶ小さな城下町だ。未《いま》だにその当時の感覚が抜けないのか、今日も渋谷駅を降りた途端、無秩序に広がる道路や、林立するビル群に圧倒され、しばし立ち竦《すく》んでしまった。

そのうえ、会場となるホテルは狭い道が入り組んだ場所にあった。スマホの地図アプリがなければ、果たして辿《たど》り着けただろうか。そう思うほど、わかりづらい所だった。

会場は前回よりずっと広い部屋だった。結婚披露宴にも使われているのだろう。たくさん並んだ丸テーブルには、高級感のある地紋入りの白いクロスがかかっていて、天井が高くて豪華なシャンデリアがきらびやかだ。

ひとつのテーブルは六席ずつで、息子の親と娘の親が交互に座る配置になっていた。今回は「結婚サポートたんぽぽの会」に参加したのだが、これもまた夫がネットで見つけたものだ。参加人数は百対百で、前回の倍以上だ。分母が大きい分、良縁に漕《こ》ぎ着ける確率も高くなるはずだと、千賀子は心密《ひそ》かに期待していた。

友美の写真がぐっと良くなったことも心強かった。友美が、婚活を始めたと大学時代に仲の良かった美咲と涼子に伝えると、二人も大手婚活サイトに登録したらしい。

そして三人で新宿御苑《ぎょえん》に行き、池や築山《つきやま》をバックに写真を撮り合った。最近では婚活情報をメールで交換しているようだ。

千賀子は自分の席に着くと、何気なく会場を見回した。前回とは微妙に空気感が異なる気がした。母親たちがみんな庶民的に見える。この前は、高齢でもシンプルな装いの中に都会的で洗練された雰囲気の人が多かった。そういうこともあってか、初《しょ》っ端《ぱな》から気後れしたのだった。だが今日は、ジャケットではなく、カーディガンやセーター姿が多く、肩より長い髪をバレッタでまとめるといった昭和の女学生のようなヘアスタイルがあちこちに見受けられる。ショートカットの母親もいるにはいるが、前回のようにセレブ感が漂う豊かな銀髪などではなく、毛量が少なくて年齢が如実に現れている女性がほとんどだ。そんな様子を見ただけで、肩の力がすうっと抜けて気が楽になった。

同じテーブルには、娘を持つ母親が自分以外に二人いる。彼女らが首から下げている番号札をちらりと見た。五十三番と五十四番だ。娘たちはどういった経歴なのだろう。千賀子はさりげなく資料に目を落とし、その番号を探し出した。ひとりは三十九歳の小学校教師で、もうひとりは四十三歳の家事手伝いと書かれている。

目を上げて、改めて母親たちを見てみた。双方とも七十代だろうか、会はまだ始まってもいないのに、二人とも既にくたびれた顔をしていた。住所の欄に目を移すと、ひとりは埼玉県の川越市で、もうひとりは千葉県の君津市だ。渋谷まで電車で来るだけでも疲れるだろうに、そこからまた雑踏の中を右往左往しながら、このホテルに辿り着いたのだろうか。今日一日分の体力はとっくに使い果たしたといった雰囲気が漂っていた。

そのとき、ふと思った。彼女らは明日の自分の姿なのだと。

そのことは前回も身に染《し》みて感じ、またしても、じわりと焦《あせ》りが込み上げてきた。五十歳を超してから体力の衰えをますます感じるようになった。これまで大きな病気をしたことはないが、決して頑健ではない。自分はいつまで今日のように渋谷の雑踏の中を急ぎ足で歩けるのだろう。娘の結婚相手を探す体力と気力は何歳まで保つのだろう。やはり、短期決戦に持ち込んでおきたい。友美のためにも自分のためにも。そう思うと、握った拳《こぶし》に思わず力が入った。

「お時間となりましたので、始めさせていただきます」

主催者が前に出て挨拶《あいさつ》を始めた。すぐに終わるかと思ったら、会の歴史や成婚率の高さなどを長々と話している。

「どうして成婚率なんてものが分かるのかしら。結婚したとしても、報告の義務なんかないのにね」

隣席の母親が、誰に問うでもなく呟いた。

「そうよね、おかしいわね」と向かいの母親が同意する。

「聞いてみましょうよ」と、別の母親が手を挙げた。「あのう、すみません、どうして成婚率がわかるんですか？」

こういう光景を見るたび、千賀子は素直に感心した。自分は常に周りの人の出方を窺《うかが》い、目立たないことを最優先にしてきた。だから、誰もが疑問に思って当然のことでも、わからないままにしておくことが多かった。

「ご質問ありがとうございます」と、主催者が嬉《うれ》しそうに応《こた》えた。「めでたくご結婚に至った場合はですね、必ずと言っていいほど親御様がお礼のお手紙を下さるんですよ。ですから成婚率は当社が適当にカウントしたり改竄《かいざん》したりしているのではなく、事実に基づいた数字です」

「ああ、そういうことですか。わかりました」

母親たちは笑顔で頷き合い、納得していたが、千賀子は頷けなかった。自分の世代で、主催者にわざわざ報告する親が果たして何人いるだろうか。電話やメールでさえ面倒なのに、一筆したためるなんて考えられないことだ。

そもそも、お礼のお手紙というのがおかしい。参加費を払っているのだから、慈善事業の施しを受けているわけではない。

「それでは本日の流れをご説明いたします」

手順は前回とほぼ同じだった。

「では早速ですが、ご子息をお持ちの親御様から申し込みを始めてください」

息子を持つ母親たちが一斉に立ち上がり、丸テーブルには娘を持つ母親三人が取り残される形になった。

誰からも申し込みがなかったらどうしよう。そう思っただけで、居たたまれない気持ちになる。ややもすれば悲観的になってしまうのを振り払うため、気づかれないように鼻からすうっと息を吸い込んだ。最近は、やたらと深呼吸する回数が増えた。

「あのう、よろしいですか？」

気づくと、身上書を手にした母親が隣からこちらを覗《のぞ》き込んでいた。

「えっ、私ですか？　まあ、ありがとうございます。さっ、どうぞどうぞ、お座りください」

千賀子の両隣は、息子を持つ母親の席なので空いていた。

「恐れ入ります」

白髪混じりの母親が、隣の椅子《いす》に腰を下ろした。そのとき、ふと気配を感じて見ると、その母親の後ろには順番待ちの列ができていた。

「えっ？」と、千賀子は目を見開いた。

「お宅のお嬢さん、大人気ですね」と、座ったばかりの母親が微笑《ほほえ》みを向けてくる。

これは、いったいどういうことだ。前回とは打って変わって、友美が人気者になるとは。

「これが、うちの息子です」

差し出された身上書を見た。四十三歳で大学卒、勤務先は総合物流株式会社と書かれている。

「親が言うのもナンですけれどね、うちの息子は優しくていい子なんですよ」

母親は親しげな笑顔を向けてくる。前回も同じ言葉で息子を売り込んでいる親がいたな。

「そうですか……それは、よろしいですね、ですが私どもは、そのう」

もっと若い男性を求めていると言おうとしたが、母親は千賀子を遮って言った。

「残業が少ない部署におりますし、転勤もないんです。家庭を大切にすると思います」

「そう、ですか。ですが、私どもは……」

「一覧表が自宅に届きましたでしょう。それを見てうちの息子が是非ともお宅のお嬢さんと会ってみたいと申しましてね。いかがでしょうか、四十代ですのに二十代の若い女性と結婚したいだなんて図々《ずうずう》しいとも思ったんですけれどもね、でも」と、いきなり声を落とした。「大きな声じゃ言えませんけれどね、やっぱり私も孫の顔が見たいんですよね。となりますと、なるべく若いお嫁さんをもらいたいんですよ」

「はあ」

「息子は一人っ子ですけれどね、同居は望んでおりませんからご安心くださいね。今どき同居なんて、お嫁さんがかわいそうですもの。今のところ息子は我が家の一階に住んでおりますけれど、結婚したら独立して同じ町内にマンションを借りればいいと家でも話しているんです。近所に住んでいただけると私どもも安心ですからね」

その屈託のない表情から、こちらが同意して当然だと思っているのが見て取れた。だが、「私どもの老後の面倒はお宅のお嬢さんに頼むつもりです」と言っているも同然だ。

千賀子は、「嫁をもらう」という言葉にかなりの抵抗がある。友美は「結婚をする」のであって、相手の家に「嫁ぐ」のではない。そういう気持ちが、この母親にはきっと理解できないだろうと思うと、暗澹《あんたん》とした気持ちになる。

自分の知り合いを見ていても、夫は自分の親ばかりを大切にし、妻の親を蔑《ないがし》ろにする傾向がある。今やサラリーマン家庭がほとんどで、戦前のように継ぐべき家業がないにもかかわらず、「長男が家を継ぐ」という感覚が未だに残っている。

とはいうものの、自分もそのうち、娘一家の幸せよりも自分たち老夫婦の安心安全を優先する老人になってしまうのだろうか。人間とはみんなそういうものなのか。そして、それは仕方のないことなのか。世間の人がどうあろうとも、夫と自分だけはそんな自分勝手な老人にはならない気がしているのだが、それは、まだ気力の残る五十代の人間の思い上がりなのだろうか。

当たり前だが、自分はまだ七十代になったことがない。だが、四十代から五十代への階段を昇った経験から考えても、体力や気力がガクンと衰えるのだろうと想像はつく。実際に体力だけでなく記憶力や集中力も衰えた。さらに七十代ともなると目や耳も悪くなり、腰や膝も痛くなる分、不甲斐《ふがい》なさや心許《こころもと》なさに苛《さいな》まれるのだろうか。

いや待てよ。自分は何でも悪い方に取る傾向がある。この母親は、子供が生まれたら、共働き夫婦を全面的に支えようとしているのではないか。そのために近くに住むのではないか。きっと赤ん坊の世話のみならず、ときには惣菜《そうざい》も差し入れてくれるに違いない。

「そうですね。親御さんの近くに住めば、赤ん坊の世話を頼むこともできますし、何かと助かりますね」と千賀子は言った。

「それは無理かもしれませんね」と母親は制するように言った。「もう歳だから腰が重くて痛むんです。赤ちゃんは大好きですけど、見ているだけで十分なんですよ」

そう言って微笑む母親に対し、腹が立ってきた。

「あのう、すみません。本当に申し訳ないんですがあ、ご存じの通りい、うちの娘はまだかろうじて二十代ですしい、ですからあ、そのお、四十代の男性というのはあ、何て言いますかあ、うちの娘にはちょっと荷が重いんじゃないかなあって」

どういう言い方をすれば相手が傷つかないのかがわからなかった。転勤や長時間残業などの、はっきりした理由があればいいのだが、それがないとなると……。年齢のことは本来は口にしてはならない。親は誰しも出遅れてしまったことを深く後悔し、過去に戻れないことを嘆いている。だが、どんな言い方であれ、断られれば傷つくに決まっている。だからせめて、会社にいるときのようなキッパリした物言いをするのをやめて、「あのう、そのう」を連発し、モジモジしながら語尾を伸ばす。つまり、前回の主催者の真似《まね》をしてみたのだった。それしか今の自分には思いつかなかった。

「もう一度、息子の写真をよく見てくださいます？　ほらね、うちの息子はすごく若く見えるんですよ」

「え？　ああ、本当に。それはもう誠にお若いですこと。ですが、そのう、うちの娘はあ、三十代前半までの男性を望んでおりましてえ。もっと正直言いますとう、二十代の男性がいいんですう。すみませえん」

追い打ちをかけてしまったかもしれない。察してくれない相手が悪い。

「そこを何とかお願いできませんか。今日は息子に是非にと頼まれてきたんです。お宅のお嬢さんとだけは身上書を絶対に交換してきてほしいって。交換しないでは家には帰れませんの」

そう来るとは思わなかった。断られたらあっさり引き下がるのが良識ある大人というものではないのか。そう考えると更に腹が立ってきた。だが、時間がもったいない。だから言った。「わかりました。じゃあ一応、交換だけは」

千賀子が仕方なく身上書を差し出すと、母親は嬉しそうにフフッと笑った。そうこなくっちゃ、話せばわかるじゃないの、とでも言いたげだった。

「じゃあよろしくお願いしますね」

母親は満足そうに言うと、お辞儀をして去っていった。

心の中がモヤモヤしていた。でも、まっ、いいか。あとで断ればいいだけのことだ。なんせ今日は念には念を入れて、友美の身上書を十五部もコピーしてきたんだし。

「よろしいでしょうか」と、次の母親が隣に座った。

「どうぞ」と応えたとき、向かいにいる同じテーブルの四十歳前後の娘を持つ二人の母親がじっとこちらを見ていることに気がついた。二人にはまだ申し込みがないらしい。

――いいわね、お宅の娘は若くて。

そう思われているのかもしれないが、こちらとしてはどうしようもない。

「これがうちの息子です」と、毛玉のできたセーターを着た母親が身上書を差し出した。母親は六十代前半くらいだろうか、この会場の中では若い方だ。

身上書を見ると、三十九歳で大卒、勤務先はＩＴ関連らしき会社名、年収五百万円と書かれている。相手の女性に求めることは「健康で料理上手。できれば正社員の方」とある。

「息子がね、最近ひとり暮らしを始めたんですよ」

ずっと以前から知り合いだったかのような無邪気な笑顔だ。こういった表情は前回にはほとんど見られなかった。今回はフレンドリーな母親が多くて、あまり緊張しないで済むから助かる。

「一人暮らしをするのはいいことですね」と千賀子も愛想良く答えた。

「この前ね、息子のアパートに行ってみたら埃《ほこり》だらけだったんですよ。これじゃあダメだ、すぐにお嫁さんをもらわなきゃって、主人とも話したんです」

そう言って茶目っ気たっぷりな目でにっこりと笑う。千賀子は愛想笑いを返せないどころか、怒りを抑えることができずに、ムッとした顔を思わず晒してしまっていた。

「つまり、お宅の御子息は家事は全くされないということですか？　家事は女の仕事だとおっしゃってます？」

気づけば、怒りをぶつけていた。

「は？」

千賀子の語気の強さに、母親は戸惑ったように目を泳がせた。

おいおい、自分、これ以上は言うべきじゃないよ。心の中のもうひとりの冷静な自分が制御しようとするのだが、それでも怒りを抑えることができなかった。年齢とともに短気がひどくなっている。

「あのね、ここにね、正社員の女性を希望するってお書きになっていますよね？」

「ええ、できればそうだと助かるんです。息子は給料がそれほど多い方じゃないもんですから」

日本の男はいつになったら大人になるのか。自分の世代と比べて成長が見られないではないか。昔の男は「俺が養ってやるから女は働くな」と言ったものだ。考えようによっては、そういった封建的な男の方がよほど男気があってマシだったのではないか。最近は、妻には外で稼いできてほしい、だけど家事は女がやるものだとする傾向があるのか。それも、いま目の前でそう言った母親は女なのだ。そういえば、前回は偏食の息子を持つ親がいた。あの母親もまた息子の嫁に多くを望みすぎていた。

「つまりね、共働きなのに家事は全部うちの娘にやらせる、とおっしゃってるんですよね？　うちの娘を過労死させる気ですか？」

「そんなこと、まさかまさか。それはですね、そのう、えっと……」

ものすごい慌《あわ》てぶりだった。両手を口に当てたと思ったら、次は額に当てて、その次は天井を仰いだ。まるで漫画に出てくるような動作は、どうやら大げさなものではなくて、人間というものは焦るとこういった動きをするものらしい。滑稽《こっけい》な動きを次々に繰り出す母親を見ているうちに、千賀子はだんだん冷静になってきた。

「誤解ですよ。違います」と言った母親の声が掠《かす》れている。咳払《せきばら》いをひとつしてから、

「もちろん家事は半々に決まってるじゃないですか」と早口で言い、取ってつけたよ

うに真剣な表情を作って千賀子をじっと見つめてくる。それでも千賀子がニコリともしないのを見ると、「今の時代、男性が家事をするなんて当たり前のことですよね。違いますか?」と、いきなり胸を張り、毅然《きぜん》とした態度に出た。

「だって、さっきおっしゃったじゃないですか。部屋が埃だらけだから早く嫁をもらうんだって」

「それは、そのう……独身だから部屋も汚れているという、たとえ話であって」

「たとえ話でもあんなこと言わないでもらえますか。あなたも女でしょう」

もうそれ以上言わない方がいいと思ったが、やめられなかった。

「身上書によると息子さんが三人ですね。お嬢さんはいらっしゃらないですね」

「……はい」

「やっぱりそうでしょうね。もしもあなたに娘がいたら、あんなたとえ話を聞かされてニコニコして身上書を交換できますか?」

この母親が七十代以上というのならば少しは我慢もしよう。だが、自分とさほど歳が違わない。それを考えると、怒りが静まるにつれ、途方に暮れるような思いになった。日本はいつ変わるのだ、こんなんじゃいつまで経《た》っても女性は男性の下に置かれたままだろう。

「すみませんけどね」

自分の口から出る声が、いつもの低くて落ち着いたものになっていた。「うちの娘はね、お母さまのお眼鏡に叶《かな》うとは思えません。申し訳ありませんけど」

母親は何か言おうと口を開けたが、何も言葉が出てこないらしい。なかなか立ち上がろうとしない。

ぐずぐずしないでよ。時間が限られてるのよ。

千賀子は容赦なく、すぐ後ろに並んでいた順番待ちの母親に「お待たせしました」と言って会釈《えしゃく》してみせた。すると、「そうですか……残念です。何か誤解を与えてしまったみたいで」とボソボソ言いながら、やっと母親は立ち上がった。

それ以降も申し込みは続いた。友美が気に入りそうな男性は少なかった。三十代後半が多かったし、親と同居している男性が多いのも気になった。それでも、それ以降は求められるまま身上書を交換していった。というのも、最初の二人に憤《いきどお》ったことで疲れてしまい、頭が回らなくなったからだ。それに、最終的な判断は友美に委《ゆだ》ねればいいのだし。

残念なことだが、「部屋が汚いから嫁をもらう」というような考えを持つ親を排除していったら、誰とも見合いが成立しないのではないか。それに、親がそういう考えだからといって、息子までそうだとは言いきれない。希望的観測だが、そう思わずには誰とも身上書を交換できそうになかった。あとは、友美が実際に会ってみて相手に探りを入れればいい。友美の言葉で男性が考えを改める可能性もある。中には柔軟な男性もいるだろうし、そもそも家庭を持ったことがないのだから、日々の暮らしの煩《はん》雑《ざつ》さがわかっていない。自宅暮らしで母親に至れり尽くせり世話をされているのであれば尚更《なおさら》だ。

この会場では、前回と違ってコーヒーと紅茶のサービスがあった。部屋の隅に白いクロスをかけた長テーブルがあり、横に蝶《ちょう》ネクタイの若いボーイが立っている。千賀子はそこでコーヒーを注いでもらい、自分の席に戻った。

熱いコーヒーを飲みながら、同じテーブルの二人の母親をそれとなく観察した。それぞれに申し込みをする人が現れ、熱心に話し込んでいる。それにしても、随分と一人に時間をかけるものだ。さっさと身上書を交換して数をこなした方がいいのではないか。お節介だと知りつつも心配になった。

「はい、そろそろお時間でございます。それでは今から交替いたしまして、お嬢様をお持ちの親御様の方から申し込んでください」

千賀子はおもむろに立ち上がり、お目当ての番号を目で探した。前回と同様、夫と友美の三人で話し合い、予《あらかじ》めマルをつけていた。三十五歳前後の男性四人で、そのうち三人は既に向こうから申し込みがあり、身上書を交換済みだった。

残りはあと一人だ。前回のように冷たくあしらわれたら嫌だなと思いながらも勇気を持って申し込むと、その母親は気持ち良く交換してくれたので、ホッとすると同時に拍子抜けした。

もしかしたら、あまり気負わない方がいいのかもしれない。前回の自分は、必死の形相ではなかったか。鬼気迫る母親に見つめられたら、誰しも引いてしまう。親婚活の中では友美は若い方なのに、それでも焦っている様子が見えるとなると、まるで一刻も早く嫁に出さなければならない怪しいワケでもあるかのようだ。

礼を言い、席に戻ろうとするとき、遠くに見知った顔を見つけた。前回の親婚活で、鎌倉に別宅があるからとか何とか意味のわからない理由でこちらの申し出を断った母親だ。息子は城南大学附属高校の数学教師だ。今回も参加することは一覧表を見て知ってはいたが、もちろん最初から候補者からは外しておいた。

だが、この前とは様子が違った。誰ひとりとして彼女の前に並んでいない。母親自身も意外なのか、キョロキョロと落ち着かない様子で辺りを見回している。この前は怖いものなしといったほど堂々としていて、「わたくしの審査に通るとでも思ってい

る の？」といった尊大な態度だったのに。

単に自分の劣等感の裏返しで尊大に見えたのか。それが証拠に、今日の彼女は気弱そうで、見ようによっては人が好《よ》さそうにさえ見える。

前回と今回の、この大きな違いは何だろう。参加資格は独身というだけで、年齢も学歴も勤め先も婚姻歴も子供の有無も問われないのは前回と同じだ。それに一万五千円という料金まで同じ。

どうやら親婚活の会というのは、そのときどきの参加者によって雰囲気が大きく左右されるらしい。自分にも申し込みの列ができるなんて、前回からは考えられないことだ。

千賀子は、予定の交換を全《すべ》て終えたので席に戻った。息子を持つ親たちはそれぞれどこかへ行ったのか、テーブルには千賀子を含め、娘を持つ母親三人だけだった。

「いいわねえ、お宅のお嬢さん、まだ二十代なんでしょう？」

向かいの母親が千賀子に話しかけてきた。

なんと答えたら相手を傷つけないのかがわからなかった。うちの娘だってもう若くはないですよ、などと正直な気持ちを言えば、四十三歳の娘を持つ母親には皮肉と受け取られるだろう。女の場合は年齢と容姿という強固な壁が立ちはだかっている。男の場合は資産だとか、医師やＩＴ企業の社長といった職業で壁は打ち壊せるか、女はそうもいかない。そう考えると、同じ女として嫌な気持ちになる。

　だから、話題を変えた。

「ちょくちょく参加されてるんですか？」

「うん、まあね。もう五年になるかな」

「えっ？」と言ったきり千賀子は絶句した。娘がいま四十三歳、ということは、つまり三十八歳のときから参加してるってことなの？　四十三歳と三十八歳では、男性や相手の両親に与える印象や、おそらく見た目もかなり違うはずだ。そのことを、この母親と娘はわかっているだろうか。いったい、どれほど理想的な男性の出現を望んでいるのか。

「親婚活というのは、そんなに前からあったんですか？」と尋ねてみた。

「あるわよ。さっき司会者が三百回記念を迎えたって言ってたじゃないの」と、もうひとりの母親が言う。「うちだって親婚活は四年目に突入したわよ」

「そう……なんですか。何年も続けておられる親御さんは多いんですか？」

「まさか。滅多にいないと思うわ。みんな途中でいやになっちゃうみたいよ」

「あっという間に年を取ってしまったわね」「そうなのよ」と、二人して頷《うなず》きあっている。

「お宅のお嬢さんは小学校の先生をなさってるんでしょう。羨《うらや》ましいわ。うちのなんか四十三歳で家事手伝いよ」

いつの間に仲良くなったのか、二人は親しげに会話し始めた。

「こちらこそ羨ましいわ。家事手伝いなら家庭的だと思われて男性のウケもいいでしょう？」

「それが違うの。そんな時代はとっくに終わったみたいなのよ。仕事をしていないとバカだと思われるの。見下されてるのを感じるもの」

一覧表の職業欄を見る限りでは、男性よりも女性の方が格差が大きい。今回も女性医師が三人いるし、小中高の教師や公務員も多く、大学院を出て研究職に就いている女性も何人かいる。そんな中、「家事手伝い」や「アルバイト」は、どうしても見劣りを免れない。

「だけど、実際は家事手伝いだって大変でしょ。おうちのご商売のお手伝いもなさってるんでしょうから」

「違うわよ。うちの主人はサラリーマンで定年退職して家にいるの。娘は炊事や掃除の手伝いをしてくれるだけよ。それも気が向いたときだけ」

「そうなの？　それは……」と、教師の娘を持つ母親は困ったように視線を泳がせたあと、「お宅のお嬢さんて美人ね。女優さんみたい」と早口で言うと、勝手に写真を手に取って眺め出した。

「やだ、そんなことないわよ。お宅のお嬢さんこそ、すごく若く見えるじゃない。それにチャーミングよ。ねえ、そう思わない？」と、いきなり千賀子に同意を求めてきた。

「そうなんですか？　ちょっと見せてもらえます？　あらほんと、きれいですね」

そう言わざるを得なかった。

「今日もイマイチだったわ。いいお相手はなかなか見つからないものね」

「申し込みが何人も来てましたよね？」と千賀子は尋ねてみた。

「女も四十代ともなると難しくなるのよ。それに、あなた」と、母親が千賀子をじっと見つめた。「お宅は四十代の男性からも申し込みがあったでしょう？」

「そうなんです。うちの娘はもっと若い男性を希望してるんですけどね」

「うちは四十代の男性からの申し込みはほとんどないのよ。若くても五十代前半なの」

「えっ、そうなんですか？」

「今日は五十七歳の人からの申し込みもあった。写真を見たら悲しくなっちゃったわよ。もう孫がいてもいいようなお爺《じい》さんなんだもの」

五十七歳といえば自分たち夫婦と同い年だ。去年、高校の同窓会に行ったとき、孫がいる同級生が少なくなかった。驚くほど若く見える人もいる一方で、ひどく老けていてお爺さん然とした男性も何人かいた。

千賀子が今回、身上書を交換した相手にしても、前回と同様、写真を見る限りでは中年オヤジ然としている男性が少なくなかった。そのことを残念に思っていたが、どうやらその考えは甘かったらしい。お爺さんでなくオジサンに見えるだけマシなのか。

「さっきね、娘と同い年の男性に申し込んでみたのよ。そしたらなんて言われたと思う？　四十代の女性は子供を産めない確率が高いからダメだって。切なくて涙が出そうになったわ」

「やあねえ。若くても子供を授からない夫婦もいるし、それに不妊の原因は男性にも半分あるってことを知らないのかしら」

千賀子は黙って耳を傾けていた。友美の行く末を案じる身としては、先輩方の話をなるべくたくさん聞いておきたかった。

「四十歳前後ともなると、マンションを持ってる男性も多くてね」

「へえ、いいですね」と思わず千賀子は口を挟んでいた。

「なに言ってんのよ、ちっともよくないわよ。マンションと言ったって都心じゃなくて郊外よ」

「そうそう、それも例外なく不便な場所よね。娘の勤務先が遠いと通えないこともあるしね」と、もうひとりの母親が大きく頷く。

「もちろんキャッシュで買ったわけじゃないから、何千万円ものローンを抱えてるわけよ」

「そうなのよね。それを共働きで返していこうって言われてもねえ」

「息子さんを持つ親御さんは自慢げにおっしゃるのよ。『うちの息子はマンションを購入済みですから、お嫁さんの受け入れ態勢は万全です』って。でも、なんか違うわよねえ」

「嫁にもちゃっかり住宅ローンを払わせようって魂胆よ。うちの娘は家事手伝いだけど、結婚したらローン返済のために、きっとパートに出されるわね」

「うちの娘は公立校の教師だから生活が安定しているでしょう。だから、お金目当てじゃないかって感じることもあるの。二人でローンを返していっても、マンションの名義は息子さんのままなんでしょうしね」

「あら、やだ、それはおかしいわよ」

二人の会話を聞いていると、結婚とは何なのかがますますわからなくなってくる。見合いとなると、金銭的な損得勘定が常について回る。これが恋愛結婚であるならば、全てが「愛」という名のもとにウヤムヤになる。マンションの名義のことなど話題にも上らないのではないか。死が二人を分かつまで睦《むつま》じい関係でい続けるという幻想の上に成り立っているからだ。まさに砂上の楼閣だ。

年俸が何十億円というメジャーリーガーのような場合は、結婚する時点で、離婚時の財産分与について妻と契約書を交わすのが普通だと聞いたことがある。何百億もの資産があれば、元嫁に半分も取られるのは多すぎる。二億か三億で十分と考える。だが日本では、そういったことは定着しないだろう。金銭を口にするのははしたないといった感覚が未だにある。口に出さないだけで、人生がお金に大きく左右されることは誰しもわかっていて、お金のことは頭の片隅に居座って片時も消えることがないというのに。

「結婚前から離婚のことなんか考えたくはないんだけどね、最近はほら、三分の一強の夫婦が離婚するらしいじゃないの。それを考えたら色々と不安がつきまとうわよね」

「住宅ローンなんかない方がスッキリ別れられるものね」

「それにね、お相手のご両親もおトシでしょう。すぐに介護が始まりそうで、二の足を踏むわ。そんな苦労をさせるくらいなら、このまま独身で学校の先生を定年まで勤め上げた方が幸せかもって思うのよ」

「そりゃそうよ」

「でも、あなたは積極的に申し込んでらしたじゃない」

「あら、見てたの？」

「そんなにいい男性だったの？」

「息子さん本人は申し分ないんだけどね、お姉さんが二人いらしてね、二人とも独身で無職らしいのよ」

「あらあら、それは危険ね」

「お姉さん二人ともが、親の年金で食べてる臭《にお》いがするのよ」

そう言うあなたの娘さんも家事手伝いではなかったですかと、千賀子は心の中で尋ねていた。

「あなたね」と、その母親は千賀子を見た。「他人事じゃないわよ。誰しもあっという間に年を取るんだからね」

「え？　ええ、ほんとにそうですね」と慌てて話を合わせる。

「うちの娘だってね、親婚活を始めたときは、三十八歳だったのよ。でもね、なかなかいい男性が見つからなかったの。一人娘だから遠くに嫁にやるのも嫌だしね」

「あんまり遠いと寂しいですよね」と千賀子も同意した。

もしも相手の転勤か何かで友美が外国に暮らすようになったら、自分も夫もきっと寂しい思いをするだろう。とはいえ、それが理由で結婚に反対することはないだろうけど。

「夕飯のおかずを持っていけるくらいの所がいいわよね」

「は？　そんなに近い所、ですか？　そりゃあ……便利かもしれませんけど、でも」

「そうよ、近いと便利だもの」

そこまで細かなことを言い続ける限り、この二人の娘は誰とも結婚できないのではないか。

二人の話を聞きながら、恋愛の威力というものについて改めて考えさせられた。恋愛なら、年齢もお金も住んでいる場所も家族関係も全てを乗り越えてしまう。細かいことは二の次どころか、眼中にさえないだろう。周りが反対しようがバカだと言おうが目を覚ませと言おうが、それらをなぎ倒して二人の世界に突き進む。冷静さを欠く病的な状態とも言えるが、それがなくては、なかなか結婚に辿り着くことができないのではないか。

だが、永遠だと思っていた愛は思ったより早く冷める。修復できないほど壊れてしまうことも少なくない。その証拠に、恋愛結婚は見合い結婚よりも離婚率が高いと聞く。もちろん失敗を恐れていては何事も始まらない。いや、そもそも離婚は失敗なんかじゃなくて、人生の選択の結果に過ぎないのではないか。死ぬまで我慢し続けて結婚生活に耐える人の方が偉いとするような風潮の方がおかしいのだ。

きっかけは親婚活であっても、そのあと恋愛感情が芽生えれば、すんなり結婚へ進める。親婚活を始める前の自分は、そんな安易な考えを持ってはいなかったか。

どうやら、そんな簡単なものではないらしい。

14

その夜は、久しぶりに宅配ピザにした。ついでにサラダもフライドチキンもデザートも頼んだ。だって今日は親婚活で精根使い果たしたし、夫は休日出勤を終えて帰宅したばかりで、友美は婚活パーティで神経を使い……つまり全員が疲れ果てていた。以前なら、夫や友美がソファでゴロゴロしていても、自分だけは疲れた体に鞭打《むちう》って台所に立ったものだ。だが、そういうのはもうやめようと思う。何で私ばっかりと恨みが溜まる。それに住宅ローンもあと少しだし、友美も家にお金を入れてくれているのだもの。

「友美の方はどうだったの？」と、千賀子はピザを頬張りながら尋ねた。

「今日も十対十だったよ。三人とメアドを交換したよ」

「三人も？　すごいじゃない。モテモテじゃないの」

「違うよ。出席者全員がそれくらいは交換してたよ。すごい美人が二人いてさ、そのうちの一人は前回と同じ女の人だった」

「えっ？」と、夫婦の声が揃った。

「何だ、それ。主催者が違うのに前回の美人が今回も参加してたのか？」

「美人の二人は以前から知り合いみたいで、ミクちゃん、レイナちゃんなんて呼び合ってて仲が良さそうだったよ」

「ますます怪しいな。誰が考えたってサクラだろ」

「あちこちの婚活パーティに参加して高額な時給をもらってるんじゃないかしら」と

千賀子も言った。

「客寄せパンダってやつだよな」

「私もそうじゃないかと思ったけど、それが本当なら許せない」と、友美は小さな鼻の穴を膨らませた。

「それはそれとして、メールのアドレスを交換した相手とは今後どうなるんだ?」

「メールのやり取りをしばらく続けて、気が合えば交際に発展する流れだと思うよ」

「相手はどんな男性?」

「それがさ、よくわからなかったんだよね」

友美の話によると、そこにいた全員が年齢は言うが学歴は言わないし、仕事に至っては会社員と言うだけだったという。二分間ずつのお話タイムがあったり、クイズやビンゴゲームもあったが、目まぐるしくて誰が誰だか特徴も名前も覚えられなかった。主催者からは、今後おいおい相手のことを知っていけばいいと説明があったらしい。

「ずいぶんとまどろっこしいのね」

「美咲と涼子もボヤいてたけど、大手の結婚相談所もそういう形式らしいよ。ネット上では詳しいデータも写真も公開されないみたいで、相手の経歴がわかるまで何度もメールをやり取りしなきゃならないんだってさ。写真を交換するのだって、ある程度はメール上で親しくなってかららしい。だけどやっぱり根掘り葉掘りプライベートなことを聞くのも失礼な気がして、なかなか聞けないって。だから、いつまで経っても会社名や大学名もわからないままなんだって」

「それ、わかる気もする。男の立場に立ってみたら、初っ端から年収や勤務先で足切りされたらつらいもんな。そこんとこボヤかしといて、人間的魅力で勝負したいって思うヤツがいても不思議じゃないよ」

「父さん、それはそうかもしれないけど、男の方は女を外見で判断してるじゃない。こっちは顔を隠すわけにもいかないんだから、男も最初から全部明らかにしてくれないと。私とメアドを交換したのだって、美人と交換した後、ついでにって感じだったよ。男から見たら女の学歴や勤め先なんてたいして興味ないみたいだったし」

「でもまっ、今回は収穫があったわけだ。メールのやり取りを続けてみて、話はそれからだな」

夫は慰めたつもりなのか、労《ねぎら》うような微笑みを浮かべている。それがまた友美の神経に障《さわ》るということがわからないらしい。

「母さんの方はどうだったの？」と、友美は父親の視線を鬱陶《うっとう》しいと思ったのか、こちらに顔を向けた。

「今回はびっくりするほどたくさんの申し込みがあったのよ」

「へえ」と、友美は素直に嬉しそうにしたあと、すぐに顔を引き締め、「とはいっても、また全滅かもしれないよね」と、後になって傷つかないよう予防線を張ることを忘れない。

食事が終わると、三人で後片付けをしてからソファへ移動した。

千賀子は持ち帰った身上書をガラステーブルの上に置いた。隙間《すきま》なくきっちり並べないと、テーブルからはみ出そうだった。

「チカちゃん、今回はえらく多いんだね。一、二、三……えっ、十二人も？」

「来るもの拒まず方式にしたのよ。取《と》り敢《あ》えずは持って帰って友美に見せようと思ってね。同じテーブルのお母さんたちが私を見て呆《あき》れてたわ」

そのときの様子を、夫と友美に話して聞かせた。

四十歳前後の娘を持つ二人の母親は、相手を厳選し、二人とも一通ずつしか交換しなかった。帰り際《ぎわ》、千賀子がたくさんの身上書を整理しているのを見て、二人は口々に言った。

――そんなに交換して大丈夫なの？　あとで断るだけでも大変でしょう？

――特定記録郵便で返送するだけでも面倒よ。

二人揃ってそんなことを言うのが不思議でならなかった。少しでも可能性を広げようとか、一パーセントの奇跡にかけようと、なぜ思わないのだろう。

「でも仕方がない面もあるかもね。まるでお爺さんみたいな相手が多いって言うんだもの」

「俺が読んだ本によるとさ、女性は三十五歳を過ぎたら十歳くらい年上の男性からしか相手にされないらしいよ」

「そうよね。だって年齢制限を設けた親婚活では、申し込み条件が男性は四十五歳までなのに、女性は三十五歳までって書いてあるもの」

「母さん、ちょっと待ってよ。どうしてそれを当然のように言うの？　それって差別じゃないの？」

「えっ、差別？」

男は何歳になっても若い女を好むのを仕方がないことだと友美も知っていたはずではなかったか。そして、そのことは世間一般でも当たり前だと受け止められていることも。だが、もしも男女が逆転すると、どうだろう。あのオバサンいい歳してイヤラシイ、何を考えてんの。そう言って軽蔑《けいべつ》されるのではないか。

「俺は必ずしも差別だとは思わないな。女優やアイドルを見ても、女性の方が年齢で左右されるし、それに男っていうのは、年齢とともに渋みが増して魅力的になるもんだからな」

平然と言ってのける夫を、友美は睨《にら》みつけた。

「バッカみたい」と友美が言った。「何でもかんでも自分の都合のいいように考えるよね、男っていう生き物は。女だって、くたびれたオジサンより若くてピチピチした男が好きだよ」

「そんなことはないだろ。年を取っても若い女にモテる男はいっぱいいるぞ」

「そんなのは、ほぼ例外なく大金持ちで高価な物を買い与えたりしている男でしょう。そうでない場合は、女が生活に困っていて誰でもいいから助けてもらいたいときだよ。それとも父さんは、歳とともにかっこよくなったとでも思ってるわけ？」

いつになく友美がこんなにきつい言い方をするのは、母親のためだと千賀子にはわかる。母親が傷つくのを見るのが嫌で、何とかして助けようとする。自分が年を取って相手にされなくなることへの不安と苛立《いらだ》ちもあるのだろう。年を取るに従って女は女でなくなり、男はいつまでも男であり続ける。その違いを当然とする世間の受け止め方に生理的嫌悪《けんお》感もあるのだろう。

「まっ、それはそれとして」と、夫は形勢不利と見たのか、身上書を手に取ってじっくり眺め出した。「なるほど、なるほど、こういう男か」ととりあえず話題を変えようとしているらしく、横顔が強張《こわば》っている。

「恋愛ドラマも小説もアニメも登場人物はみんな若くて美形だから、何歳になっても恋愛や結婚といえば男女ともに若い人をイメージしてしまうのよね」と千賀子は言った。

「芸能人を見てもわかるだろ。四十代の俳優が二十代の女優と結婚するのは、今や普通のことじゃないか」と夫は懲《こ》りずになおも言い募る。

「そりゃそうよ。アイドルに限らず俳優だって、若くして結婚したらファンが減るもの。だから四十歳を過ぎて下り坂になってきたとき、やっと結婚に踏み切るのよ」と千賀子は言った。

友美が、テーブルの端にあった一枚の身上書を手に取った。

「どちらにせよ、私は四十代なんて考えられないから。悪いけど」

そう言って、すぐに脇《わき》に避けた。

「八十九キロのヤツが二人いるな。本当は九十キロ以上あるのに、きっとサバ読んでるよな」

「ラーメンとコンビニめしばっか食べてるからだよ。不健康すぎるよ」と言って、友美はその二枚も容赦なく脇に置く。

「そうあっさりと切り捨てるなよ。モテない男もなかなかいいと思うぞ。モテると女がたくさん寄ってきて、誘惑に抗しきれないヤツも多いだろうし」

「つまり、不倫して家庭が崩壊するってことか」と、友美が言う。

「恋愛偏差値が高い男女が夫婦になって幸せかっていうと、お互いに誘惑が多くて、危うい面もあるんでしょうね」

「そう考えると、マルミは今後もずっと幸せかもね。お互いしか見てなかったもん。あ、この人、素敵じゃん」と友美の手が止まった。三十三歳の男性だった。

「確かに中年ぽくはないけど、素敵っていうほどでもないだろ」

「父さん、この中ではかなりマシな方だよ」

「こっちの二人はどうかしら。あ、ダメかも。千葉や神奈川は隣の県とは言うものの、考えてみたら房総や小田原は遠すぎて、友美が今の仕事を続けるのは厳しいわね」

千賀子は、自分で交換しておきながら、条件的に気乗りしないものが多かった。

結局、それぞれが意見を出し合って残ったのは、十二人のうち五人だった。

「明日、早速電話して見合いを申し込んでみるわね」

「母さん、忙しいのに悪いね。お願いします」と友美は頭を下げた。

「大丈夫よ。任せといてちょうだい」

威勢良く言ってはみたものの、前回のように、けんもほろろに断られるかもしれないと思うと、内心では怖気付《おじけ》いていた。でも……。

――やるべきことを淡々とこなしていこう。

そうなのだ。相手の出方をあれこれ想像して心配したって仕方がない。

傷つくことを恐れるな、千賀子。

心の中で、そう言って自分に活を入れた。

15

家族会議で選考に残ったのは、三十歳、三十二歳、三十三歳、三十五歳、三十七歳の五人だった。中でも、友美は三十三歳の男性を気に入ったようだ。イケメンでもエリートでもないが、写真で見る限り、友美好みの学生っぽい若さが残っていて、笑顔が優しそうに見えた。

翌日の日曜日、千賀子は年齢が高い順に電話をかけることにした。年齢と比例して焦《あせ》りも大きいに違いないから断られる確率は低いだろうと、失礼ながら勝手に判断した。それというのも、昨夜の決意はどこへやら、今朝になるとまたもや断られるのが怖くなり、傷つくのを少しでも先延ばしにしたくなった。断られると、しばらくはそのことばかり考えて落ち込み、家事も仕事も捗《はかど》らなくなる。

受話器を握りしめて深呼吸をひとつする。最年長の三十七歳とはいうものの、有名私大の大学院を出て金融系の研究所に勤めている。冷静になってみれば、友美とは釣り合いが取れていない。だが親婚活では、七割以上の男性が有名大学を出ていて、その多くが公務員か、そうでなければ有名な企業に勤めている。いつの間にか、それがまるで「普通」という感覚になりつつあった。そのことを千賀子は常に忘れないようにしようと気をつけてはいたが、今回は向こうから申し込んできたのだから卑屈になることはないのだと自分を励ました。

電話には父親が出た。親婚活に来ていたのも父親だった。銀髪の品のある七十代で、身上書によると、父親もまた院卒で元研究所勤めと書かれている。

「先日はお世話になりました。娘に聞きましたところ、ご子息にお会いしたいと申しているのですが、そちら様はいかがでしたでしょうか」

——ありがとうございます。うちの息子も是非ともお会いしたいと申しておりましてね。

ほっとした。「是非とも」とは、なんと嬉《うれ》しいことを言ってくれるのだろう。

「ありがとうございます。それでは娘の携帯番号をお教えしますので、息子さんのも教えていただけますか。ショートメールか何かで本人同士でやり取りすることから始めるのがいいと思いますので」

――いえいえ、お母様。これはあくまでも見合いですからね、やはり最初は親も同席して顔合わせをいたしましょう。うちは家内と息子と三人で行きますから、できればそちらもご両親揃ってお会いできればと思います。

「えっ、そう、なんですか？」

息子は三十七歳にもなっている。それなのに「両親揃って」を望んでいるらしい。

息子が親と同居しているのも気になっていた。だが、それをパラサイトだと切り捨てるのも一方的な見方だと最近は思うようになった。自宅で暮らすのは、年老いた両親の病院への送り迎えをするためだったり、重い荷物を持つために買い物につき合ったり、家での力仕事を受け持ったりと、役立っていることも大いに考えられる。つまり、心優しき孝行息子という一面もあるのではないか。身上書によると、結婚後は別居希望と書いてあるから、親子ベッタリという心配もきっと的外れだろう。

父親の言う通り、親も同席するのが本来のやり方なのかもしれない。そういえば親婚活の主催者も、親の同席を勧めていた。それに、ここまできたら自分の目で相手の男性を確かめたい気もした。

「わかりました。それでは主人と娘と三人でお伺いいたします」

普段は夫のことを「主人」などと呼ぶことはない。だが、相手が七十代ともなると、いつものように「夫」だとか「うちの福田《ふくだ》」という言い方に違和感を持たれるのではないか。きちんとした母親ではないなどと思われたりしたら、友美の縁談に差し障りがある。ましてや友だちに気楽に話すように「うちのダンナ」というわけにはいかない。

――それで、われわれ親はですね、最初の三十分ほどで引き揚げましょう。そのあと本人同士で話をするという段取りにしたいと思うんですが、いかがでしょう。

「わかりました。そういたしましょう」

――場所は新宿西口のワトソンホテルの『カフェ・ミラノ』はいかがですか。食事なしでお茶だけで予約できる店が少のうございましてね、私どもはそこしか知らないもんですから。

「ありがとうございます。それではそこに参ります」

次の土曜日の午後二時に会う約束をしてから電話を切った。友美には、今月の土日は空けておくように前もって言ってあった。同僚にシフトを代わってもらったお礼に、クッキーを買っていったと聞いている。

それにしても、さっきの父親は段取りがよかった。さっささと場所を指定してくることからして見合い慣れしているのだろうか。

早速、ネットで『カフェ・ミラノ』を検索してみた。高級ホテルにある喫茶ルームのように、コーヒー一杯が二千円もしたら嫌だなと思いながら。

――いま金を使わないで、いったいいつ使うんだ。

ふと、夫の言葉が蘇《よみがえ》った。

そうは言うけどフクちゃん、一生懸命働いて稼いだお金が、法外なコーヒー代なんかに消えるのが私は嫌なのよ。

もしもそう言えば、きっと夫は即座に言い返すだろう。

――コーヒー代じゃなくて場所代だよ。高級ホテルのカフェがチェーン店みたいに安かったら、いつだって超満員になるだろ。ほんとチカちゃんて貧乏性なんだから。

ホームページを見てみると、飲み物はどれも七百円前後だったので、少しほっとした。ホテルにしては安い方だし、室内が広々としていてソファもゆったりした配置だ。

これなら許容範囲の価格だと納得することができた。

この勢いに乗ろうとばかりに、千賀子は次々と電話をかけていった。二人目からは、電話に出たのはすべて母親だった。

——うちの息子も是非ともお会いしたいと言っております。

本当かどうか、みんな判で押したように同じことを言った。自分が知らないだけで、「是非とも」と言うのが礼儀なのかもしれない。

どこでお会いしましょうか、親も同伴した方がいいんでしょうか、などと、どの母親もこちらに尋ねてくるので、千賀子は先の父親の真似《まね》をして答えた。場所はワトソンホテルの『カフェ・ミラノ』で、親同伴でお願いします、と。すると、母親だけでいいですか、それとも主人も連れて行った方がいいでしょうかと質問してくる。どちらでもいいですよと答えておいた。先方の方がずっと年上なのに、偉そうな言い方だったかなとチラリと思わないでもなかったが、うまい言い方を思いつかなかった。自分は派遣先の会社の中でも仕事は早い方だし正確だし、つまり決して馬鹿《ばか》じゃないはずなのに、肝心なときにどうしてこうもうまく言えないのかと、またもや嫌になる。

それにしても、まさか全員から良い返事がもらえるとは思ってもいなかった。今度こそうまくいく予感がする。

五人全員が快諾してくれたので、今月の土日のほぼ半分が見合いで埋まった。前進の兆《きざ》しが嬉しい反面、息が詰まりそうになった。疲れを溜《た》めないよう、日々の仕事も家事も段取りよくやらなければ。

ふと見ると、窓の外の木々の緑が色濃くなっていた。

友美にも春が訪れますように。祈るような気持ちだった。

16

見合いの朝、夫は張りきっていた。

「固すぎる格好もナンだよね。やっぱりセーターとジャケットで行くよ」と夫は言い、鏡の前で何度もチェックしている。友美は例のクリーム色のシフォンのワンピースだ。千賀子は、普段から通勤服として出番の多い濃紺のパンツスーツにした。

カフェに着いたのは約束の二十分も前だったのに、相手方は既に席に着いていた。両親と息子の三人ともきちんとしたスーツ姿で、気後れしそうになったが、夫が堂々としているのを見て、千賀子も心を落ち着けることができた。

簡単な挨拶《あいさつ》を交わしてから席に着いた。その短い間にも、千賀子は息子を観察した。先方の両親も友美を無遠慮に見ているのが視界の隅に入る。

向こうの父親がメニューをこちらに渡してくれた。

「我々はもう決めましたので」

「すみません」と言って、千賀子は軽く頭を下げて受け取り、親子三人でメニューを覗《のぞ》き込んだ。貧乏性が染《し》み付いていて、百円、二百円の違いに敏感になるのはいつものことだ。迷いに迷って決めた頃、店員が注文を聞きに来た。

「どうぞ、お先に」と向かいの父親が促す。

「じゃあ私はココアフロートで」と夫が言い、千賀子は「カフェラテをお願いします」と言ったあと、友美が「私は抹茶ラテで」と言った。

そのあと、向かいに座った父親が「ホットコーヒー三つ」と低い声で言った。チラリと見ると、父親は急いで頬に笑顔を貼《は》り付けた。その直前の呆れたような顔を千賀子は見逃さなかった。今日は見合いをしに来たのであって、飲み物なんかなんだっていいじゃないか。あなたたちは、ホテルのラウンジに不慣れで浮かれているのか。

庶民の暮らしを見透かされた気がしたが考えすぎだろうか。いつもなら、ここで心が折れそうになるのだが、今日は夫と一緒なので心強い。

「自己紹介から始めましょう」と向こうの父親が言った。

「私は岩城《いわき》知道《ともみち》と申します」と息子は言い、そのあとは経歴などを簡単に披露したが、身上書に書かれていることばかりで新しい発見はなかった。だが、その落ち着いた話し方や穏やかな笑顔に千賀子は好感を持った。

「どういったお仕事をされているんですか？」

自宅に届く一覧表には、営業だとか事務などと大雑把な括《くく》りが記載されているが、身上書ともなると具体的な会社名が書かれているのが普通だった。だが、この男性に限っては「金融系の研究所」としか書かれていなかったので気になっていた。年収が六百五十万円とあるから、一応は安心ではあるのだが。

「金融系の研究所に勤めています」と、息子は愛想良く答えた。

「……そうですか」

だからさ、そのことなら身上書に書いてあるから知ってるんだってば。

見合いの場でさえ具体的な会社名は明かしたくないらしい。まるでこちらの素性を警戒しているようではないか。友美の身上書には正直に会社名を書いたというのに。

なんだか感じ悪くないか？　さっきまで好印象だったのに一気に嫌な気分になった。

「お嬢さんのご趣味は何ですか？」と、向こうの父親が尋ねた。

「はい、読書と映画鑑賞などです」と友美が静かに微笑《ほほえ》んで、柄にもなくしおらしく答えた。外面《そとづら》を整えることを知っているらしい。子供じゃないのだから当たり前かもしれないが、千賀子はいまだにそういった芸当ができないので、我が子ながら誇らしく思った。

そのあと、互いの休日の過ごし方や、最近見た映画などの話題が続いた。母親は、ほっそりとした品のある美人だった。絵に描いたような良妻賢母というのか、静かに微笑んでいるだけで、全く口を挟まない。

会話が途切れたところで、それまで黙っていた夫が口を開いた。

「私の方から少し質問させてもらっていいですか？」

千賀子は肩の荷が下りた気がした。もうあとは夫に任せよう。過去の経験から言って、自分が話すとロクなことがない。

「無人島で一人きりの生活をすることになりました。さて、あなたはどんな本を持って行きますか？」と夫はいきなり尋ねた。親婚活の本にでも書かれていたのだろうか、夫は自信に満ちた顔つきをしている。

それまでの空気が微妙に変化した。友美もほんの少しだが眉間《みけん》に皺《しわ》を寄せている。

「さあ、どんな本がいいのでしょうか……」

息子は戸惑ったような顔で宙に目を泳がせている。

「思った通りに答えていいんだよ。私の眼鏡に叶《かな》うかどうかなんて、気にしないでいいからね」

耳を疑った。思わず隣席の夫を見ると、足を組んでソファに踏んぞり返り、息子を睥睨《へいげい》している。

フクちゃん、あなた、いったい何様なの？

親婚活本の熟読で専門家にでもなったつもりなのか。それとも初めての見合いで気分が高揚しているのか。

素早く息子に目をやると、戸惑いの表情が真顔に変わり、そのあとうっすらと笑みを頬に載せた。軽蔑の表情に見えるが、鈍感な夫は気づかないだろう。友美を見ると、眉間の皺がはっきりと深くなっていた。相手の父親は、それまで終始にこやかだったのに今はむっとしている。

「ちょっと、フクちゃん……あなた、失礼よ」

「何が？」

場が凍りついているのがわからないのだろうか。これぞ親バカではないか。友美本人にはあれだけ焦《あせ》らせるようなことも言っていたのに、友美のことを、男なら誰でも結婚したがるほど魅力的だとでも思っているのか。俺の娘に相応《ふさわ》しいレベルかどうかをテストしてやるのだと？

もしかして……これは会社での夫の顔だろうか。部下に対していつもこんなに偉そうなのか。結婚して三十年も経つが、知らない顔がある。

「あ、すみません。それで、ええっと、ご子息のご趣味は何ですか？」

千賀子は慌《あわ》てて話題を変えた。

「そうですね、旅行が好きです」

息子は何事もなかったかのように、にこやかに答えた。なかなか聡明《そうめい》らしい。

「それはいいですね。今までどういった所に行かれたんですか。ああそうですか、能登半島は素敵なところですよね。私も大好きです。佐渡島にも行かれましたか、そうですか、何が美味《おい》しかったですか」

夫に口を挟む隙を与えないよう、気づけば千賀子は息子を質問責めにしていた。

「それでは、そろそろ親たちは引き揚げますかね。あとは当人同士で」

向こうの父親がそう言って千賀子の質問を遮ってくれたときは、心底ほっとした。

当人同士を残して席を立ち、レジに行って割り勘で会計を済ませた。

「私どもは少し寄る所がありますので、ここで失礼いたします。本日はありがとうございました」

父親が出口でそう言ってくれたので助かった思いがした。ここは駅から少し離れているし、買い物するような店もないから、「寄る所」があるというのは、たぶん嘘だろう。この場で別れなければ駅までずっと一緒に歩いて行くことになる。その鬱陶しさを回避したかったのに違いない。

帰りの電車の中で、夫は満足げに言った。

「まあまあだったね」

「まあまあって、何が？」

「礼儀正しくて育ちが良さそうだったじゃないか。俺は合格点を出せるよ」

この男は本物のバカなのか。向こうから断られる可能性があることを考えもしないのか。呆れ果てて黙っていると、「チカちゃんは気に入らなかったの？」と、こちらの顔を覗き込んでくる。

「あの人、友美には合わないと思う。だって、まさか小学校から私立だなんて」

「そんなことは別に構わないだろ。友美だって中学から私立なんだし」

「小学校から私立に入れるなんて、大金持ちだよ。中学からなら、うちみたいな庶民でも通わせる家庭が年々増えてるけど」

千賀子は一本の線を思い浮かべていた。一から百まで細かいメモリのついた経済力を測る道具で、貧民層はメモリの数が小さく、大金持ちは百だ。百に近い上位のメモリに位置する人は、自分より下にいる人を簡単に見分けられる。しかし逆は、メモリが短い分、上との差を明確に自覚できないものなのかもしれない。

そのとき千賀子はふと思いつき、バッグからスマホを取り出して地図を開くと、相手の住所を打ち込んでみた。航空写真を3Dに切り替えたら更に鮮明になった。いつの間にこれほど精度を上げたのか、庭木まではっきり見える。駐車場に停めてある車の種類もだいたいわかるほどだ。グーグルマップというのはつくづく罪なものだと思う。

「すごいわね。思った以上だわ」

千賀子のつぶやきで、夫が隣からスマホを覗き込んだ。

「すごいって何が?」

「さっきの岩城さんのおうちよ」

スマホの画面には、目黒区の住宅街が映し出されていた。四角い家々がびっしりと立ち並ぶ中、岩城の家だけは寺か神社かと思うほど緑に囲まれていて、ひときわ目立っている。

「そんなの気にすることないよ。たいした問題じゃないよ」

横顔を見ると、言葉とは裏腹にふて腐れて、明らかに気にしている。世の男性はみんな少なからずこういった面があるのだろうか。経済力イコール成功者で、妬《ねた》みやそねみの対象にする。

「フクちゃん、私たちはさ、二人とも地方から出てきたんだよ。一生懸命働いて、節約して、頭金を貯《た》めて、やっとこさマンションを買ったよね。あのね、東京に地盤のない人間が家を買うってすごいことなのよ。かなり自慢できることよ」

夫の眉間の皺が少し緩んできた。

「そうでしょう？　ほら、この家を見てよ。まるで森に囲まれてるみたいじゃないの。こんなのは単に親から引き継いだだけなのよ。威張れることじゃないんだよ」

「うん、確かに……そうだよな」

「そこいくとフクちゃんは立派よ。親に頼らずに、こんなに地価の高い大都会にマンションを買ったんだもの。たとえ小さくても、ね？」

「それはそうだけどね」

夫の眉間の皺が完全に消えた。

自分は妻ではなくて母親か先生のようだと思ったのは、これで何度目か。


家に帰り、夫と二人で洗濯物を畳んでいると、友美が帰ってきた。

「岩城さんとはあれからどうだった？ 話は弾んだの？」

「母さん、あの人、断ってちょうだい」と、友美はいきなり言った。「母さんたちが帰っていったあと、最悪だった」


友美の話によれば、会社での仕事に何か不満はありますかと、向こうから尋ねてきたという。友美は正直に、残業が多くて給料が安いことや、仕事内容にやり甲斐《がい》が見つけられないことを話した。

「そしたらさ、いきなり君は考えが甘い、と決めつけて社会人として心得ておくべきことを長々と説教するんだもん。途中で席を蹴《け》って帰りたくなったよ」

「意外な面があるのね。十歳近くも年が上だと仕方がないのかしら」

「年の差の問題じゃなくて、あれは性格だよ。そもそも初対面の相手に対して失礼だよ。それに、あいつは女を見下してる。母親を見ればわかるよ。父親がひとりで話していて、母親は発言権がないみたいで、ただの一言も喋《しゃべ》らなかった。そういう家庭で育つと、ああいう息子になるんだよ」

「それはそうかもしれないけど、でも」

「マジ疲れたよ。神妙な顔で相槌《あいづち》打ちながら、有難い説教をずっと拝聴しなきゃならなくてさ、もうストレス溜まりまくりだよ。まるで上司と部下だよ。うちの上司でも、あんな偉そうでしつこいのはいないけどね」

上司と部下か……なかなかうまいことを言うものだ。確かに楽しくはないだろう。

「わかったわ。そこまで言うなら、明日電話して断っとくね」と、千賀子は即断した。

「おいおい、それくらいのことで断ってたら誰とも結婚できないだろ」

出た。また夫の苦笑が。それこそが、まさに鷹揚《おうよう》な上司ヅラだった。

「あのねフクちゃん、人を見下す人間にロクなヤツはいないよ」

「そうかな。異性との会話に慣れてなくて、ついぶっきらぼうになっただけで、実は優しいってこともあるんじゃないかな」

夫は腕組みをして宙を見つめた。

夫は、古臭い男ではないと思っていたが、自民党の政治家並みにそういう面もあるのか。それに、今日の夫の非常識な態度ときたら……。思い出すと再び憤《いきどお》りが蘇ってきた。

フクちゃんは頼りになると思っていたのに、こんなことでは娘の婚活は、自分が頑張って取り仕切るしかない。自信なんかこれっぽっちもないが、夫よりは百倍マシだろう。

両肩に責任がのしかかり、胸の中は曇天だった。

17

会社の昼休みだった。スマホを見ると、岩城の父親から二度の着信記録があった。千賀子は急いで廊下に出て折り返し電話をかけた。こちらは現役で働いているが、向こうは退職して家にいるから、平日の昼間でも平気で電話をかけてくるのだろう。

「もしもし、福田でございます。お電話いただいたのにすみません。勤務中だったものですから。先日はお世話になりまして」

――こちらこそお目にかからせていただき、ありがとうございました。そのう、どういうんでしょうなあ、ご縁がなかったようでございまして。

「えっ？」

冗談じゃないですよ、こっちから断ろうと思ってたんですよ、と言いたくてたまらなくなった。

――もしもし、お母様、大丈夫ですよ。お嬢さんにもそのうちきっと合う人が見つかりますから。

「は？」

――ですからね、世の中に出会いなんてたくさんありますから、そのうちお宅のお嬢さんにも見合った相手がきっと現れますよ。だから大丈夫ですと申し上げたんです。

どういう意味だ。

もしかして、グーグルマップでこちらのマンションを見たのだろうか。それは十分にありうることだ。そして格下だと断じたのか、それとも夫の非常識な態度に辟易《へきえき》したのか、それとも息子の「社会人としての心得」の説教に対して、もっと感謝し尊敬の目で見てほしかったのに、うちの娘は感心しているフリをしているだけで、本当はイマイチちゃんと聞いてなかったと見抜いてカチンときたのか。それとも母親の自分が、飲み物代の百円の差を気にする品のないケチな女だと見破られてしまったのか。

それら全《すべ》てを総合的に判断して、家の格が違うという結論に至ったのではないだろうか。きっとそうだ。

電話を切ってからも、父親のさっきの慰めのような言葉を何度も思い出していた。そのたびに腹が立ち、その日はいつまで経っても気持ちが平らかにならなかった。断られたことや、向こうの屋敷の立派さについても、友美には包み隠さず事実を伝えようと決めた。もう子供ではないのだし、現実を見つめた方が友美のためにもなる。


その夜、夫は会社の飲み会で遅くなるらしく、まだ帰っていなかった。

友美が夕飯を食べている向かいで、千賀子はお茶を飲んでいた。

「そういえば友美、婚活パーティに行ったとき、三人の男性とメールアドレスを交換したんじゃなかったっけ。あれからどうなったの？」

「ああ、あれね。ある日いきなり返事が来なくなったよ」

「三人とも？」

「そうだよ。たわいもない話題のときは調子よく会話が続いたんだけどね、今度会いませんかって、私の方から思いきって誘ってみた途端、返事が来なくなった。それも、三人とも一斉に。いったいどうなってんの？」

「それって男性陣にもサクラがいたってことじゃない？　本当にバカにしてる」

「あのとき十対十だったけど、サクラじゃない人って何人いたんだろうね。もしかして私以外全員とか？　みんなで私のこと笑ってたとか？」

友美が暗い目をして宙を見つめている。

「それはないわよ。だって会費はたった三千円だったんだから、サクラ全員のバイト代を払ったら赤字になるでしょ」

「なるほど。でもさ、今思い出しても、あの美人は絶対にサクラだね。私、もう行かないよ」

「そうね。もうやめた方がいいわね」

そもそも経歴も仕事内容もわからないまま、メールでたわいもない会話から始めるとしたら、相手を知るまでに時間がかかりすぎる。友美がまだ二十代半ばというのならいいが。

「母さん、未《いま》だにサクラに気づいてない参加者がほとんどじゃないかな。その人たちは次回も参加するかもね。可哀想《かわいそう》だよ」

「そうね。見破れない人もいるでしょうね」

「私、父さんと母さんの子でよかったよ。二人ともいつも他人を疑ってかかるから、私も騙《だま》されたことにすぐ気がつけるもんね」

それは、果たして喜んでいいことなのか。他人を信じやすい人間は他人に可愛《かわい》がられる。その一方で、疑い深い人間は日頃から可愛げがないものだ。しかしそれでも、我が子には騙されない人生を送ってほしいと千賀子は思う。

「それにしても今月は忙しいわね。来週は土日とも見合いの予定が入っているから、頑張ろうね」

千賀子は暗い雰囲気を吹き飛ばすように、明るい声を出した。

結局、親というのは明るく振る舞うことくらいしかできないのではないか。つらい現実から目を逸《そ》らさず、それがどうしたと笑い飛ばす強い背中を見せてやることしか。

18

今後は見合いの場に夫は連れて行かないことにした。もうこりごりだった。

「俺は行かなくていいの？」と、夫は行きたい素振りを見せた。

「先方が母親と二人だけで来るらしいから、こちらもそうするわ」

千賀子はきっぱりとそう言った。

今日の相手は三十五歳の沢田《さわだ》洋輔《ようすけ》だ。理系の大学を出て機械メーカーに勤めている。友美と二人で前回と同じカフェ・ミラノに行くと、向こうもちょうど着いたところだった。店の入り口で挨拶をしながらも、千賀子は驚きを隠せなかった。本当にこの男性が見合いの相手なのか。写真と全然違いますけど？　身上書には身長が百七十センチ、体重は五十八キロとあったし、写真でもほっそりしていたはずだ。

知らない間に、千賀子は不躾《ぶしつけ》なほど凝視してしまっていたらしい。相手が戸惑ったように目を泳がせたのを見て、千賀子は慌てて目を逸らした。

身上書の写真は、十年以上も前のものに違いない。記載されていた体重も、きっとそうなのだろう。三十キロは増加している。だが、身長はどうだ。この十年で大きく縮んだとは思えないから、かなりサバを読んでいる。四捨五入したのではなく、無理やり切り上げたのだろう。もしかしたら年収五百万円というのもそうなのか。端数を切り上げたとすれば、それが四百十万円なのか四百九十万円なのかは知る由《よし》もない。

席に着いて当人同士の自己紹介が終わると、趣味や旅行の話になった。洋輔は快活だった。頭の回転も早そうだし、こちらの心の動きにも敏感で、何かと気を遣って話題を振ってくれる。何よりも、常に楽しそうで、こちらまで自然と笑顔にしてくれるところが千賀子は気に入った。母親もざっくばらんな人で、息子の冗談に声を出して笑っている。

母親二人が気を利《き》かせて早めに切り上げる頃には、身上書に騙されたことも忘れるほどの好印象を千賀子にもたらしていた。

その夜、友美に尋ねてみると、あのあとも話が弾み、メールアドレスを交換し、次回はランチデートを約束したとのことだった。

その翌日の日曜日は、三十三歳の椎名淳一《しいなじゅんいち》との見合いだった。

身上書を見て、友美が最も気に入った男性だ。私大を出て精密機器メーカーに勤めている。会ってみると、想像していた以上に素敵な男性だった。かっこいいわけではないが清潔感があるし、学生っぽい若さの片鱗《へんりん》が見えるわりには、思慮深さが窺《うかが》える。

実家は都内にあるが、就職と同時に家を出て一人暮らしをしているところも好感が持てた。小学校時代にサッカーに夢中になり、中高もサッカー部だったらしい。今もときどき仲間とフットサルをやるからか、スラリとしていて中年といった感じは微塵《みじん》もない。

「実はイクメンに憧《あこが》れているんですよ」

そう言ったときの、爽《さわ》やかな笑顔も千賀子を喜ばせた。

受け答えに聡明さが滲み出ているうえに、ウィットに富んでいる。一度会っただけで人を判断するのは間違っていることは重々承知だ。だがそれでも、この男性となら、きっとうまくいく、友美を任せて安心だと思わずにはいられなかった。まだ見合いの予定が残っていたが、この男性に決めてしまってもいいのではないかとすら思ったほどだ。

そのあと、いつものように母親二人は先に引き揚げた。

その夜、友美に尋ねてみると、「あの人、二重マルだよ。次回は食事に行きましょうって誘われたよ」と照れたように言ったので、千賀子も嬉《うれ》しくなった。親婚活に参加して正解だったのだと初めて感じられ、幸せな気分になった。

「だったら、沢田洋輔さんの方はもう断ったら？」

千賀子の心の中は、友美が椎名と結婚する期待でいっぱいだった。それに、沢田は話しているうちに、快活でいい印象を持ったとは言うものの、椎名の明るくさっぱりした人柄に触れてからは、沢田に対して不信感を持つようになっていた。身上書に記載された身長と体重の嘘《うそ》や、若い頃の写真を添付したことも許しがたい気持ちに変わりつつあった。だが、そう思う一方で同情する気持ちもあった。ありのままの身上書なら、デートのチャンスさえつかめないのではないか。

「私も椎名さん一本に絞りたいけど、沢田さんが早速ランチの予約入れちゃったみたいだから、今更断ったりしたら悪いでしょう」

「それもそうね。そのランチにだけは付き合わないと失礼になるわね」


翌週の土曜日、友美は沢田洋輔とデートをした。

「どうだった？」

デートから帰ってきた友美に尋ねてみた。

「いい人だったよ。誠実な感じで」と、友美は素っ気なく答えた。

あまり気乗りしないのかもしれない。

だが、構わない。椎名がいるのだから。


その翌日は、椎名とのデートだった。

「どうだった？」

帰ってきた友美に早速尋ねる。

「私は気に入ったけど、向こうはどうかな。たぶん無理だと思う」

「どうして？」と、聞きながら千賀子は歯がゆくてならなかった。是非とも彼を射止めてほしいと、ここ一週間それればかりを願っていたのだ。

「あの人は、めっちゃ意識高い系だよ」

「というと？」

「お見合いのとき、イクメン願望があるって言ってたでしょ。今日話してみてわかったけど、子育ての意欲だけじゃなくて、家事もかなりできるみたいだった。ローストビーフが得意なんだってさ。ピロシキも作れるんだってよ。なんだか本格的だよね」

「いいじゃないの。料理が得意な男性なんて最高じゃないのよっ」

ついつい大きな声を出してしまったが、友美の冷めた顔つきは変わらなかった。

「あの人、整理整頓《せいとん》が得意で部屋の中もすごくきれいなんだってよ。フローリングもピカピカだって」

「一人暮らしなのに立派ね。掃除が好きできれい好きだなんて素敵だけどね」

そう言いながらも、千賀子の声には勢いがなくなってきた。椎名が、都心でのおしゃれな一人暮らしを謳歌《おうか》している様子が目に浮かんだからだ。部屋が汚いから嫁をもらうなどという発想がないことは本来は歓迎すべきなのだが、自分に厳しい人は他人にもそれを求めることは容易に想像できる。友美が会社から疲れて帰宅しても、家でぐうたらすることは許されないのではないか。

「ネットによるとさ、家事能力の高い男は男女関係においてもフェアなんだって」

「ますます理想的じゃないの。男尊女卑の封建的な考えが全然ないのね」

「それはそうなんだけどね、その分、女性への要求も高いらしいよ」

「それは……そうかもね。で、今日はどういう感じだったの？」

「あの人は育ちが良くて礼儀正しい人だから、最後まで一応はニコニコしてたけど、本心は全然違うような気がしたよ」

「だったら、どういう女性を望んでいるのかしら」

「たぶん一流大学を出て有名企業に勤めている女性じゃないかな。それにセンスが良くておしゃれで」

「それは違うでしょう。その証拠に友美をデートに誘ったんだもの」

「真面目《まじめ》な人なんだと思うよ。外見や経歴で人を判断してはいけないと思ってる。だから、じっくり話をしてみて、どんな人間かを見極めようとしたんじゃないかな」

「それが本当なら、ますます気に入ったわ。案外と、向こうも友美のこと気に入ってくれたかもしれないわよ」

「そうかな、そうだといいけどね。でも、どうもそうじゃない気がする。あの人はパーフェクトウーマンを求めてるよ、たぶん」

友美の声音は暗かった。

その夜、椎名の母親から電話がかかってきた。

「お世話になっております。今回はなんと申しますか、ご縁がなかったようでございまして」

「えっ」

そう言ったきり、千賀子はショックで黙ってしまった。

「私はいいお嬢さんだと思ったんですけれども、息子が申しますには、結婚後の生活がイメージできないとかで」

「そう、ですか。それなら……仕方ないですね」

思わず溜《た》め息《いき》が漏れた。

「お電話ありがとうございました。それでは、ごめんくださいませ」

そう言って千賀子が電話を切ろうとしたときだった。

「あ、もしもし？　もしもーし」と母親が呼びかけたのが聞こえた。

「はい？」

「今まで福田さんは、親婚活には何度か参加されているんですか？」

「は？　ええ、まあ。今回が二度目だったんですが」

「うちは三回目でした。なかなかうまく行きませんよねえ。うちの息子ときたら、自分のことを棚に上げて、相手に求める理想が高くてね、身上書を見ただけで断ってしまうことが多いんですよ。でもお宅のお嬢さまとは是非とも会ってみたいなんて言い出したもんですから、わたくしども夫婦揃って今度こそはと期待しておりましたのに、本当に残念ですわ」

本当か嘘かは知る由もないとは思いながらも、この母親の言葉で、千賀子の心は一気に癒《いや》されたのだった。断られたのは友美だけではない。それは少なくとも本当のことだろう。友美にも教えてやろう。

——またどこかの会場でお会いするかもしれません。そのときはよろしくお願いいたします。お互いに諦《あきら》めず頑張りましょうね。

「ご丁寧にありがとうございます。あのステキな息子さんなら、きっといいお相手に巡り会えますよ」

そう言って電話を切った。

用件だけを言ってすぐに電話を切るのではなく、少し雑談めいたことを話してくれる配慮が、千賀子の落ち込みかけた心を救ってくれた。この母親は優しい人なのだ。相手を傷つけないように言葉を添える技を持っている。きっと幼い頃からそういった家庭環境で丁寧に育てられ、自然と身につけていったのだろう。そしてそれが息子にもしっかりと受け継がれている。それに比べて自分はどうだ。いい歳《とし》をして、いまだ思慮に欠けるところがあるが、性分なのだから仕方のないことだと開き直っている。

確かに、家庭間に格差はある。

こういうのを本当の意味で「格が違う」というのではないかと、千賀子は思った。

その翌週の土曜は、三十二歳の佐古田広伸《さこたひろのぶ》との見合いだった。

私大出の、いわゆるキャリアではない国家公務員だ。妹と弟もまたノンキャリ公務員で、三人とも親元で暮らしている。とにもかくにも堅実な家庭といった印象を持った。母親二人が帰ったあとも、友美は佐古田と和やかに話をし、メールアドレスを交換したとのことだった。

その翌日は、三十歳の三浦勇太《みうらゆうた》との見合いだった。

この男性は友美と二歳しか違わない。それだけで少し気が楽だった。親からすると、友美と同列に感じられたし、仮にゴールインしたとしても、婿《むこ》に対して敬語を使わずに済むのではないかと考えた。

実際に会ってみても、やんちゃな少年がそのまま大人になったといった感じがした。明るくて屈託がないので、友美もいつもほどは緊張していない様子だ。

「ご趣味は何ですか？」と、千賀子は決まりきった質問をしてみた。

「そうですね、たまにパチンコに行きます」

勇太がそう答えた途端、「なんてこと言うのよっ」と母親が大きな声で叱《しか》った。「すみません。違うんですよ。本当はパチンコなんて滅多にやらないくせに、どうして今そういうことを言うんでしょう。本当はちゃんと貯金もしているんですよ」

勇太は苦笑いしているだけで反論するでもないから、本当のところがわからない。だが、もしもギャンブル中毒だとしたら、とんでもないことだ。だから千賀子は尋ねてみた。

「競馬や競輪はやらないんですか？」

勇太の母親は更に落ち着かない様子を見せた。

「競輪はやったことありません。競馬なら会社の先輩に誘われてときどき行きますけど。先月は八万円くらいスッたかな」

隣で友美が息を詰めたのがわかった。

「勇太、いやだわ。それだって、年に何回かのことでしょう。しょっちゅうやってるわけじゃないんですよ」と、母親が必死で言う。

「そうですか」と千賀子はにこやかに応《こた》えながらも、心の中では早々にバツをつけていた。

「それより」と、勇太は友美を見て尋ねた。「料理は得意ですか？」

「得意と言えるかどうか……一応一通りのものは作れますけど」

友美がそう答えると、勇太はおどけたように頭を下げて言った。

「僕は料理は全然できないんです。すみませんけどお世話になりますっ」

「もう、勇太ったら」と、母親までが明るく笑っているのを、千賀子と友美は呆気《あっけ》にとられて見ていた。

「男の子ですから仕方ないですよねえ、何もできなくてすみませんけど」

またあのパターンか。家事はやらないつもりらしい。それも「すみません」の一言で済まされると思っている。どうやら、日本人の男女観が変わらないのは、息子を育てる母親の意識にもかなり問題がありそうだ。

「三十歳なんて、まだお若いでしょう？　それなのに結婚に前向きで偉いですね」

千賀子はそう言いながらも、いったい何が偉いのかと我ながら意味不明なことを言っているのはわかっていた。本音を聞き出すきっかけを作りたかっただけだ。明るくて屈託がないと思っていたが、話せば話すほど真剣味が感じられない気がしたからだ。夫の研究によると、婚活サイトに登録している男性は、女性とは違って、必ずしも結婚を目的としている人ばかりではないらしい。出逢《であ》いを求めているだけで、恋人同士にはなりたいが、結婚に結びつけようとは思っていない輩《やから》も多いらしい。

「友だちも、まだひとりも結婚してないから焦ってはいないですよ」

勇太がそう答えると、母親も「今どきはみんな晩婚ですからねえ、二、三年は付き合ってみて、じっくり決めればいいと思ってるんですよ」と笑顔で言う。

そしておもむろに腕時計を見た。「おしゃべりしているうちに、もうこんな時間。そろそろ親は引き揚げた方が……」

向こうの母親がそう言いかけたとき、友美は間髪を入れずに言った。

「すみません。なんだか緊張しすぎちゃったみたいで疲れてしまったので、今日は私もこれで帰りたいと思うんです。申し訳ないのですが、また後日連絡させていただくということでも構わないでしょうか」

そう言ったときの友美の表情が、あまりににこやかだったからか、相手は親子ども言葉通りに受け取ったようだった。それどころか、「礼儀正しくて可愛らしいお嬢さんですね」と母親は感じ入ったように言った。緊張するなんて、今どきにしては純粋な娘だと捉《とら》えたのかもしれない。

その後、数日経ってから「ご縁がありませんでした」と一筆箋《いっぴつせん》に書いて身上書を返送した。

19

千賀子の気分は安定していた。

椎名には断られたものの、三十二歳の堅実なノンキャリ公務員の佐古田広伸と、三十五歳の肥満気味だが好青年な、機械メーカー勤務の沢田洋輔とは付き合いが続いていた。二人とも固いところに勤めていて真面目そうだし、母親も穏やかで良さそうな人たちだった。二人のうちのどちらかと結婚することになるのではないか。千賀子としては、どちらでも文句はなかった。

その日の午後は、友美の大学時代の友人たちが家に遊びに来た。

美咲と涼子には何度か会ったことがある。二人はそれぞれ大学進学と同時に上京し、卒業後はそのまま東京で就職した。卒業年度が超氷河期と言われたときだった。美咲は派遣社員で、涼子は小さな印刷会社に勤めている。友美を含め三人に共通しているのは、給料がびっくりするほど安くて残業が多いことだ。

「こんにちは」

「お邪魔します」

二人とも礼儀正しくて、どちらかというと静かで控えめなタイプだ。

友美たちは、何年くらい前からだったか、三人それぞれの家やマンションで会うようにもなっていた。

いつだったか、友美が言ったことがあった。

——私は自宅通いだからまだいいけど、美咲と涼子は家賃を払ったら、わずかしか残らなくてギリギリの生活なんだよね。それに、もしかしたらずっとこの先も独身かもしれないと思うと、少しでも貯金を増やしておこうってことで、お金のかかる外で会う回数を減らすことにしたの。

彼女たちは故郷を遠く離れて一人暮らしをしているのだからと、千賀子は夕飯をご馳走《ちそう》することにしていた。といっても、チキンやゆで卵が載ったボリュームいっぱいのサラダとパンとコーヒーだとか、パスタとスープだとか、手巻き寿司《ずし》と吸い物などの簡単なものばかりだ。そんな料理でも、一人暮らしをしている二人が大げさに喜んでくれるので作り甲斐があった。

それにしても、見合いのない日曜日とは、こんなにのんびりできるものだったか。夫は朝から都心の書店に出かけている。千賀子は自室にこもり、ベッドの脇に積んでおいた本を上から順に手に取った。ここのところ時間がなくて、買ったものの読んでいない本が何冊も積み上がっていた。今日はゆっくりと読書を楽しめると思うと幸せな気分だった。

しばらくして、そろそろ夕飯の支度に取り掛かろうと思い、廊下へ出て台所へ向かったときだった。友美の部屋から、おしゃべりの声が漏れ聞こえてきた。若い娘たちの話し声は、小鳥のさえずりみたいに楽しげで華やかで、周りの者を魅了する。だが、当の本人たちは決してそんな境地でないことを千賀子は経験から知っていた。三十歳を目前にして未だ独身で、仕事をしているとはいうものの、決して希望していた職種ではない。ただ食べるためだけに働いている。そのうえ恋人もいない。そんな将来の展望が見えない中、仲良く話をしているように見えて、実はそれぞれが不安を抱えている。

「いい人だとは思うんだけどね」と、友美の声が聞こえた。交際を始めた二人の男性のことを話しているのだろうか。

「羨《うらや》ましいなあ。安定した職業だし、真面目な人なんでしょう？」

「いいなあ、親婚活。私の婚活サイトだと合コンや相手の紹介があっても、なかなかデートまで辿《たど》り着けなくて」

「うん、でもね、なんていえばいいのかな。ダメなんだよね」

「何が？　性格が合わないとか？」

「それがさ……」

友美がいきなり声を落としたので、千賀子は足を止めた。

「アレすることを考えたらゾッとしちゃうんだよね」

「アレって何？」

「だからアレだよ。アレ」

「もしかしてセックスのこと？」と、はっきり口に出したのは美咲だろうか。

「そう、ソレ。いい人だとは思うんだけどね。想像すると耐えられないんだよね」

「どっちが？　三十二歳の公務員？　それとも三十五歳のメーカーの人？」

「どっちも」

「そのこと、友美のお母さんはどう言ってるの？」

「そんなこと親に言えると思う？」

「だよね。だけど、生理的嫌悪感《けんお》ていうのはどうしようもないと思うよ。いくら条件が申し分なくて、性格も良さそうであっても」

「だよねえ。無理なもんは無理だよね。それなのに、どうして友美は今もデートを続けてるわけ?」

「親をがっかりさせたくないから。それにデートを重ねていけば、嫌悪感も薄れるんじゃないかと思った。でも結果は逆だったよ」

「もっとゾッとしてきたってこと?」

「当たり」

千賀子は、足音をさせないように、そっとその場を離れた。

20

通勤電車の中、吊《つ》り革につかまってぼうっと窓の外を見ていた。

ゼロに戻ってしまった。あれから友美と話し合った結果、男性二人に断りの連絡を入れたのだった。

生理的嫌悪感を抱えていたとは思ってもみなかった。だが、考えてみたら不思議でもなんでもない。セックスしてもいいと思える男性など、そうそういるものではない。恋愛から遠ざかった自分は、そんな感覚があることさえ忘れてしまっていたのではないか。自分も年を取ったものだとつくづく思う。

だったらさっさと断ればいいものを、友美はそうはしなかった。親に対する遠慮があったと知って胸が塞《ふさ》がった。ただでさえ多忙な母親が、親婚活に出かけていって探してきてくれる。それなのに、あの人もこの人も気に入らないと言ったりしたら申し訳ないと気遣ってくれていたのか。条件的には問題のない相手なのに、次々に断っていたら、いつまで経っても結婚に漕《こ》ぎ着けられないと本人も少しは焦ったのだろうか。

二人の男性とは既に三回ずつレストランで食事をしていた。本人同士でメールアドレスも交換していたので、この期《ご》に及んで親が断るのもおかしなことではないかと考え、友美から丁寧な断りのメールを送信することにした。文言は親子で検討した。

――せっかく仲良くなれたのに残念なのですが、価値観や考え方に開きがあるように思え、私なんかでは○○さんのお相手として不十分だと感じました。○○さんと過ごした時間は有意義で多くのことを学ぶことができ、とても感謝しています。私のために貴重な時間を割いていただき、本当にありがとうございました。○○さんは学歴も職業も申し分ない上に、明るくて優しい方ですから、もっと素敵なご縁があると思います。今まで本当にありがとうございました。お互いに良い相手が見つかるよう、今後も婚活を頑張りましょう。〇〇さんに素敵な出会いがあることを心からお祈りしております。

二人の男性に、全く同じメールを送ったのだが、二人からの返信の内容は異なるものだった。

三十五歳の沢田洋輔からはすぐに返信が届いた。

――こちらこそお世話になりました。友美さんはあまり乗り気じゃないのかもと薄々感じていました。でもデートできて楽しかったですよ。いい経験になりましたしね。友美さんなら、きっといいお相手が見つかると思います。応援しています。僕も頑張ります！

だが、三十二歳の佐古田広伸からの返信は翌日になってからだった。

――僕の幸せなど祈ってもらわなくて結構です。そもそも失礼じゃないですか。祈ってるって上から目線ですよ。今後は言葉遣いや男性との接し方に気をつけられた方がいいですね。さようなら。

これほどの違いがあるとは思ってもみなかった。佐古田はいたくプライドを傷つけられたのだろう。三回も食事をし、いつもご馳走していたのだから結婚できると思っていたのかもしれない。恋愛では考えられないことだが、見合いとなると三回くらいで決定しなければならない雰囲気がある。夫が買った婚活本にもそう書いてあった。

会社に着くと、社内が騒然としていた。

どの電話も鳴りっぱなしだ。

何があったのか、誰かを捕まえて尋ねたいが、みんな目の色を変えて殺気立っている。給湯室に行くと、松本沙織がいた。見ると、コーヒーカップを洗う手が微《かす》かに震えている。

「どうしたの？　何があったの？」

「それが……」と、こちらを振り返った沙織は涙目になっていた。「深沢さんのプログラミングミスで、銀行のオンライン業務が止まってしまったんです」

「ええっ、本当？」

深沢久志のミスでおおごとになっているらしい。

「さっき、やっとバックアップ機能に入れ替えることができて、なんとか急場を凌《しの》げたんですが、今日中に修正しなくちゃならなくて。でも、ミスの箇所がなかなか特定できないみたいです。私もお手伝いしたいんですけど、何もできないですし……」

沙織は事務手続きやスケジュール管理業務をやっているだけで、プログラミングの知識はない。

「俺の作ったプログラムが原因じゃありませんよ」

いきなり背後から声がした。驚いて振り返ると、そこに深沢が立っていた。徹夜したのか、髪がボサボサで目が赤い。

「えっ、深沢さんのプログラムが原因じゃないの？」

「違いますよ。今井さんのに決まってるでしょ」

「今井さんて誰だっけ？」と千賀子は尋ねた。

「ジジですよ。今井さんから連絡ないですか？」

いつもはジジと呼んでいるくせに、いきなり名字で呼ぶとはどういうことだ。

「あったわ。家族のどなたかが急病だとかで今日はお休みだそうよ」

沙織がそう答えると、深沢は「はあ？」と言って呆《あき》れたように首を左右に振ると、マグカップに給茶機から冷水を注いで勢いよく飲み干した。

とか何とか言っちゃって。それでもジジのことを好きなくせに。

そう心の中でつぶやきながら、千賀子はあらぬ方向を見て溜め息をついていた。

次の瞬間、深沢はマグカップを流し台に置いて、くるりと向き直って千賀子を真正面から見つめてきた。

「すみません、福田さん、助けてください」

「何を？」

「今井さんが作ったプログラムのバグの場所を探すのを手伝ってくれませんか」

「うん、そりゃあ……いいけど」

「本当ですか？　福田さんも新規プロジェクトの方でお忙しいですよね？」

「それは、まあ、そうなんだけどね」

本当はとっくに目処《めど》がついていて余裕があった。

「助かります。今度、なんか奢《おご》りますから」

二人の会話を、すぐそばにいる沙織がじっと聞いている。狭い給湯室の中で、沙織の羨望《せんぼう》の眼差《まなざ》しが頬に突き刺さるようだった。

「あのう、何か私にもお手伝いできませんか？」

沙織がおずおずと申し出た。「朝ご飯、買ってきますね。サンドイッチとおにぎりだと、どっちがいいですか？　それと温かいスープかお味噌《みそ》汁もあった方がいいですよね？」

沙織は必死で、何としてでも深沢を振り向かせたいらしい。切なくてこちらまでキュンとなる。

「そうですか、買いものに行ってもらうより……」と、深沢が宙を睨《にら》んだ。「猫の手も借りたい状況なので、テスト用のデータ入力をお願いします。じゃあ早速ですが、お二人に説明しますので、第二会議室に来てもらえますか?」

時間が惜しいのか、深沢は返事も待たずにさっさと歩き出した。途中で振り返り、千賀子と沙織が後ろからちゃんとついてきているかどうかを確かめている。

会議室には誰もいなかった。

「一応、今井さんの携帯に連絡して何か心当たりがないか聞いてみたらどうかな?」

と、千賀子は言った。

「あんなヤツに聞いたって仕方がないです」

「そうなの? そんなにどうしようもない人なの? だけど一応は呼び出してみたら?」

「無駄です。そばにいるだけでこっちがイライラして邪魔なだけですから」

千賀子は、息を呑《の》んで深沢を見つめていた。

昨日から今日にかけてジジがやらかしたことからすると、深沢が呆れて怒るのも無理はない。だが、以前は彼女がミスしてもそばにいるだけで嬉々《きき》としていた。大きな火の粉が降りかかってやっと目を覚まし、見限るというのは、勝手といえば勝手だが、一方で日本の男性は変わり始めているのかもしれない。昔は、可愛い娘や美人を男性はひたすら甘やかしてちやほやしていたが、最近は全員が全員そういうわけでもないようだ。女性をようやく、ひとりの人間として見るようになったのか。

21

モリコからメールが来るのは久しぶりだった。

件名に「一件落着」とある。里奈の結婚に反対していたモリコの夫が、やっと折れたのだろうか。なんせ里奈は妊娠しているし、本人たちの意志が固いのなら、二人の結婚を認める以外に道はない。そんなのは最初からわかりきっていたこととはいえ、相手の男にはアルバイト程度の稼ぎしかないとなれば、娘の行く末が心配でならないのも親としては当然だ。里奈が証券アナリストで高給取りとはいうものの、育児は容赦なく仕事上のハンデになるし、保育園に空きがある保証もないのだ。

スマホの画面をタップしてみると、「あれから色々ありました」という出だしで、長文が書かれていた。

——我が夫は、里奈の妊娠を知ってからというもの、あんなチャラチャラした男の子供など産むべきではないという考えを頑として譲りませんでした。とはいえ、妊娠を喜ぶ里奈を前に、「堕《お》ろしなさい」と口に出すこともできなかった。自分の父親が、まさかそんなむごいことを考えているとは、里奈は夢にも思っていなかったらしく、だからつまり、妊娠したというのに、どうして父さんはいつまでも反対し続けるのか、お腹《なか》の子供を私生児にしろと言っているのかと、父親の考えが理解できないでいたようです。というのはあくまでも私の推測であって、今になって考えてみると、里奈は父親の考えに薄々気づいていたけれども、自分の親がそんな人間だとは思いたくなかっただけかもしれません。

それにしても、科学の発達というのは罪深いものです。私たちの頃も、既に超音波で胎児を見ることができましたが、あの頃と比べてぐんと精度が上がったようで、胎児の様子がはっきり見えるようになってしまいました。そのうえ、小さいながらも感情が芽生えているなどと本当か嘘か知らないけれど、そんなニュースや情報が耳に入ると、堕胎を望む人間はたまらなくつらい気持ちになります。実は私も夫と同じ考えで、堕胎を願っていました。だってそうでしょう。人生は長いのです。恋愛感情がすぐに醒《さ》めることなど誰でも知っていますよね？　里奈だってもう三十歳を過ぎて、とっくに夢見る年頃じゃないんだもの。産んでしまったら、それこそ取り返しがつかないじゃないですか。

夫とソファに並んで、NHK特集を見ていたら、テレビに映る胎児のなんとも可愛らしい小さな手や指などに目が釘付《くぎづ》けになりました。「もう結婚を認めるしかないかな」と、夫が溜め息まじりに言ったんです。その横顔が苦しそうで、私は涙が出そうになりました。

里奈は親の心も知らず、晴れやかな顔で入籍を済ませ、その後、元気な男の子が生まれました。翼《つばさ》くんといいます。今のところ、里奈によく似ていて、イケメンの婿には全く似ていないのが、私たち夫婦のせめてもの救いです。

メールはそこで終わっていた。

モリコのつらさが伝染したのか、ズンと気分が落ち込んでしまった。赤ちゃんが生まれたというのに、モリコの心中を考えると、祝福の言葉をかけていいものかどうか迷ってしまう。

どう返事をしたらいいかわからず、千賀子は返信せずに夕飯作りに取りかかった。流しでレタスを洗いながら千切ってザルに移す間も、モリコ夫婦の苦悩が思いやられて仕方がなかった。鯖《さば》を焼きながら、大根をすりおろし、じゃがいもと玉ねぎの味噌汁を作るだけのことでも、動作がのろのろし、いつになく時間がかかってしまった。

夕飯を作り終えると、スマホを開いて返信を打ち込んでみた。

――モリコさま。お元気そうで何よりです。翼くんのお誕生おめでとう！　洋平くんにも子供がいるから二人目の孫ですね。羨ましいです。うちの友美はまだ独身だから、親としては出遅れちゃった感が半端《はんぱ》ないです。ところで、私は親婚活なるものに参加するようになりました。きっとモリコなら私のこと過保護だと言って笑うだろうね。親婚活もなかなかシビアな世界で、四苦八苦しているところです。でも諦めたら終わりだと自分に言い聞かせて頑張っています。またお茶でもしましょうね。千賀子より。

ひとりの夕飯を終えてテレビを見ていると、またモリコからメールが届いた。件名は「さっきの話の続き」とある。

――自分がこれほど親バカだったとは思わなかったです。里奈は小学生の頃からすごく勉強ができたし、中高も成績抜群だった。だからなのか、私は知らない間に里奈のことを、頭がいいだけじゃなくて、人間もできていると思い込んでいたみたい。里奈の方が私より人を見る目もあるんじゃないか、だって私より里奈の方がずっと偏差値の高い大学を出ている。だから里奈を信じてみようって。そう思った馬鹿な自分が今では許せない。それと、いくらなんでも子供ができたら、あの夢追い男だって心を入れ替えるんじゃないかって心の底では期待してた。だけどちっとも変わらなかった。いつかメジャーになって日本アカデミー賞を取るんだとかカンヌ国際映画祭の赤い絨《じゅう》毯《たん》を踏むんだとか大きな夢を語るばかり。里奈は育休に入ったけれど、まだ育児休業給付金が振り込まれないので、これまでの里奈の貯金を取り崩して生活しています。それなのに、あの男はアルバイトもやめてしまって完全なるヒモです。だったら百歩譲って、いっそのこと主夫になって里奈を支えるという人生の選択もあると考えましたが、またもや期待は裏切られ、里奈が赤ん坊ばかりをかまって自分の方を見てくれないと拗《す》ねて口をきかなくなる始末。里奈も、そんな幼稚さと狡《ずる》さがほとほと嫌になって、結局は離婚してしまいました。そして、里奈は赤ん坊を抱えて家に帰ってきたんです。だから私は大忙しです。もうこうなったら、来年四月に里奈が仕事に復帰したあとは、私たち夫婦は全面的に子育てに協力して里奈を支えていくしかありません。老後はあちこち旅をしようってチカちゃんと約束してたけど、当分は無理かも。

そこでまたもや突然メールが終わっていた。まだ続きがあるのかもしれない。言いたいことが溜まっていたのだろう。赤ん坊の世話を手伝っていてなかなか外出できず、メールに思いをぶつけているのかもしれない。

人間誰しも五十代にもなれば、人がそう簡単には変わらないことがわかってくる。だが里奈は若かった。いくら頭脳明晰《めいせき》でも、見破れなかったらしい。子供ができれば、どんな男でもさすがに妻と子供のために一生懸命働くようになるだろうと思うのは、里奈自身が努力家だからだろう。類は友を呼ぶという言葉もある通り、里奈の友人たちも真面目で勤勉に違いない。だけど、自分たちを基準にして世間を見たら痛い目に遭う。モリコの夫が最後まで反対していた気持ちもわかる。社会経験の長い夫から見たら、里奈の考えが甘いことなど薄紙を透かすように見えていたのだろう。

千賀子はベランダへ出て、星空を見上げながら洗濯物を干した。そして部屋に戻ると、またもやモリコからのメールがあるのに気づいた。もう今夜はとことん付き合おう。件名は「親婚活いいね」だった。

――チカちゃんの親婚活のこと、過保護だと笑うなんてとんでもないよ。それどころか、とってもいいことだと思う。友美ちゃんは里奈と違って素直な面があるから、親もやりやすいんだろうと思うと、こっちこそチカちゃんが羨ましくなるよ。里奈は受験競争に勝ち抜いてきたからか、自分に自信を持っているし、両親より出来がいいと私たちのことを見下している面もある。だから、親のアドバイスに耳を傾けようとしなかった。そういうのを、自立心旺盛《おうせい》なしっかりしたお嬢さんだと褒めてくれる人が多いけど、本当にそうなのかな。逆じゃないのかな。ある意味、子供っぽいんじゃないかと思ったりするよ。正直言って、里奈があんな男と別れて親元に帰ってきてくれたから、家の中が賑《にぎ》やかになって嬉しい気持ちも少しある。でもね、離婚したって、あの男が翼くんの父親であることには違いないわけで、それを考えるとゾッとするのよね。あいつはイケメンだから、離婚後すぐに新しい彼女ができて同棲《どうせい》を始めたらしいの。今のところ、こちらには連絡してこないからいいようなものの、今後どうなるかわからない。かわいい翼くんをあんなヤツに会わせたくないって考えるのは、いけないことなのかな。この世の中には掃いて捨てるほど男がいるというのに、よりによってどうしてあんな男を選んだのかしら。堅実な男を夫に選ぶのなんて、そんなに難しいことじゃないと私は思うんだけど。誠実で一生懸命生きている男なんてザラにいるよね。お節介かもしれないけど、友美ちゃんにもそう伝えておいてよ。あーあ、私はこの先いくつになっても、縁側でニコニコ日向《ひなた》ぼっこする優しいお婆《ばあ》ちゃんにはなれそうにないよ。父親のいない分、翼くんを甘やかさないでしっかり育てていかなきゃならないもの。こんなに可愛い翼くんが存在しない世界なんて、今じゃ考えられないけど、でもやっぱり一年前に戻れたらどんなにいいだろうって思うこともあるの。タイムマシンがあったら、里奈にはもっとまともな男と出会ってほしい。今日はこの辺にしとくね。心が張り裂けそうなモリコでした。

22

金曜日の夜が一番好きだ。

翌朝は目覚まし時計が鳴らないと思うだけで嬉しくてたまらない。

千賀子はゆったりとソファに座り、夫に勧められた親婚活に関する本を読んでいた。

「チカちゃん、何度も言うようだけどさ」

隣で新聞を読んでいた夫が話しかけてきた。「これからの時代は離婚を視野に入れておいた方がいいよな。モリコさんとこの里奈ちゃんまで離婚したとなるとさ」

「そうね。身近でこうも多いと他人《ひと》ごとじゃないわね。友美が離婚して孫を連れて帰ってきたりしたら、私たちの生活は厳しくなるわ。ごく幼いうちならまだしも、やれ塾だ、お稽古《けいこ》ごとだ、大学の学費だなんてことになると、とても出してやれそうにないもの」

「だよな。やっぱり人生どう転んでも食べていける基盤が友美にも必要だよ。俺たち、考えが甘かったかもしれないな。友美には手に職をつけさせるべきだったよ」

「大学を出るだけじゃダメだったね。姉も離婚してから苦労しているもの」

「チカちゃんの姉さんは、まだ恵まれている方だと思うよ」

「どうして？　姉さんは手に職がないだけじゃなくて、協調性がないから仕事先でも苦労してるみたいよ」

「だけど、実家があるから家賃は要らないだろ？　そのうえ娘の亜季ちゃんはしっかりしてて心配いらないし」

「うん、まあそれはそうだけど」

協調性がないと仕事先で苦労する。それは自分自身が身に沁《し》みてわかっている。時給で働く派遣プログラマーとはいうものの、決められた時間内そこにいればいいというものではない。プログラムを正確に仕上げるという責任に押しつぶされそうになることはしょっちゅうだ。ピリオドをひとつ打ち忘れただけで、何万人分ものデータがたったゼロコンマ数秒間で誤って処理されてしまう。やっと作り終えたと思ったら、仕様変更が入って大幅な修正が発生することも多い。そうなると、あれほどスケジュールを先取りして頑張ったのに、時間が足らなくなって焦ってしまい、真冬なのに冷や汗で背中がぐっしょり濡《ぬ》れてしまったこともある。そういうときは、ジジのように甘えた声を出して狡く立ち回れる若い女が羨ましくなる。そうでなくとも、普段から仕事仲間と上手《うま》くつきあっている人ならば助けを求めることもできる。だが自分は性格的なことだけでなく、年齢的にも人に頼れないから常に一匹狼《おおかみ》でいる。だから、協調性に欠ける姉の苦労も想像がつく。

「ところでさ、義姉《ねえ》さんは明日の何時ごろ着くんだっけ？」

明日は姉が上京することになっていた。

——チカちゃん、悪いけどお宅に泊めてくれない？　リビングでいいからね。

そんなメールが来たのは先週だった。

——いつも、お盆とお正月が一緒に来たみたいなすごいご馳走してくれるでしょう。もうそんなに気を遣わないでね。チカちゃんはフルタイムで働いてるんだから忙しくて疲れてるでしょう。私は朝はバナナ一本だけでいいの。遠慮して言ってるんじゃなくて、このところ家でもそうなのよ。昼は外に出てランチを食べるからね。夜だけはちょこっと台所を使わせてね。

翌日の土曜日、予定通り姉が上京した。

「これ、お土産よ」

手渡されたのは、実家の母が作った干し柿《がき》だった。子供の頃から食べ慣れた大好物だ。姉は会うたびに、表情が生き生きしてくるように見える。

離婚した当初は心配で、何度も電話をかけたのが思い出される。姉は離婚してからいきなり貧乏になった。それまでは少なくとも年に二度は海外旅行をし、洋服を買うためだけに大阪や神戸に泊まりがけで行き、高級ホテルに宿泊した。そんな「お金持ちの奥様」然とした頃と比べると落差が大きかっただけに、見ている者には一層惨《みじ》めに映った。元夫がなかなか離婚してくれなかったので、財産は何一つ要らないという条件でやっと離婚に漕ぎつけることができた。といっても、夫側が財産分与を渋っていたわけではない。舅姑が世間体を恐れて離婚には大反対だったのだ。姉が何も要らないから明日にでも離婚したいと捨て身に出たので、もう引き止める言葉が見つからなかったのだろう。それほどまでに愛想が尽き果てたと向こうもやっとわかってくれたらしい。

若い頃の姉は人目を惹《ひ》く美人だった。地元のバス会社社長の跡取り息子に熱心に交際を申し込まれて結婚した。あの地域には、バス会社は今も昔も一社しかないから事実上の独占企業だ。そのうえ過疎地《かそち》への赤字路線の運行も受け持っていて公的な役割も果たしている。聞けば、県や市からかなりの補助金が出ているらしい。

結婚当初の姉は幸せそうだった。夫は優しくてハンサムだし、向こうの両親が用意してくれた家は、アメリカのホームドラマに出てくる家みたいに芝生の庭付き、窓の大きい洒落《しゃれ》た建物で、田舎ではたいそう目立っていた。姉の結婚が決まった当初、これで姉の将来は安泰だと母は上機嫌だった。知り合いにも「玉の輿《こし》」だとか、「うまいことやった」などと揶揄《やゆ》されたが、普通の恋愛結婚だと胸を張った。

だが結婚後三年も経《た》たないうちに、夜な夜な夫の高級クラブ通いが始まり、そのうち愛人ができた。舅姑も何度か注意してくれたらしいが、そのうち諦めて見て見ぬ振りを決め込み、姉が離婚を切り出すと「息子を甘やかして育ててしまった。本当に申し訳ない」と二人揃って頭を下げたという。「反省している。もう二度としない。本気じゃなくて浮気だったんだ、一番大切なのは君に決まっている」と夫も土下座したらしい。だが、舌の根も乾かぬうちから夫の夜遊びは再開した。

その頃の自分は、東京で夫と幼い友美の三人で、贅沢《ぜいたく》はできないがそれなりに楽しい生活を送っていた。そんな中で聞く姉の苦しい胸のうちは、幼い頃から仲が良かった千賀子にとってもつらいものだった。

――金持ちのお坊ちゃんとは結婚せん方がいい。

その当時、母が顔を歪めてボソリと言った言葉を、千賀子はことあるごとに思い出すようになった。

夫側がやっと離婚を承諾したものの、子供は絶対に渡さないと言われた。だが、ひとり娘を手放すなんて姉には考えられないことだった。その後はしばらく家庭内別居状態でお茶を濁し、それまで専業主婦だった姉は英文科を出ていたこともあり、塾の英語講師の職を得た。負けん気の強い姉のことだ。きっと必死で頑張ったのだろう。「先生に教えてもらったら成績が急上昇した」という噂《うわさ》が流れ、厳しい指導を望む保護者には評判がすこぶる良く、授業のコマ数が増えて給料も上がっていった。そしてそのあと姉は離婚に踏み切った。家庭裁判所は、離婚原因は夫の不貞であり、収入のある姉には扶養能力があるとして、親権はあっさり姉に与えられた。やっと正式に離婚でき、娘を連れて実家に戻った。

その三ヶ月後、元夫が十九歳の女性と再婚したと聞いたときは絶句した。その後もしばらくは家裁で取り決めた養育費を毎月きちんと送ってきていたが、新しい妻との間に跡取り息子が生まれてからはパッタリと途絶えた。その後の姉が、順調に塾講師をやっていたのは十年ほどで、田舎にもじわじわと少子化の波が押し寄せ、小さな塾は大手に吸収合併された。大手の塾では姉の個性的な指導方法が理解されず、上司との人間関係がこじれて辞職に追い込まれた。そのあと自宅で英語塾を開いて今も続けているが、生徒は八人しかいない。一部の根強いファンがいるので、少子化の中にあっても、人数が減ることはないのだが、やはり食べてはいけない。だから姉は塾と並行して保険の外交も始めた。都会暮らしをしている同郷の人々を訪ね歩いて勧誘するため、定期的に上京するようになった。

夕飯はおでんにした。忙しい身には、前々から準備しておける献立は助かる。

「親の代理婚活って？」

こんにゃくに丁寧に辛子を塗っていた姉は、驚いたようにこちらを見た。

「姉さんの言いたいことはわかるよ。過保護だと思ってるんでしょ。結婚相手くらい自分で探すべきだって。そうよね。でも二十八歳っていったら、もういい歳なんだよ。以前から姉さんは亜季ちゃんのことは放ったらかしで、離婚してから忙しくて、母親らしいことなんて何ひとつしてやれなかったって言ってたよね。それでも亜季ちゃんは大学進学のときだって、姉さんに何ひとつ相談しないで、さっさと奨学金の手続きをして勝手に決めちゃったんでしょ。就職だってそうだったよね。自分の好きな道を自分で選んだんだもんね。偉いよね」

そう言いながらも、自慢の娘を持つ姉に、こちらの将来の不安はわかってもらえないだろうと思っていた。だからこそ、非難される前に牽制《けんせい》したのだ。

「過保護だなんて全然思わないけど」

「えっ、そうなの？」

「実家の断捨離をしてたときのことなんだけどね、父さんの手帳が出てきたのよ」

いきなり何の話だろう。

「手帳が？　父さんの？　それで？」

「手帳の隅の方に、小さな字で書いてあったの」

父は姉の結婚を当初から不安に思っていたという。

「これなのよ。チカちゃんも読んでみる？」

姉はそう言いながら、スマホで撮った父のメモを見せてくれた。

――資産家だから安心だと人は言うけれど、資産家だからこそ不安である。娘が肩身の狭い思いをするのではないか。もっと経済的に釣り合った相手の方がうまくいくのではないか。

——あの男は信用できない。苦労知らずで親の遺産で食いつなぎ、汗水垂らして働こうとしない。同じ金持ちの息子でも、田辺のとことは全然違う。親が厳しく育てたからか、田辺の倅《せがれ》はいつ会っても精悍《せいかん》な顔つきをしている。

「田辺って、あの田辺さん？」

「そう、大地主で市長だった田辺さんのことだと思うよ。父さん、あの人と同級生だったもんね」

「それにしても、父さんが姉さんの結婚に反対だったとは知らなかったよ」

「反対はしなかったけど、確かにあんまりいい顔をしてなかったかも。きっと父さんは、あの男の本性を見抜いてたんだね。だけど当時の私は有頂天になってたから何も見えてなかったのよ。今思えば笑っちゃうけど、あのときの私は、アイツの外見や資産に目が眩《くら》んだわけじゃない、優しくて真面目な性格に惚《ほ》れ込んだんだって本気で思ってたもんね」

アハハッと声に出して笑う姉を見ていると、いつの間にか月日は流れたのだと、千賀子は今更のように気がついた。

「姉さん、今は楽しそうだね。やり甲斐《がい》があるって顔に書いてあるよ」

「冗談でしょう。保険の勧誘に行って、玄関先で追い払われて惨めな気持ちになることなんてしょっちゅうよ。稼ぎも少ないから、家にお金も入れてないんだもの。母さんに食費を出してもらうことだってあるのよ。要はさ、いい年して私は未だに父さんの生前の稼ぎで暮らしているってこと。だからねチカちゃん、親の目で子供の結婚相手を見定めるのは決して過保護なんかじゃないよ。それどころか、大切なことだと思う。とはいえ、娘がどうしてもこの人と結婚するんだって言い張ったら、もう諦めるしかないけどね。父さんもそうだったんだね、きっと」

「亜季ちゃんはどうなの？　彼氏はいるの？」と千賀子は尋ねてみた。

「いるようだけど、結婚の話は聞かないわね」

そのとき、玄関のドアが開く音がした。

「ただいまあ」

友美が仕事から帰ってきた。こんな時間に帰ってくるのは珍しかった。田舎から伯母が上京しているから、シフトを変えてもらい、早めに上がれたのかもしれない。

「母さん、これ、冷蔵庫に入れておくね」

美味しいと評判のケーキを買って来てくれたらしい。安月給なのに、伯母のためにと奮発したのだろう。

「伯母さん、仕事の方はどう？」と、友美はジャケットを脱ぐ間も惜しむように姉の向かいに座って尋ねた。

「いつも通りよ。それより友美ちゃん、代理婚活やってるんだってね」

「うん。あ、おでん、久しぶり。玉子おいしそう」と友美が鍋を覗き込む。

食事の後は、友美が紅茶を淹《い》れて、冷蔵庫からケーキを出した。

「伯母さんから選んで。どれでも好きなのを」

芸術品のように美しいケーキが四個入っていた。

「友美ちゃん、結婚しても会社を辞めない方がいいわよ」

姉はそう言ってから、「私はこれにする」と遠慮なくチーズケーキを指差している。

「だって、私を見てたらわかるでしょう。結婚する前から離婚のことなんか言って悪いけど」

「悪くないよ。だって伯母さん、私の同級生でも既に離婚した子が何人かいるもん」

「そうなの？　私はね、離婚してお金がなくて生活は相当きつかったし、惨めでたまらなくて気持ちも荒《すさ》んだ時期があったの。もしもあのとき食べていけるだけの稼ぎがあったら、かなり助かったし、きっと精神状態も救われたと思うの」

友美は、伯母の経験談を真剣に聞いていた。

翌日の午後、姉は元気よく帰っていった。

その夜、夫がポツリと言った。

「結婚て何だろうね」

夫の表情から察するに、友美の結婚を諦めかけているのかもしれない。

――諦めるな、人生の岐路なんだ。

今までならそう言って発破《はっぱ》をかけたはずだ。夫の弱気がこちらにまで伝染してきて、なんだか虚《むな》しい気持ちになる。

「正直なところ、チカちゃんは結婚して良かったと思ってる？　いや、相手が俺じゃなくても」

「結婚していない自分を想像できないから、比較のしようがないんだよね」

「そう言われればそうかもな。でも……」

「何なのよ。フクちゃんは私と結婚したのを後悔してるわけ？」

「いや、そうじゃなくてさ。今の世の中は生涯独身という選択肢もあるわけだろ。俺たちの時代は結婚するのが常識みたいな感覚があったけど。もしも今の世の中だったら、別の人生を歩んでいたかもしれないと思って」

「男の人は独身でもいいかもしれないけど、私みたいに取り柄のない女は日本では生きていきにくいよ。経済的に不安だし、家庭がないと孤独だし、張り合いもなさそうだし」

「チカちゃんなら経済的には困らないだろ」

「何を言ってるのよ。私は就職活動で苦労したんだから」

「だけど、偶然飛び込んだコンピューター業界で才能を発揮してるじゃないか。チカちゃんは俺と同じ大学を出たとは思えないほど頭がキレると思うよ。だからもしも結婚していなかったら、それとも子供がいなかったらと考えると、もっと自由に生きられたんじゃないかな」

「そんなの買いかぶりよ。だけど、夫や子供の世話をする必要のない人生を想像してみると……給料も余暇も自分一人のためだけに存分に使えるってことだから、うん、それはそれで人生を謳歌できたかも」

「だろ？　定年間際になってみると人生の短さを思うわけさ。となると、一回きりの人生を誰にも左右されずに一人で楽しんで生きても良かったのかなって。もちろん結婚したのを後悔してるわけじゃないよ。そこんとこは誤解しないでくれよ」

「もしも独身時代に戻れたとしたら、私は英語を真剣に勉強し直して、世界を旅して歩きたいわ。各国でアルバイトしながら」

「そりゃあ、そんな人生を送れたら面白いだろうけど、経済的に不安だよ」

「だよね。だったら結婚してもしなくても、やっぱりきちんと会社に勤め続けるしかないのかな」

「でも、独身だと自由度が増すのは間違いないよな。家族に縛られることがないわけだから、時間もお金も段違いに自由に使えるよ」

「それはつまり、生涯独身の人生も捨てたもんじゃないから、友美が仮に結婚できなくても落胆するのはよそうって、フクちゃんは言いたいの？」

「それもある。どっちの人生がいいかなんて誰にもわからないもんな」

「結婚がいいかどうかなんて、結局は経験してみないとわからないのよね。隣の芝生が青く見えるってこともあるだろうし。確実に言えるのは、どちらも一長一短ってことよね。自分の性格に合う方を選ぶのがいいのね」

「そうだよな。結婚したくないのに無理して結婚するのは不幸のもとだし、結婚したいのにずっと独身でいるのも不幸だと思う。友美がどちらを望んでどちらを選ぶかってことだ」

「友美は素敵な人と結婚して家庭を持つことを望んでいるわよ」

千賀子はそう言いきった。三十三歳の椎名淳一と見合いをし、その後にデートもした。聡明で若々しく、「イクメンにも憧れる」と話していた椎名との見合いのあとの、友美の心底嬉しそうな笑顔が忘れられない。残念ながら向こうから早々に断られてしまったが。

「だけど見合いは本当に難しいよな。だって考えてもみろよ。中学や高校の頃、クラスに四十人の生徒がいて男女半々で、女子は二十人もいるのに、俺はその中に好きな子が常にいたわけじゃない。つまり、二十人と見合いしたって、いい出会いがある確率は低いわけだよ」

「そう言われれば私もそうだったわ。あの当時は条件なんか考えなかった。年齢も関係なかったし収入も社会的ステータスもない。そんな縛りのない中でも好きな男の子がいない時期があったよ。ましてや相思相愛になれる確率の低さときたら」

つまり、「妥協」するしか結婚への道はないのではないか。

「憧れの人と結婚できる確率は、砂漠の中で一粒のダイヤを見つけるようなものだよ」と夫は言った。

親婚活の会での説明によると、会った途端に意気投合してゴールインしたカップルが何組かいたらしい。だが、詳しく聞いてみると、男性は例外なくイケメンで、しかもエリートであり、女性は思わず振り返って二度見してしまうほどの美人だという話だった。

「性格が良ければ、それでいいんじゃないかな。この前みたいに、生理的嫌悪感がある場合は論外としても」

「うん、私も今そう思った」

善良な男性であれば御の字ではないだろうか。それ以外のこまごましたことには目を瞑《つぶ》るしか結婚への道はないのではないか。だって、恋人を選ぶのではないのだ。人生の荒波を一緒に乗り越えていく同志を選ぶのである。そして子供ができれば、今度は子供を守り育てていくかけがえのない仲間となる。そうなったとき、外見なんか関係ない。根が真面目な男がいいに決まっている。勤勉で優しい男がいい。

そうは思うが、若いときは翳《かげ》のあるかっこいい男に惹かれるものだ。だが結婚してしまえば、翳なんか邪魔になるだけだ。かっこつけて馬鹿じゃないかと夫を軽蔑するようになるのが関の山だ。

ただ、それらのことが身に染みてわかるようになるのは、結婚して何年も経ってからだ。だからこそ、親である自分たちがしゃしゃり出る意味がある。

そうよ、前向きに考えようじゃないの。今までの親婚活は決して無駄じゃなかった。いい人だと思っても、生理的に好きになれない人とは結婚できないとわかっただけでも、成果があった。今後も経験を積んでいき、本当に譲れない条件は何かを段階的に学んでいけばいい。そのためには、片っ端から親婚活に参加することが重要だ。いちいち傷ついて立ち止まってちゃダメなんだ。

――やるべきことを淡々とこなしていこう。

友美に合う人が見つかるまで、じっくりと焦らずに。

23

今日は友美の二十九回目の誕生日だ。

今朝出がけに頼んでおいた通り、夫は会社帰りにホールケーキを買ってきてくれた。マジパンプレートに「おたんじょうびおめでとう」と、チョコレートで書かれている。

「蠟燭《ろうそく》の数を工夫したんだよ。三十歳マイナス一歳ってことにして、太いのが三本と細いのが一本だ。だって太いのが二本と細いのが九本だったら、ケーキが穴ぼこだらけになるだろ」

上機嫌で言うところを見ると、我ながらいいアイデアだと思っているらしい。きっと店員にもそう言ったのだろう。しかし店員も店員だ。夫に言われるがままに蠟燭を揃えたのか。

「なんだかなあ。これじゃあまるで、三十歳が目前ですよって脅されてる気がする」

友美は、手に乗せた一本の細い蠟燭を見つめながら言った。

「友美、それは考えすぎだろ」

夫がいつもの寛大さを装うような笑みを浮かべたからか、友美の眉間の皺が一層深くなった。

「あのさ、それ以前にね」と、千賀子は口を挟んだ。「どう見たって、これじゃあ三十一歳でしょ」

「え？　あ、ほんとだ」「言われてみれば、そうかも」と、夫と友美が同時に言う。

バカバカしくなったので、千賀子は何も言わずに台所に入り、さっさとお茶の用意を始めた。それを見て、夫と友美も慌てたように後ろからついてきて、トレーを出し、特別な日しか使わない香蘭社《こうらんしゃ》のティーカップや、揃いの金縁のケーキ皿を準備する。

テーブルが整って席に落ち着くと、友美はケーキに蠟燭を刺しながら言った。

「あーあ、私、また年を取っちゃったんだね。今思うと誕生日が単純に嬉しかったのは二十三歳くらいまでだったよ。今度また嬉しく感じるときがあるとしたら、たぶん米寿のときじゃないかな」

千賀子も正直言って、お祝い気分ではなかった。それどころか、どうしてもっと早くから親婚活を始めてやらなかったのかと、後悔の渦に巻き込まれそうになっていた。

「何言ってるのよ、友美」

千賀子は後悔を振り切るかのように勢いよく椅子から立ち上がり、チャッカマンで四本の蠟燭に火をつけていった。「無事に誕生日を迎えられるのはありがたいことよ。世界にはテロや飢餓で生きられない人がたくさんいるんだから」

ガラじゃないとは思いつつ、つい教育的なことを言ってしまう。親というものはいつだって規範を示さねばならない。だって今、もしも正直な気持ちを言ったらどうなる？

――誕生日ってほんとに嫌なものね。友美ったらまた年取っちゃって全くもう、この先どうすんのよ。この調子じゃ、何も変わらないまま、あっという間に三十歳になるわよ。そしてすぐに四十歳。私の世代感覚で言うなら、もう立派に中年の領域に入ってるわ。

世の中にはそれを口に出してしまう親もいるらしい。だが、世間がどうあろうと、自分だけは最後まで子供の味方になって励ましてやらねばと千賀子は思う。

「だけどさ、やっぱり二十九歳と三十歳っていうのは随分と印象が違うよね」

夫が能天気に言うが、友美は言われなくてもわかっているとでもいうように、むっつりと黙ったままだ。

「じゃあハッピバースデイ、歌うか」と夫が言った。

「そうね、歌いましょう」

「ハッピバースデートゥーユー」と夫と二人で歌い出したものの、声が小さかった。友美が幼かった頃はよかったが、大人になってからは白けた雰囲気になる。だが歌わないことには蠟燭の火を消すタイミングがつかめないから仕方がない。

そういえば、友美は二十歳を過ぎてから、誕生日祝いに異性に食事に誘われたこともなかった。

歌い終わると、夫は「友美、誕生日、おめでとっ」と元気よく言った。

「うん……ありがと」と友美が呟《つぶや》くように返し、蠟燭の火にふうっと息を吹きかけて消した。

子供の頃は、火を消す特権が自分にあること自体が嬉しくて仕方がないそぶりを見せたものだが、今は単にめんどくさそうだった。

ケーキを切り分けるのは、いつも夫の役だ。

「今日はせっかくの誕生日なんだからさ、一年の目標を立てたらどうだ?」

「フクちゃん、それってお正月にすることなんじゃないの?」

「あ、そうだっけか」

「目標なら、一応あるけどね」と友美がぼそりと言った。

「三十歳までに結婚することとか?」と千賀子は尋ねてみた。

「うん、それもあるけど、仕事の方もちょっとね」

友美は、この春から販売職兼店長になった。店長といえば聞こえはいいが、正社員は友美を含め二人だけで、あとは全員がアルバイトだし、店長手当は雀《すずめ》の涙ほどだ。毎日の売上の計算などは、これまでもやっていたから、仕事の内容は今までとほとんど変わらない。要は、それまで店長だった二つ歳上の女性が会社を辞めたから、順番に繰り上がっただけのことだ。

「この前ね、毎年恒例の課長面談があったの。社員の要望や不満を吸い上げるっていう名目だけど、まっ、あれはどう考えても形式的なもんだね。だって部署異動を願い出たり、給料の不満をちょっとでも口に出そうもんなら、逆に説教されたり、もっとひどい職場に飛ばされたりしちゃうわけだからね。だからもう誰もなんにも言わなくなったよ。ブラック企業とまでは言わないけど、限りなくブラックに近いグレーだね」

何度聞いても暗澹《あんたん》とした気持ちになる。いったん格差社会の底辺に組み込まれたら、二度と這《は》い上がれない社会構造になっている。友美のうなだれた姿を見るたびに、千賀子は再び後悔の念でいっぱいになるのだった。漫然と大学を出すのではなく、手に職をつけさせるべきだったと。

ああ、もうっ。就職も婚活もあれもこれも後悔だらけだ。聡明《そうめい》な母親像に程遠いではないか。親が人生の先輩であるならば、要所要所で的確なアドバイスをすべきだったのだ。ほんとに自分が嫌になる。なんと自分たちは愚かな親なのだろう。

生クリームを口に含んだあとは、イチゴがひどく酸《す》っぱく感じられた。赤くて艶々《つやつや》して可愛《かわい》らしいだけで、結局は見掛け倒しじゃないの。そう言って、イチゴにさえ八つ当たりしたくなってくる。

「それで？　さっき友美、仕事にも目標があるって言わなかった？」

「それがさ」と、友美はフォークを置くと、紅茶をゴクリと飲んだ。「課長面談でね、どうせ何言ったって無駄だと思ってさ、『特に要望はありません』って答えたわけよ。そしたらいつも通り面談時間が大幅に余っちゃってさ。課長も今回は話題がなかったんだろうね。『休日は何してるの？』って、死ぬほど興味なさそうな顔で聞いてきたの。だから『イタリア語の勉強をしてます』って適当に答えたんだよ。そしたらさ、途端に課長の目がまん丸になって、それまではソファに踏ん反り返ってたくせに、テーブルを乗り越えてくるんじゃないかってくらい、いきなり前のめりになったの。それで『君はイタリア語ができるのか？　だったら今度バイヤーと一緒にミラノに行ってみないか』って言われたの」

「ちょっと待って。イタリア語って？　友美、いつからそんなの勉強してたの？」

「俺も初耳だぞ」

「実はさ、お金が貯《た》まったら、いつかイタリア旅行でもしようかと思ってね、先月からラジオ講座を始めたばかりなんだよね。それなのに、課長ったら勝手に誤解しちゃってさ、簡単な通訳くらいならできると早とちりしたみたいなんだよね。だからさ、こっちはもう真っ青だよ」

「は？　できませんってはっきり言えば済むことじゃない。で、すぐその場で、訂正したんでしょ？」

「……言わなかった」

「えっ、どうして？　このままじゃミラノに通訳として行かされちゃうじゃないの」

「わかってるよ。だから今めっちゃ焦ってるんだってば。だって、そのとき何でだか

『はい！　私、ミラノにお伴します』って、自分でもびっくりするくらい大きな声で返事しちゃったんだよね」

「何なんだよ、それ。やばいだろ。そんなのでイタリアに行ってどうすんだよ」

「だからさっきから言ってるでしょ。焦ってるって。あれから通勤電車の中でも昼休みも家に帰ってからも、もう必死で勉強してるんだよ。嘘《うそ》ついたってバレたら馘首《くび》になっちゃうかもしれないじゃん」

啞然《あぜん》として友美を見た。隣で夫がふうっと呆《あき》れたように息を吐いた。

いったい誰に似たのか、子供の頃から向こう見ずで大胆な一面がある。

「ちょっと母さん、そんなに呆れた顔しないでよ。だって、このチャンスを逃したら一生販売員だよ。給料だって全然上がんないんだからね。それどころか、うちの会社に中高年の販売員が一人もいないのを見ても、ある程度の年齢になったら肩たたきが始まると思うよ。今のところ、若い子向けの洋服しか取り扱ってないんだし」

「で、どうすんの？」

知らない間に、千賀子の口から妙に落ち着いたドスの利《き》いた声が出ていた。呆れるのを通り越して、友美の会社員としての行く末が急に心配になってきた。

「どうするって言われても……この二ヶ月の間にイタリア語をマスターするしかない

じゃん」

「それ、本気で言ってんのか？」

「うん、本気だけど？」と、友美は挑戦的な目を父親に向けた。

「一緒にイタリアに行くバイヤーってどんな人なの？　二人だけで行くの？」

昨今は、中高年男性のセクハラが相次いでニュースになっている。今度はそっち方面のことが心配になって尋ねた。

「バイヤーは社長の姪《めい》だよ」

「あ、女の人なのね」

「陰ではみんな姐《あね》さんて呼んでる。ヤリ手だって評判だよ。四十二歳の独身で背の高い美人。同族会社だから、生産管理とか仕入れなんかの、やり甲斐があって給料の高い仕事は親族が半分以上を占めてるの。そこに親戚《しんせき》でもない自分が入り込むのは至難の技だと思ってたけど、なんだか初めてチャンスの匂《にお》いがするんだよね」

そう言うと、友美はニヤリとした。「それにね、イタリアって日本以上に封建的で女を舐《な》めてるって聞くから、あのプライドの高い姐さんがどうやって価格交渉をするのか、この目で見てみたいし、将来はできれば姐さんの片腕になりたいんだよね」

どうしてこうも楽観的になれるのだろう。夫に似たのか。少なくとも心配性の自分には似ていない。

「わかった。だったら友美、イタリア語の個人授業を受けろ」

夫がいきなり命令口調で言った。

「個人授業って高いんじゃない？」

「チカちゃん、何言ってるんだ。いま金を使わないで、いったいいつ使うんだよ」

聞いたことのある台詞《せりふ》だった。友美の婚活用の洋服を買いに行くときもそう言ったのではなかったか。

「そうだね、今が正真正銘、少ない預金を崩すときだね」

洋服のときとは違い、友美は即答した。相当ヤル気になっているらしい。こうなったら、もう応援するしかないのか。

「わかったわ。だったら、あと二ヶ月しかないと考えるんじゃなくて、二ヶ月もあると考えましょう。日常会話と仕入れに関する用語を頭に叩《たた》き込めば何とかなるかもしれない。言葉に詰まったときは英語で対応すればいいんだし。だって友美は英検二級なんだもの」

「その通りだ。チカちゃん、俺たちも協力しよう」

「協力って？　具体的には例えばどんなこと？」

「だからさ、この家の玄関を一歩でも入ったらイタリア語以外禁止ってことにするんだよ。俺も勉強するからさ」

そんな取り決めをしたら、夫は何も喋《しゃべ》れず、極端に無口になって息が詰まるに決まっている。

「だったらフクちゃんはそうすればいいよ。私は忙しいし、イタリア語は話せないからつきあえない。でも応援はする。この二ヶ月間だけは友美にお弁当を作ってあげる」

「ほんと？　母さん、ありがとう。すぐに個人授業を申し込むよ」と、友美は早速スマホで検索を始めた。

「そろそろ片づけましょう」

小さなケーキだったが、ホールケーキとなれば、やはり食べきれなかった。残りを小皿に移してラップをかけて冷蔵庫にしまいながら、ふと思い出して言った。

「あ、そうそう、私ね、明日は親婚活に行ってくるわね」

「お願いします。母さん、忙しいのにすみません」

友美はスマホから顔を上げずに言った。

親婚活は、明日で六回目の参加となる。今までのところ、友美が素敵だと思った男性には悉《ことごと》く断られ、好みではない男性からは積極的に交際を申し込まれるといった繰り返しだ。

——憧れの人と結婚できる確率は、砂漠の中で一粒のダイヤを見つけるようなものだよ。

いつだったか夫とそんなことを話したときがあった。あのときは単なる譬《たと》え話に過ぎなかったが、最近ではそのことを痛切に実感していた。「下手な鉄砲も数撃ちゃ当たる」などと嘯《うそぶ》いていた頃は、まだ考えが甘かった。どうやら相当な数を撃たねば当たらないらしい。「憧れの人」などではなく、妥協できる線を見極めて、どこかで潔《いさぎよ》く手を打たねば、いつまで経っても成就《じょうじゅ》しないのではないかと千賀子は考え始めていた。

明日の参加人数は、二十対二十だという。小規模な会だが、今までとは違い、全員と順繰りに話をする形式だ。人数が少ない分、成婚に至る確率も低いだろう。それをわかっていながら、それでも参加を決めたのは、親婚活の開催回数が思っていたほど多くはなかったからだ。信用の置けそうな主催者を選ぶとなると、一、二ヶ月に一回くらいしかない。そういうこともあって、都合がつく限りは片っ端から参加することにしていた。

なんとかして一粒のダイヤを見つけなければ。

24

会場に入ると長机が並んでいた。

千賀子は自分の番号の貼《は》ってある場所を見つけて、パイプ椅子に腰を下ろした。向かいは、息子を持つ親の列らしい。会場をざっと見回してみたところ、今回も七十代と見える親が多かった。自分の世代とは違い、隣り合った者同士がすぐに会話の糸口を見つけて盛り上がるのはいつものことで、会場は話し声や笑い声で既に賑《にぎ》やかだった。

「ねえ、ねえ」

いきなり隣席から伸びてきた白い手が、千賀子の腕をポンポンと軽く叩いた。驚いて顔を向けると、「お宅のお嬢さん、うちの娘と同い年だわ」と、屈託のない笑みで見つめてくる。目鼻立ちのはっきりした美人で、鮮やかなブルーのニットと白いパンツがよく似合っていた。自分よりずっと若く見えるが、友美と同い年の娘がいるというのだから、実際はそんなに若くはないのだろう。華やかな雰囲気の上に、小柄で華《きゃ》奢《しゃ》なこともあってか、四十代と言っても十分通りそうだった。

「私、寺岡恵美《てらおかえみ》っていうの。よろしくね。あら、お宅のお嬢さん、可愛いわね」

そう言って、遠慮なく千賀子の身上書を覗き込んでくる。

「いえ、とんでもない」と千賀子は言いながら、恵美の手許《てもと》にある写真をチラリと横目で見た。その途端、えっと声を出しそうになった。整形したのが一目瞭然《りょうぜん》だった。たぶん目頭切開をしたのだろう。同じ大きな目でも、ジジとは違って不自然だった。そのうえ、まるで針金が入っているかのように、妙に鼻筋が通っている。

もちろん自分は、美容整形を批判する気などさらさらない。男女の出会いのきっかけが人間性でなく外見で左右されることは、これまでの親婚活で思い知った。ただ、男性は美人が好きだが、それはあくまでも生まれつきであって、整形美女となるとドン引きする。それどころか、濃いメイクだって嫌がられる。

だったら、いったい女はどうすればいいのか。女の価値とは何なのか。愛玩《あいがん》動物じゃないんだぞ。いろいろ考え始めると、何十年にも亘《わた》って飼い慣らしてきた生来のフェミニズム気質が猛然と頭をもたげそうになる。

あ、まずい。もしもこの会場にまた古い考えの親たちがいたら、会話をする中で、攻撃的な面が顔を出してしまいそうだ。

気持ちを鎮《しず》めるために、千賀子は持参したペットボトルの水を飲んでから、隣席の恵美を見て言った。

「お宅のお嬢さんこそ美人じゃないですか」

涙ぐましい努力に対し、褒めずにはいられなかった。

「ありがとう。私に似てるってよく言われるの」

恵美は平然と応じた。

「ああ、そう言われれば……」と、千賀子は語尾を濁した。美人の母親似だと言い張ったら、信じる人もいるのだろう。本当は父親似なのだろうが。

――芸能人じゃあるまいし、まともな親なら娘の整形を許すはずがない。

ここに集まった親たちは、そう考える世代の人々がほとんどかもしれない。男のピアスでさえ顔を顰《しか》めそうな人が多い世代だ。

「お嬢さんは友美さんていうのね。可愛らしい名前だわ」

お世辞だとわかってはいるが、褒められると悪い気はしなかった。それというのも、何度も参加しているのに、未だに自信が持てずに緊張しているからだ。自分の会話術に自信がないのはもちろんのこと、いくら写真や身上書の体裁を整えてみても「自慢の娘」とまではいかない。特別に恥ずべき点があるわけではないが、他の娘たちの学歴や勤め先があまりに立派で、そのうえ美人が多いとくれば仕方がない。

「お宅のお嬢さんが羨《うらや》ましいわ」と、恵美が言った。

今度は何を褒めてくれるのだろう。

「だって初婚だもの」と、恵美はいきなり声を落とした。

思わず一覧表を見直してみると、恵美の娘の欄には「再婚」と書かれていた。

「子供ができる前に別れたことがせめてもの救いよ」

「そうだったんですか」

今どきは、離婚など大きな問題ではない。バツイチの方がモテるとも聞く。今まで一度も異性にモテずにきた人間より、誰かに結婚したいと思われるほど愛された過去がある方が、魅力的だと感じる人も少なくない。夫が買った婚活本にもそう書かれていたはずだ。とはいえ、それは恋愛結婚の場合だろう。親の代理婚活の場ではどうしても書類上の条件から入らざるを得ない。わざわざ大勢の中から離婚歴のある女性を選ぶ親は少ないだろう。もしかしたら、少ないどころか、全く声をかけられないのかもしれない。

「それではお時間となりました。只今《ただいま》から親の会を始めさせていただきたいと存じます」

前方からマイクを通した張りのある声が聞こえてきた。代表を務めている男性が一通りの挨拶《あいさつ》を終えると、マイクを渡された女性スタッフが段取りの説明に入った。

「みなさん、テレビで『お見合い大作戦』をご覧になられたことがありますでしょうか。あの中に回転寿司というものがありますよね。今日はあれと同じ方法を取らせていただこうと思います。お嬢様をお持ちの親御様は、最後まで今のお席にお座りになったままで結構でございます。ご子息をお持ちの親御様、大変恐れ入りますが、一人の方とお話が終わるたびに、ひとつずつ席をずれていただけますでしょうか」

早速、回転寿司が始まった。

最初は四十五歳の息子を持つ父親だった。

「これは、これは。お嬢さんはまだ二十代ですか。私どもは構いませんが、そちら様はお嫌でしょう？」

「そうですね。すみませんけど、年が離れすぎてますよね」と、千賀子は正直に言った。友美も嫌がるだろうが、自分にしても、自分とたった十歳ほどしか違わない娘婿《むすめむこ》とどう接していけばいいのかわからない。娘が好きになった男性なら仕方ないが、選択の余地のあるこういう場では、わざわざ選ぶこともないだろう。

「去年の暮れから親婚活を始めたんですわ。なんぼなんでも遅すぎました。やっぱりなかなかうまいこといきません。困ったもんですなあ」

　父親がそう言って苦笑したのがきっかけで雑談の雰囲気になった。訛《なま》りがあるので父親の住所の欄を見てみると、京都府北部の日本海沿いの地名が書かれていた。息子の住所は立川市だ。

「もしかして、お父様はこの会のためにわざわざ上京されたんですか？」

「そうなんですわ。私以外にも、そういった親御さんをちょくちょく見かけますよ。親婚活のために三ヶ月に一回は上京するようになったもんやから、今では複雑怪奇な電車の乗り換えにも慣れました。今夜は息子と食事がてら居酒屋で一杯やって、そのまま息子のアパートに泊まります。毎回思い出話に花が咲いて楽しんどります。一人息子は高校卒業後に明誠大学に進学してそのまんまこっちで就職したもんやから寂しかったんですわ。三年前に妻が死んだんで余計にね。何十年ぶりかで息子との距離が縮まった気がして嬉しい限りですわ。ほれに、どないな暮らしをしとるんか今まで全然知らんかったから、我が息子ながら、こんなわけのわからん大都会でよう頑張っとるなあと感心しとります」

「そうですか。それは良かったですね」

親婚活が長引くのは本意ではないだろうが、得る物も多いらしい。聞いてるこちらも人の親だ。しんみりして涙が出そうになる。

「何歳くらいの女性をお望みなんですか」

「やっぱり孫が欲しいもんでね。できれば三十五歳以下ですかね。あ、もちろん二十代でもいいですよ」

「……そうですか」

——そういう考えのままでは、結婚は難しいと思いますよ。

本当はそう言ってあげたかった。

——息子さんはもう四十五歳なんですから、もう孫のことなど諦めて、生涯の伴侶《はんりょ》を得る場だと割り切ったらいかがですか。夫婦と子供二人という、昭和の家族形態に囚《とら》われていたら前に進めないのではないですか。

そんなお節介なことを言えるはずもない。失礼だろとカンカンに怒り出すかもしれない。親婚活の場では、子供の年齢が低ければ低いほど優位な立場に立てる。だからこそ余計に、二十代の娘を持つ身で言うと、偉そうに聞こえてしまう可能性がある。

それ以前に、五十代の自分が七十代の父親に物申すと生意気だと取られるだろう。

「はい、それではお時間となりました。次の方へ移動していただけますでしょうか」

次に目の前に座ったのはベージュのスーツを着た銀髪の婦人だった。

「よろしくお願いいたします。これがうちの息子の身上書でございます」

「ありがとうございます。こちらこそよろしくお願いいたします」

互いの身上書を手に取って眺めた。息子は三十二歳の勤務医だった。家族欄を見ると、父親は開業医らしい。なるほど目の前の母親も大きなエメラルドの指輪を嵌《は》めている。

「お嬢さんは二十代なんですね。今回は、うちの息子より年下のお嬢さんが少ないから、お宅様は貴重ですわ。でも……ふうん」

何なの？　今の言い方。

何か気に入らないことがあるらしい。学歴か、勤務先か、写真か。

嫌な気持ちがしたが、時間が限られているから、さっさと身上書に目を通さなければ。

そう思い、家族欄の年齢に目を移したときだった。

「えっ、うそっ」

次の瞬間、千賀子は思わず声を出していた。「お母様と私、同い年なんですね」

母親はジロリと千賀子を見たあと、何も言わずに顔を顰めて目を逸《そ》らした。

あ、まずい。

後悔したところで手遅れだった。自分は驚きの声を出してしまった。だって銀髪だし手の甲にシミがいくつもあるから……だから自分よりずっと年上だと思ったのだ。

ああ、どう考えても自分が悪い。大変失礼なことをしてしまった。だが、ここで謝ると、更に失礼の上塗りになるだろう。いったいどうすればいいの？

もう取り返しがつかない。

息子は身上書を見る限りでは文句のつけようがなかった。何といっても友美と年齢が近い。とはいえ、写真の雰囲気からすると、友美とは合わない気もした。見るからに育ちが良さそうで、色白で微笑み方も上品だ。下品な冗談などとは無縁に見える。趣味の欄にはピアノと書かれているだけで、アウトドア系のことは書かれていない。こういうタイプと交際しても、友美は目一杯背伸びをしなければならないだろう。とはいえ、最終的に決めるのは友美自身なのだから、取り敢えずは身上書を交換するだけはしてみたい。

「いかがでしょうか。交換していただけますか？」

口を真一文字に結んだままの母親に、恐る恐る尋ねてみた。

「どうかしら。うちの息子とは合わないと思いますから、申し訳ないんですが、やめておきますわ」

母親は、きっぱりとそう言った。ニコリともしない。

「……そうですか」

友美に申し訳ない気持ちでいっぱいになった。やはり自分のような母親だと、チャンスを逃すことが多い。誰が見ても感じのいい、ふんわりとした母親でなければ、親婚活というのは難しいものだ。そう感じ始めたのは、三回目くらいからだったろうか。

ちらりと顔色を窺《うかが》うが、ムッとした表情のままだった。でも、考えようによっては断られてよかったのかもしれない。だって、こちらの驚きや反応は致し方ないものもある。そんなことで、これほどツンとする狭量な女性が姑となれば、たとえどんなに気の利く嫁でも嫌な目に遭う予感がする。

妙に空気が張り詰めていた。一刻も早く立ち去ってほしいが、なんせ回転寿司形式だから勝手に動くことができない。会話が途切れ、互いにあらぬ方向を見ていたときだった。隣席の恵美の声がはっきりと聞こえてきた。

「でもね、たった一年だけなんです」

何かに縋《すが》ろうとでもするような切ない声音だった。恵美の声は甲高くてよく通る。何度も同じ言葉を繰り返しているのが、さっきから気になっていた。

「それにね、出張が多くて家にいないことも多かったんです」

「なるほど、そういうことであれば」と、四十五歳の息子を持つ先ほどの父親が深く頷《うなず》いている。

「ですからね、離婚歴があるとはいっても、結婚期間はたったの一年ですし、相手は出張が多いとなれば、ね？　お分かりでしょう？」

えっ、今のどういう意味？

千賀子は、知らない間に息を止めていた。

それはつまり……。

——うちの娘はそれほど汚《けが》れてはいないんですよ。

そう言いたいのか。あの回数は少なかったとアピールしているのか。

たまらなく不快な気持ちになった。母親が娘を商品化している。新品は最も価値が高く、中古でも傷や汚れ具合によってＡＢＣとランクが分かれている。まるでオークションサイトやフリマアプリに出品される物みたいだ。

「実はね、写真がもう一枚あるんですよ。見ていただけますかしら」

恵美はそう言うと、封筒から写真を取り出した。どんな写真か気になったが、覗き込むわけにもいかない。だから正面を向いたまま、千賀子は思いきり横目になった。

えっ、マジ？

もう少しで声に出すところだった。

水着姿の写真だった。それもビキニで隠れている部分がすごく小さい。豊胸手術でもしたのだろうか。痩《や》せぎすの身体《からだ》に胸だけが際立って大きい。

「ほお、これはこれは」

息子の父親は照れながらも手に取った。年老いた男性が脂下《やにさ》がっている横顔がおぞましくて、千賀子は正視できずに目を逸らした。

「どうでしょうか、身上書を交換していただけますか？」

恵美が甘えたような声で尋ねた。

「よろしくお願いします」と父親は即答した。息子は四十五歳のはずだが、どうやら恵美は、年齢にこだわりがないらしい。娘自身もそういう考えなのだろうか。もしそうならば、選択肢が広がって結婚に結びつくのが早いことは早いだろうが、でも……。

「時間となりました。それでは移動をお願いいたします」

その後も、隣席から「たった一年なんです」という切ない声が何度も聞こえてきた。

今回は二十対二十の小規模な会だから、さっさと終わると簡単に考えていた。だが全員と話をしたので、終わる頃にはいつもより気疲れしていた。

結局その日は二人と身上書を交換した。二人とも三十代半ばで、中堅企業に勤めている。母親同士が互いにすごく気に入ったということではなく、可もなく不可もなくといったところで、あとは子供に任せようといった雰囲気だった。

帰り支度をして会場を出ようとすると、恵美が声をかけてきた。

「帰りにお茶でもどう?」

「え?」

「何か急ぎの用でもある?」

「いえ、えっと、特には」と正直に答えた途端に後悔した。咄嗟《とっさ》に嘘がつけなかった。こんなゲスな母親とお茶など飲んでどうするのだ。

「ここに来る途中でね、感じのいいカフェを見つけたの」

恵美はそう言うと、先頭に立って歩き出した。相手に有無を言わせない、こういった接し方をする友人が自分にはいない。誰もが相手に気遣って空気を読もうとし、どちらかといえば遠慮がちだ。客室乗務員の真由美ならはっきりと物を言うが、段取りが良く頼りがいがあって不快ではない。

仕方なく恵美の後に続いた。美味しいコーヒーを飲んで疲れを取りたいといった気持ちもあった。歩きながら、恵美の後ろ姿を眺める。ヒールの高い靴を履き、背筋がピンと伸びている。女は何歳になっても、こうあらねばならないという手本を見ているようだった。自分はといえば、ヒールのある靴どころかウォーキングシューズを履くようになった。そのうえ、チュニックで腰回りが隠れるのをいいことに、ズボンのウエストにはゴムが入っている。歳とともに、見かけよりも着心地の良さに重点を置くようになって既に十年が経《た》つ。

店へ入ると、中庭に面した窓辺に席を取った。

「びっくりしたでしょ」

コーヒーを挟んで向き合うと、恵美は悪戯《いたずら》っぽい目でこちらを見た。何のことかと戸惑って恵美を見る。

「私の話、聞こえたでしょ。水着の際どい写真も見たんでしょう?」

「……ええ、まあ」

「どう思った?　ケーベツしちゃうって感じ?　だってあなた、育ちが良さそうだもんね。学校だって、ちゃんと出てんでしょ?」

「軽蔑というより、不思議に思いました。親婚活の中で二十代は少なくて、それだけでも有利なはずだし、何もそこまでしなくてもと思ったんです」

「決して若くないわよ。二十九歳を若いっていうのは東京だけよ。地方では縁遠い年齢よ」

「それはそうかもしれませんが。それで、あのう、さっき四十五歳の男性とも交換してらしたでしょ。相手の年齢にこだわりはないんですか？」

「全然ない。だって私いま四十八歳だけど、うちの主人は八十一歳だもの」

「えっ、そうなんですか」

最近では、親子ほど歳の差のある夫婦も珍しくなくなったが、恵美の年代では聞いたことがない。

「えっと、それは、つまり……」

恵美夫婦の年齢差はいくつだろう。八十一から四十八を引けばいいから……。

中高時代ずっと数学が得意だったが、実はあまり引き算が得意ではない。

あ、そんなことよりも、恵美はまだ四十八歳だったの？　その若さで二十九歳の娘がいるってことはつまり、四十八引く二十九は、ええっと……。

「私は十九で娘を産んだのよ」

「あ、そうなりますね。で、そのお嬢さんがうちと同じ二十九歳だってことは、ご主人が五十代のときのお子さんなんですね」

「違うわよ。主人とは三年前に結婚したの」

「えっ？」

「結婚というのはね、私や娘にとっては生きるための手段以外の何ものでもないの」

千賀子が絶句したのを見て、恵美が噴き出した。

若い頃なら、こういう女を忌《い》み嫌っただろう。女を武器にして世渡りしていると。

だが今はそうは思わない。不幸な生い立ちの女性や、不運な巡り合わせの人々が少なくないことを知っている。そのうえ近年では格差がどんどん広がり、生きていくのが大変な世の中になった。

「娘の実の父親っていうのがどうしようもないヤツでね。苦労の連続だったのよ」

「ギャンブルとかDVとか、ですか？」

「うん、どっちも」

ニュースでは耳にするが、身近にそういう知り合いは一人もいない。女に暴力を振るうなんて考えられないことだし、今までただの一度もそういう現場を見たことがなかった。そんな自分は恵まれている方なのだろうか。自分が知らないだけで、この世はそれほど暴力に満ちているのか。

「お嬢さんも同じ考えなんですか？　つまり、結婚は生きるための手段だと」

「そこまでは考えてないよ。あの子、バカだもん」

「でも、娘さんもお勤めをしてらして収入はあるんでしょう?」

「うん、一応ね。でも派遣だし、育ちが育ちだから、このまま放っておいたら、きっとまた性懲《しょうこ》りもなく悪い男に引っかかるのは確実よ」

まるで娘の未来を見てきたような、確信に満ちた言い方だった。

「育ちが育ち、というのは、例えばどういう……」

プライベートに踏み込みすぎかと思いながらも尋ねてみた。

「ほら、よくテレビドラマなんかであるでしょう。母親が夜の商売しててて子供は一人でお留守番ってやつ。あれよ、あれ。私は疲れていつもイライラしてて、怒鳴り散らしてばかりで、手を上げることだってしょっちゅうだった。私も若かったし孤独で寂しくて貧乏で頼る人がいなくて情けなくて惨《みじ》めで……もう頭がおかしくなりそうだったのよ。でも、それはそのまんま娘の状況にも当てはまるの。あの子は異常なほど寂しがり屋に育ったから、男にちょっと優しくされると、すぐその男の言いなりになっちゃうの。だから母親の私がマトモな男を見つけてやんなきゃならなくて、こういうのに参加してるわけよ。いったい何歳まで面倒見てやればいいのかしら、全くもう」

「……そうなんですか」

「でも私は変わった。今の主人と結婚してから嘘みたいに生活が楽になったわ。その証拠に、私いま働いてないもんね。やっと憧《あこが》れの専業主婦になれたの。働かなくても食べていけるなんて、中学生のとき以来よ。心にも余裕ができたわ。だからこそ、今こうやって娘の今後を真剣に考えてやれるようになったわけ」

「それは……」大変な人生だったんですね。「それで、今日は何人の方と身上書を交換したんですか？」

「三枚だけだった。私って、ほら、スケベ親父《おやじ》にはウケがいいけど、お堅い母親には目の敵にされるのよね。古い言葉で言うと牝狐《めぎつね》って感じ？　身上書に書いた主人の歳を見てみんなびっくりするのよ。遺産狙《ねら》いで資産家のジジイを騙《だま》したと思うらしいの。まっ、実際その通りなんだけど」

そう言ってウフフと笑う。

親婚活に参加する母親たちは、どちらかというと生真面目《きまじめ》な雰囲気の女性が多かった。恵美を一目見れば、身上書を見るまでもなく、自分とは違う種類の女だと嗅《か》ぎ取るのかもしれない。

「でもね、お金さえ持ってれば誰でもいいってわけじゃないのよ。うちの主人はすごく優しくて穏やかでいい人なの。最初は顔にいっぱい老人性のシミがあって気持ち悪かったけど、美容整形外科に行ってレーザーで除去してもらったら、こぎれいになったしね。そのときついでに、娘の鼻も直してもらったの」

「そうなんですか……」

「漫画なんかを読んでると『鼻をへし折ってやる』って言葉がよく出てくるじゃない？　そういうことって現実にもあるの。娘は前の亭主に殴られて鼻がひどく曲がっちゃってね。その手術代も今の夫が出してくれたの」

「それは……よかったですね……。それで、お嬢さんの結婚相手に求める条件は何ですか？」と、千賀子は尋ねてみた。

「第一に安定した暮らしと高収入ね。そして優しくて真面目なこと。それ以外の条件はないわ。外見も年齢もどうだっていい」

顔つきが真剣だった。

「でも、お嬢さん自身の好みっていうのもあるでしょう？」

「もちろんよ。こんな男は絶対に無理だとか、気色が悪いとか娘が言ったら、さすがの私も無理強いはしないわよ。でもね、母親が男に酷《ひど》い目に遭わされて生きてきたのを幼い頃から見てきた割には、あの子はダメな男にふらふらっとなるの。学習能力が欠如してるのよね。っていうか、早い話がバカなのよ。私たちぐらいの歳になるとさ、若い男なんて見ただけで人間のクズかどうかくらいすぐにわかるじゃない」

とか」

「確かにそうかもしれません」

「でしょう？　表面上はニコニコしてるけど実はちょっとしたことでキレるタイプだとか」

「若いときはわからないんでしょうね」

「私はね、男が垣間見《かいまみ》せるダメさやクズの片鱗《へんりん》を絶対に見逃さない自信があるの」

「ですけど、ダメに見えて実は紳士的で優しい男性も中にはいるでしょう？」

「あのね、確かにそういう男もいることはいるよ。だけどね、そんな上等な男が私たちの娘を選ぶと思う？　才色兼備の女しか相手にしないわよ」

「……なるほど」

「それより、あなたは、お嬢さんにどういう相手を望んでるの？」

「釣り合った男性がいいと思ってます。互いに見栄《みえ》を張ったり背伸びする必要がなくて、自然体でいられるような相手が」

「ふうん。例えば、毎日きちんと会社に行ってくれる男だとか暴力を振るわない男がいいとかっていうのは、ことさら思い浮かばないんでしょうね、あなたの場合は」

意味がわからず、恵美を見つめた。

「あなた、男なんてものは、たいがいみんな真面目に働いて家にお金を入れてくれると思ってるでしょう？」

「は？　ええ、まあ」

そう言うと、恵美は一瞥《いちべつ》をくれたあと何も言わずに腕組みをして窓の外に目を移した。「何でこんなに不公平なんだろう。神様は意地悪だね。羨ましくて妬《ねた》ましいよ。あなたみたいな苦労知らずの女が」

苦労知らず、ですか？　この私が？

何でそんなことを今日会ったばかりのあなたに言われなきゃならないの？

私だってそれなりに苦労してきたつもりなんですけど。確かに自分は悲惨な生い立ちでもないし、夫は毎日きちんと会社に行ってるし、一度たりとも暴力を振るわれたことはない。

――でもね恵美さん、うちはずっと共働きなのに、夫は焼うどんとオムレツしか作れなくて苦労したんです。そのこと、私は今でも恨んでますよ、ええ。

もしもそう言ったら、恵美は声を上げて嗤《わら》うのだろうか。

恵美から見たら、どうやら自分は「苦労知らず」の範疇《はんちゅう》に入るらしい。それどころか、妬まれるほど恵まれている。類は友を呼ぶという諺《ことわざ》の通り、友人や親族はみんな似通っている。格差が広がりつつある社会の中でも、似たような暮らしの人々が群れ集い、他の階層とつながりはない。そうなると格差は固定化されて、ますます広がっていくのではないか。その証拠に、自分は恵美のような暮らしをしている人々と接する機会はない。つまり、ほとんどの人が狭い世界で暮らしている。そうであれば、違う階層の考えや暮らしぶりを肌身に沁《し》みて感じるのは難しい。政治家が二世三世ばかりであれば、庶民の生活を想像することすらできずに、庶民の感覚とかけ離れた政策を取るのが、今更ながらわかる気がした。

「ご主人とはどこで知り合ったの？」と、恵美が尋ねた。

「夫とは同級生なんです」

「ふうん、高校の？」

「いえ、大学の」

「大学？　ふうん、そうなんだ」

そう言って、恵美はカップをソーサーにゆっくりと戻した。スプーンにぶつかり、カチャリと音がした。

「なんだかんだ言っても、未《いま》だに女の人生は男に左右されるね。絶対に事故物件をつかんじゃダメよ。そうなったら女の人生は台無しだもの。お互いに頑張りましょう」

そう言って、恵美はコーヒーを飲み干した。

「ここは私が奢《おご》る。私が誘ったんだし」と言うと、恵美はさっと立ち上がった。

「とんでもない。割り勘でお願いします」

「いいのよ。私が払うってば。あのジーサンと結婚してから大金持ちになったんだから。このバーキンのバッグだって百二十万円もしたんだからね」

そう言って千賀子の手から伝票を奪うと、さっさとレジに向かって歩いていった。

店に入ったときは明るい表情だったのに、出て行くときは沈んでいるように見えた。平々凡々な人生を歩んできた自分のような女と会話し、溜飲《りゅういん》を下げるつもりだったのに、自分語りをしているうちに、やさぐれて惨めになってきたのか。

まだコーヒーが半分以上残っていたので、千賀子は座ったまま窓の外を見た。中庭に植えられた木が真《ま》っ直《す》ぐ天に向かって伸びている。見上げていると、目が疲れているせいなのか、ひどく眩《まぶ》しく感じられたので、慌《あわ》ててテーブルに目を戻した。

そのとき、高校の同級生だった美鈴の顔が、ふと思い浮かんだ。何年か前に、美鈴の娘も金持ちに嫁いだのだった。美鈴は離婚後、実家に身を寄せて一人娘を育ててきた。苦労が多かった分、余計に娘の結婚は嬉《うれ》しかったのだろう。

いつだったか、そのことを電話で話したときの美鈴の弾んだ声が、耳に蘇《よみがえ》ってきた。

25

その夜、美鈴に電話をしてみた。

――もしもし、チカちゃん？　電話くれるの久しぶりだね。

心なしか、美鈴の声に元気がない気がした。

――そういえばチカちゃん、親婚活はあれからどうなった？

「なかなか難しくてね。でも、めげずに頑張ってるところ。由希子《ゆきこ》ちゃんはどうしてる？」

――報告が遅れてゴメン。由希子は無事に男の子を産んだよ。すごく可愛い子なの。

「そうだったの。それはおめでとう」

由希子は友美より一歳下だ。会ったことはないが、美鈴からときどき話は聞いていた。勉強もスポーツも苦手で、そのうえ鈍感で、いったい誰に似たんだろう、全く情けないよ、というような愚痴が多かった気がする。

由希子は高校を出てから専門学校に進んで保育士の資格を取り、私立保育園に勤めた。

――由希子は頭も悪いうえに不細工だから結婚は無理かもしれない。

美鈴は電話で話すたびにそう嘆いていた。だから、由緒《ゆいしょ》ある地元の名家に嫁いだと聞いたときは驚いた。由希子の夫は商社に勤める五歳上の男性で、地元の青年クラブで出会ったのがきっかけだったらしい。実家は代々県庁勤務の家柄で、地方では県庁勤務はエリートだから超優良物件だ。そのうえ由希子の舅《しゅうと》に当たる人はキャリアトップの副知事を一期だけだが務めたことがあり、姑は音大のピアノ科を出ていて、今も県立短大の講師をしているという。

――向こうの家でもね、跡取りができたって、すごく喜んでくれてるの。

「そう、それはよかったわね」

友人の娘が名家に嫁いだと聞くと、どうしてこうも心がザワつくのだろう。これは嫉妬《しっと》だろうか。うまいことやったわねと思ってしまう自分の心は、薄汚れているのだろうか。

その一方で、美鈴の言う通り、由希子が頭が悪く美人でないというのが本当だとするなら、うちの友美にもチャンスはある、とついつい考えてしまう。

だが、今日の昼間、親婚活で知り合った恵美に尋ねられたときは、気楽な相手がいちばんだと言ったばかりだ。敷居の高くない家の息子がいい、気軽に親戚づきあいできる方が気が楽だと思っていたはずなのに。

——チカちゃんは、どういう婿を望んでいるの？

「どういうって……釣り合った相手がいいと思ってる。経済的にも年齢的にも、友美と差がない方が話も合うだろうしね」

——そうなんだ。釣り合った相手がいいなんて言えるのは、今まで恵まれて不満のない暮らしをしてきた証拠だね。

「え？　私の暮らしは恵まれてなんかいないよ。百二十万円もするバッグなんてひとつも持ってないし、そもそも欲しいとも思わないけどね。現に今だって必死になってフルタイムで働いてるわけだし」

——そうじゃなくてさ、釣り合った相手がいいなんて、そんな悠長なこと、中国の農村で貧困な暮らしをしている女は言わないってことよ。

「何なの、いきなり。中国の農村って？　いったい何の話よ」

——どうもがいても貧困な生活から抜け出せない女たちのことを考えたことある？　そこから浮上しようと思ったら、いい条件の男と結婚するしか道はないんだよ。そんなの今も昔も変わらないよ。娘が秀才で医者だとか弁護士だっていうんなら話は別だけど、うちの由希子ときたら誰に似たんだか頭も悪いし不細工だから。

「それ、謙遜《けんそん》でしょう？　だって、いいお家のお坊ちゃんを捕まえたくらいだから、本当は可愛くて気立てもいいんじゃないの？」

――まさか、そんなことないってば。でも言われてみれば……そうねえ、確かに二十代半ばくらいから化粧が多少はうまくなったかも。それに、一時期よりは痩せて少しはマシになったかしらね。男に甘えて媚《こび》を売るのはもともと得意だしね。それもあって、世間知らずで女に不慣れな坊ちゃんをゲットできたのかもね。ともかくね、由希子は今、すごくいい暮らしをしてるの。あの子、スーパーやデパ地下で買い物するとき、値札を見ないんだよ。びっくりだよね。

「へえ、すごいね。私なんか、たまに見切り品のバナナを買うよ。金持ちはケチでお金を使わないからこそお金がたまるって聞いたことあるけど、やっぱりそんなわけはないよね」

再び何やらザワついた気分になっていた。そういうときは、どうでもいいことを一人でベラベラ話し続ける癖がある。

美鈴の自慢話など聞きたくない。そう思ってしまうのは、自分の性格が歪《ゆが》んでいるからなのか。人は人、自分は自分。そう割り切ればいいのに、ついつい他人と比べてしまう。

ふとそのとき、グーグルマップで見た、神社か寺かと思うような緑に囲まれたお屋敷を思い出した。あれは何回目の見合いだったろうか、確か息子は小学校から私立だった。その衛星画像に、夫が嫉妬したことがあった。そんな夫を見て、やれやれ男っていうのはどいつもこいつも他人と比較せずにはいられない生き物なのか、などと思って馬鹿にしたが、自分も同じ穴の貉《むじな》だったらしい。

美鈴とは高校時代からの親友だったはず。それなのに、美鈴の娘の幸せを心から喜べないなんて、自分はなんと狭量な人間なのだろう。仮に友美の結婚が決まっていたならば、少しは心に余裕があって違う心持ちでいられたのだろう。いや、きっとそうではない。友美の婚約者が名家や資産家でない限りは、やはり心穏やかではいられないのではないか。

「美鈴が羨ましいよ。我が子がいい暮らしをしていると思うだけで、幸せな気分になれるんだろうね」

明るい声を出すためには、思いきり自分に活を入れなければならなかった。

――うん、まあ、それはそうだけどね、でもね、何ていうのか……。

再び元気のない声になった。どうしたのだろう。

「美鈴ったら、きっと孫かわいさに、由希子ちゃんの家に入り浸ってるんでしょう？由希子ちゃんの家は居心地がいいんだろうね。リビングがすごく広くて清々《すがすが》しいって、前に美鈴、言ってたよね。確か十五畳くらいあるんだっけ？」

──私はね、由希子の家には……滅多に行けないの。

「どうして？美鈴の家から車で七、八分だって言ってなかった？」

──そうよ。それくらいで行けるのは行けるけどね。

いきなり雑音が聞こえてきた。もしかして、大きな溜め息をついたのか？

「赤ちゃんの世話を頼まれることだってあるんでしょう？」

──それは……ない。一回も……ない。

「なんで？　家政婦さんを雇ってるとか？」

──なんだかさ、人生って難しいよね。

「は？　いったいどうしちゃったの？　ひとり娘が結婚して、そのうえ赤ちゃんの世話も人手が足りてるんなら、あとは自分の生活を楽しめばいいだけじゃない。それともお母さんの具合が悪くなって、美鈴が介護してるとか？」

──ううん、うちの母は呆《あき》れるほど元気だよ。八十三歳だけど頭ははっきりしてるし、たぶん私より体力あると思う。

「だったら、言うことないじゃない」

——うん、それはそうなんだけどね。私はほら、離婚したわけでしょう。だからね、由希子には絶対に失敗してほしくないって、ずっと考えてきたのよ。

美鈴は、二十代半ばで会社の先輩と結婚し、専業主婦になった。千賀子は美鈴の家庭にお呼ばれしたことがある。生まれたばかりの由希子を抱っこして出迎えてくれた美鈴は幸せそうだった。だから、数年後に離婚したと聞いたときは驚いた。美鈴の夫は堅物といってもいいほど生真面目そうに見えたのに、意外にも見かけとは違う男だったのかと。

その後、美鈴が離婚の原因を話してくれたのは、四十代も半ばになってからだった。夫の言葉の暴力に耐えられなかったという。美鈴の生まれ育ちに関して、夫はひとり勝手に劣等感を募らせていたらしい。夫を見下した覚えは一度もないという美鈴の言葉に、千賀子は頷いた。というのも、美鈴は平凡なサラリーマン家庭で育ち、特別に裕福ではなかった。戦前世代のほとんどがそうであるように、両親ともに大学は出ていなかった。だが夫の方は昼間は働きながら夜間の高校から夜間の大学へ進学した。その苦学の経歴を立派なことだと美鈴や美鈴の両親が感心するたびに、夫は我慢ならないほど屈辱感を募らせていたのだが、そのことは離婚調停のときまで美鈴は知らなかった。夫は美鈴一家に対する劣等感で少しずつ歪んでいき、そのうち言葉の暴力が抑えきれなくなっていったと聞いた。

――由希子には私を反面教師として見てほしかったの。だからね、由希子がいい家の息子と交際を始めたときは飛び上がるほど嬉しかったのよ。

「それで？　もしかして由希子ちゃんの旦那《だんな》さんは、うちの姉の元旦那みたいに夜な夜な高級クラブに通うような人で、家庭を顧みないとか？」

美鈴には、千賀子の姉のことを話していた。今も近所に住んでいるし、美鈴は中学に入学してすぐにバスケットボール部に入ったが、そのときのキャプテンが千賀子の姉だった。

――違うよ。高級クラブなんて縁のない男だよ。真面目な人だもん。家庭的だし。

「だったら、ますます言うことないじゃないの」

――うん、まあね。

どうしても言いにくい事情があるらしい。気になるが、無理に聞き出すのも悪い。そう思い、何か他の話題がないかと考えていると、美鈴が言った。

――あのね、由希子がね、私の顔を見るたびに、なんて言うのかな……はっきり言うとね。

「うん、何？」

――私のことをね……下品だって言うの。

「えっ、なんでそんなこと言うの？　美鈴は何か非常識なことをやらかしたの？」

――違うよ。ああいった上品な家に嫁に行ったから、私の一挙手一投足が気に障《さわ》るようになったみたい。会うたびに色々と注意してくるの。食べ方が下品だとか、咳《せき》をするときはハンカチで口許《くちもと》を押えろだとか、言葉遣いが汚いとか、着てる物が安物ばかりで趣味が悪すぎるとか色々。この前ね、由希子の大好物の里芋と鶏肉の煮物を作って持っていったら、こんな貧乏臭いもの持ってこられたら私が恥をかくって怒られた。

「そんな……」

――私のことを恥ずかしい母親だと思っているみたいなんだよね。人前に出したくないって、はっきり言われちゃった。お宮参りや初節句のときも、向こうの親だけ呼んで私には声をかけてくれなかったしね。私はね、チカちゃん、あのね、私ね……。

電話の向こうで美鈴が声を詰まらせた。

――あのね、私ね……つらいの。寂しいよ。

聞いている千賀子の喉元《のどもと》にも切なさが込み上げてきて、ゴクリと生唾《なまつば》を飲み込んだ。

――離婚してからは、ずっと由希子のためだけに生きてきたんだよ。

「ほんと、その通りだよ。大変だったよね。美鈴、頑張ったよ。偉いと思うよ」

――どうすればいいのかな、私。

慰めようがなかった。いい家に嫁に出せたと思ったら、実家の母が下品に見えてくる。そういうことは世間ではよくあることなのだろうか。きっと由希子は、嫁ぎ先に合わせて言葉遣いを改め、立ち居振る舞いも変えたのだろう。お金があるのなら、外見をレベルアップすることも難しいことではない。

だが、値札を気にせずに買い物ができる身分になったのなら、苦労して自分を育ててくれた実家の母にも美味しいものを食べさせてやりたいとどうして思わないのだろう。

たぶん由希子も一生懸命なのだろう。実家の母に顔を出されて「お里が知れる」のを恐れている。いいお家《うち》の奥様という座を死守するために必死なのではないか。それはある意味、逞《たくま》しい女に育ったということだ。そしていつの日か、舅や姑が亡《な》くなり自身も年を取って息子に嫁を迎えるようになったときに、由希子は初めて自分の残酷さに気づいて後悔するのかもしれない。

そして、美鈴も気づくだろう。ロクでもない男に引っかかった娘の身を毎日案じるような暮らしよりも百倍マシだってことに。いや、今だって、心の底ではわかっているはずだ。

「ねえ美鈴、今度二人でどこか旅行しない？　一泊くらいでさ、美味しいもの食べたりしようよ」

――うん、行く。

洟《はな》を啜《すす》るのが聞こえてきた。

「行きたいとこ考えておいてね。食べたいものもね」

――うん、わかった。チカちゃん、ありがとね。

少しだけ声が元気になったので、安心して電話を切った。

26

友美と二人で、毎週のように新宿ワトソンホテルのカフェ・ミラノに足を運んでいた。

身上書を交換した相手とは、とにもかくにも全員と会うと決めたのは友美だった。

実際に見合いをしてみると、写真や経歴から想像していたのとはまるで違うということが多かった。写真ではいかつくて強面《こわもて》の印象だったのに、会ってみるとナヨッとして中性的な感じのする男性さえいた。経歴が立派でも謙虚な人もいれば、経歴がそれなりでも異様にプライドの高い人もいた。

親婚活は、六回目も七回目もうまくいかなかった。

だが、自分たちは、だんだんと打たれ強くなってきていた。断られたら、やはり傷つくが、以前ほどではなくなった。そもそも断られた件数以上に、こちらからも断っている。

――断られたって、あなたや家族が否定されてるわけじゃないのよ。

――相手に魅力が伝わらなかっただけなのよ。

――ただ単に、好みと違っただけよ。

そう言って友美を励まし続けてきたからか、自分でも、いつの間にか心底そう思うようになっていた。といっても、素敵だと思った男性には断られ、好みではない男性からは交際を申し込まれるといった繰り返しが続いている。

相手に対して大変失礼なことだが、好みではないが熱心に言い寄ってくれる男性が少なくないことが、心の支えとなっているのも事実だった。

その夜、友美が一週間のイタリア出張から帰ってきた。

「ただいまあ。あー疲れた」

玄関から入ってきた友美の顔を見た途端、充実した日々を過ごしてきたのが見て取れた。これほどキラキラした笑顔を見るのはいつ以来だろう。

イタリア語の個人授業は、大手の会話教室に申し込んだのだが、思ったほど料金は高くはなかった。仕入れに関する会話に絞って特訓してもらい、悲壮な覚悟で臨んだ。そんな努力の甲斐《かい》あってか、たったの二ヶ月間だったが、ある程度は話せるようになったようだ。

「お帰りなさい」

「お土産買ってきたよ」

「ありがとう。仕事で行ったんだから、気を遣わなくてもよかったのに」

「姐《あね》さんが最終日には必ずスーパーマーケットに寄ることに決めてるらしくてね、それにつき合わされたの。日本に比べるとずっと安かったから私も買い物するのが楽しかったよ」

そう言いながら、リビングのど真ん中で早速スーツケースを開き、大きなチーズや様々な形のパスタなどを次々に取り出している。

「母さん、プラダのバッグじゃなくてごめんね。でもこのチーズおいしそうでしょ」

「プラダじゃなくてもフェラガモでも良かったのに」と意地悪を言ってみた。

「俺はブルガリの時計とアルマーニのネクタイが欲しかったけど、でもチーズで我慢する」と、夫も調子を合わせる。

「全くもう」と友美が楽しそうに笑っている。

「じゃあ今夜の夕飯は……」と千賀子が言いかけると、「チーズがあるから、サラダとパンにしよう」と、夫は自分の大好きなカフェメニューを提案した。

夕飯は簡単に整ったが、何種類ものチーズと、冷蔵庫にあったハムやトマトの赤とロメインレタスの黄緑で、食卓は豪華な雰囲気を醸《かも》し出した。

「イタリアではどうだったんだ？　うまくやれたのか？」

夫がサラダを取り分けながら尋ねた。

「うまくやれたと思う。話せば長いよ。色々ありすぎてさ。姐さんは個性的っていうのか、変わってるっていうのか……」

そういうと、何かを思い出したらしく、一人でクスクスと笑っている。

「次回の仕入れにも連れてってくれるっていうから、イタリア語の個人授業は続けることにしたよ」

友美は、どうやら「姐さん」とやらの大ファンになったようだ。

「そういえばチカちゃん、次の婚活はいつだっけ？」

「来週よ」

「八回目になるんだっけ？　そろそろ同じ顔ぶれに会うこともあるんじゃないか。もしかしていつも同じメンバーになりつつあるとか？」

「それが意外にもそうでもないのよ。今まで知った顔に会ったのは数えるくらいよ」

そのことについては、千賀子もずっと不思議に思っていた。主だった主催者は数社しかないのだから、多くの親と顔見知りになってしまうかもしれないと危惧《きぐ》していたのだ。

いつだったか、四十歳前後の娘を持つ母親たちと同席したことがあった。彼女らは何年にも亘《わた》って参加しているが、そんな親は少数派だと言っていたのではなかったか。

「もしかして、他の人はみんな次々に結婚が決まっていくのかしらね。なかなかうまく行かずに何度も参加している私みたいな親は少ないのかな」

「まさか、それは違うだろ。そんなにみんなうまくいったりしないと思うよ。パッと決まるのは美男美女で、なおかつ金持ちでエリートだって本にも書いてあったぞ」

「やっぱりそうだよね、だけど……」

「ほとんどの親が途中で断念したんじゃないか？」

「諦《あきら》めたってこと？　それはあり得るかも。だって……」

大切な我が子だけでなく、親までもが品定めされ、容赦なく切り捨てられる。その屈辱感や傷心に耐えられる母親が、いったいどれほどいるだろうか。

「友美はラッキーだよ。チカちゃんみたいに打たれ強い人が母親でさ。感謝しろよ」

「父さんに言われなくても、心の中では感謝しまくってるよ」

今までは、共働きだったこともあり、友美の面倒をきちんと見てやれなかったと後悔し続けてきた。専業主婦だったならば、幼い頃からもっとこまめに面倒を見て、要所要所で的確なアドバイスをしてやれたのかもしれないと。だが今この瞬間、初めて思った。夫が言ったように、友美は自分のような人間が母親で幸運だったのではないかと。

そう思った途端、身体中から喜びのアドレナリンが噴出したかのように、一気に気分が高揚してきた。

「それにさ、すごく勉強になったよ。休日が潰《つぶ》れて大変だったけど、いろんなタイプの男の人と次々にデートするなんていう経験はなかなかできないもん。それもさ、最初から母親同席で家庭の雰囲気までわかるんだし。ほんと母さんのお陰だよ。今までありがとね」

友美はまるで既に結婚を諦めたかのように言った。

見ると、友美はさっぱりした顔をしている。仕事が面白くなってきたことも関係があるのだろう。「姐さん」のように独身を通す生き方も楽しそうだと思い始めたのか。

仮に結婚に漕《こ》ぎ着けられなかったとしても、友美が言うように、たくさんの男性と見合いをしたことや、デートをしたことは、そんなに悪い経験ではないのかもしれない。何よりもいいことは、「ダメだったけれど、やれるだけのことはやった」と自分で納得できることだ。そのことは、これからの長い人生で決してマイナスにはならないだろう。後になってから、あのとき積極的に婚活しておけば……などと後悔することはない。

それに、三十代、四十代になってから恋人ができるかもしれない。そんなとき、今の経験が役立つ場面が多少なりともあるのではないか。

「やっぱり、お見合いは難しいよね」と友美がぼそりと言った。

「確かに簡単じゃないわね。だって砂漠の中の一粒のダイヤを見つけなきゃならないんだもの」

「私の同級生で結婚した人たちは、みんな恋愛結婚で、よくもまあ自力で見つけられたと思うよ。つくづく感心しちゃう」

友美はそう言うと、チーズとハムを載せたパンにかぶりついた。

「そうかな？　厳密には、ちょっと違う気がするぞ。恋愛結婚とはいっても、本当に恋愛してるとは限らないと思うんだよな」

「は？」夫は何をわけのわからないことを言っているのだろう。

「前にもチカちゃんに言ったと思うけど、中学や高校時代のことを考えてみるとさ、みんなが憧れる先輩や、クラスで一番モテる子なんかと相思相愛になれる確率はすごく低いだろ。それなのに、世の中のやつらは猫も杓子《しゃくし》も恋愛で結婚したって言ってるんだぜ」

「なるほど。言われてみれば、確率の問題として考えたら確かに変だわ」

「だろ？　もしかして、恋愛で結婚したという感覚自体が錯覚じゃないかと思うんだよ。恋愛や結婚へ向けた熱意が五分五分ってことは有り得ない。どちらかがより強く惚《ほ》れて、先に結婚を意識する。熱意や意識の比率は男性六に対して女性は四なのか、それとも三対七なのか、あるいはどちらかが強引に話を進めていて八対二なんてのがザラにあるかもしれないだろ」

「そうね。相手があまりに一生懸命だから、つい情にほだされるってことはあるでしょうね」

「だろ？　しつこく言い寄られると嫌いになることも多いだろうけど、満更でもないと感じる場合もある」

「人間ていうのは、たいがい無意識のうちに、自分に好意を持ってくれている人の中から恋人を選ぶんじゃないかしら」

「それはある。手の届きそうもない人を追いかけるのは中高生までだよな」

そのとき千賀子は、ふと恵美の娘の水着写真を思い出した。

「男性なら色気にやられて、他が見えなくなることもあるでしょうね」

「年齢的な焦《あせ》りもあるだろ。俺の周りには、年貢《ねんぐ》の納めどきだから結婚したって言うヤツも多いよ。半分は照れ隠しだろうけど、早い話が理想を追うのを諦めて妥協したんじゃないかな」

「父さん、さすが。鋭いね」

娘に褒められたのが嬉しかったのか、夫は満面の笑みになった。

「父さんの説なら、同級生たちの恋愛結婚も納得できるよ。つまりさ、赤い糸でも一粒のダイヤでもないんだね」と、友美は続ける。「だってさ、憧れの男性からある日突然プロポーズされたっていうんじゃ羨ましすぎて憤死しそうだけど、そんな少女漫画みたいなのは現実にはないってことだよね」

「そうだな。純粋な相思相愛なんて、この世の中にはほとんどないと思うよ」

「だったら結婚てそんなに難しくないわね。でも最近は、結婚しない人が増えたわ」

言いながら、千賀子は考える。それはどうしてなのだろう。結婚したってロクなことがないと、親や知り合いを見て感じているからだろうか。それとも世間で言われているように、二次元のアニメの女の子ならいいが、生身の女性とは会話すらできない男性が増えているのか。

「アンケートなんかによるとね、いつかは結婚したいって答える人が多いみたいだよ」と友美が言う。

千賀子も、雑誌にそう書かれているのを目にしたことが何度かあった。

「うちの会社の先輩の話だとね」と、友美が紅茶を一口飲んでから続けた。「男の人がプロポーズしなくなったらしいよ。何年もつき合ってるのに、結婚の話は全然出ないって嘆いてたよ」

「だったら女の側から結婚してほしいって言えばいいじゃないの」

「母さん、さすがにそれは言いにくいよ」

「そうなの？　ほんとに？　古いわね。嫌になるくらい昔と変わらないわ」

戦後、女性と靴下は強くなったと言われたが、あれは上から目線の「からかい」だったのだろう。いまだに王子様からの求婚を待っているなんて、女は全然強くなんかなってないじゃないの。

「母さん、名字だって男の人のを名乗るのが今でも普通じゃん」

「そうね、どっちの名字にするか相談して決めるって聞いたことないわね」

親婚活では、女性側にも稼ぎを求める男性がほとんどだ。それは高給取りの男性でも同じだ。それなのに、家事と育児は女性がやるのが当たり前で、男は「できるだけ手伝う」くらいで済まされると思っている。

自分の世代は、なんだかんだ言っても妻が財布を握っている。このことは、男尊女卑が根深く巣くう国にしては不思議な現象だ。国家や組織では、財布を握る側が立場が上で実権を握っている。

だが昨今の若い人々は、夫婦別会計が主流だ。共働きで家計費を半分ずつ出し合う。夫の中には決して妻に自分の銀行通帳を見せない人もいるという。何をそんなに秘密にしなければならないことがあるのだろう。当然だが妻は不信感を抱く。そんな状態で長い結婚生活を送っていけるのだろうか。女は不安でいっぱいだから、子供ができたからといって、簡単に仕事を辞めるわけにはいかなくなる。

「男の人からすれば、同棲《どうせい》できれば何もわざわざ結婚するメリットなんてないんじゃないの?」と、友美が言う。

「それは、そうかもね」

男からすればきっと、こう思うはずだ。

——正式に結婚していないにもかかわらず、堂々といつでもセックスできるし、家賃も光熱費も折半だし、女がメシを作ってくれる。となれば、なぜ籍を入れる必要があるのか。このままで十分だ。

それとも、こうも思うかもしれない。

——今はたしかに居心地はいいけれど、正直言って彼女にはだんだん飽きてきている。チャンスさえあれば、そろそろもっといい女に乗り換えたい。

そう想像した途端、千賀子は心にズンと重石《おもし》を乗せられた気分になった。

昔は婚姻率が高かった。それはなぜなのか。同棲など許されていない社会だったからではないのか。

「女から見たって結婚のメリットなんて、たいしてないでしょ。姐さんがいつもそう言ってるよ。結婚したら、女はそれまでの自由な生活を失って家事が増えるだけだって。子供ができたらもっと忙しくなるのに旦那の手伝いはあんまり期待できないって」

次の瞬間、千賀子は寂寥感《せきりょうかん》に襲われていた。

メリットだとかデメリットだとか……。最近はそんなのばっかりだ。人生まるごと損得勘定になったのか。昔は良かったなどと言うつもりはないが、今は殺伐とした世の中になったように感じる。それとも自分が知らなかっただけなのだろうか。

――もしかして、世の中って昔からこんなものだったんですか？

恵美にもう一度会って、そう尋ねてみたい。

親婚活をしていなければ知り合わなかっただろう彼女の存在が、千賀子の中でもやもやと留まっていた。彼女なら、明確な答えを持っているに違いない。

「なんだか女性がどんどん弱い立場に追い込まれている気がするわ」

そう言って、千賀子は冷めたコーヒーを喉に流し込んだ。

27

友美は、八回目の婚活で出会った男性二人と交際を続けていた。

レストランで食事をするといった程度のデートだが、もう二ヶ月近く続いている。

そろそろダメになる頃かもしれないと、千賀子は危ぶんでいた。交際する中で、それまでわからなかった不真面目さや金遣いの荒さや男尊女卑的な考え方が露《あら》わになってくる時期だ。デートを重ねて親しくなるどころか、相手のアラばかりが見えてくると友美は言う。そういった嫌な点が見つからない場合であっても、可もなく不可もなくといったところにずっと留まっていて、今ひとつ積極的になれない。要は魅力を感じられないのだろう。

――母さん、ごめん。今回もダメだ。

友美の溜め息混じりの言葉で、こちらから「ご縁がございませんでした」とお断りすることが多かった。そういったことが何回も続いている。

あれは半年ほど前のことだった。学習塾に勤める松井《まつい》光一《こういち》と何度かデートを重ねていた。恋愛とは違って、最初から結婚を目的としているからか、「もし結婚するとしたら」という仮の話を振ってきたらしい。

――僕は長男だから。

光一はことあるごとにそう言った。新居も両親の近くがいい。なんせ長男だから自分が親の面倒を見なくてはならない。披露宴は二度やる必要がある。一度目は東京で、二度目は父親の故郷である富山で。それは、親孝行な息子と言えなくもない。だが、友美はもともと派手な披露宴が好きではない。それでも、光一がどうしても親の故郷でもお披露目をしたいと言うのならば、友美は自分の両親の故郷である山形と広島でもやるのが当然ではないかと言った。そんな友美を、光一は非常識な者を見るような目で見た。女性側の親族に対する配慮は一切なかった。

そして友美はある日、爆発した。

――あのね、あなたが自分の親が大切なのと同じで、私も自分の親が大切なんです。

光一は、友美の言わんとすることに面食らったらしく、ぽかんと口を開けた。二人の結婚観の違いが露わになった瞬間だった。友美は二人で協力して家庭を築き上げるのが結婚だと思っているが、光一は女性が松井家に嫁いで両親に仕えて当然だと思っていた。平成の世の中もそろそろ終わろうとしているのに、こういった男性が少なくないことに、友美は驚いたという。

だから、友美はもっとはっきり言った。

――自分の親ばかり大切にするのはおかしいでしょう。

松井の顔が怒りで歪み、その日のうちに松井の母親から「ご縁がありませんでした」と電話がかかってきた。

そして、もうひとり、あれは去年のことだ。住宅設備メーカーに勤める上原靖幸《うえはらやすゆき》としばらくつき合っていたことがあった。このままゴールインかと千賀子は期待していたのだが、上原は夫婦別会計ということに、とことんこだわり、執着心を見せた。

――男女平等の世の中だからね。

ことあるごとに上原はそう言った。だから友美は心配になって尋ねてみた。

――そうはいっても、子供ができたら会社の制度や保育園の事情で勤め続けられないこともあると思うんだよね。私の収入がゼロのときはどうすればいいの？

――産休中でも給料はもらえるでしょ。もらえなかったら、友美さんの独身時代の預金を取り崩していけばいいんじゃない？

上原がそう答えた途端、友美は一気に気持ちが冷めた。

目が点になるとはこういうことか。この話を聞いたときは、千賀子も夫もあまりの驚きで声が出なかった。

——ああ、また貴重な若い時間を無駄に使ってしまった。

そう言って友美は嘆いた。色々な男性と話をすることは、長い人生にとって決して無駄ではない。いい意味でも悪い意味でも勉強になることが多いだろう。だが、今はそんなのんびりしたことは言っていられないのだ。

交際が順調にいくと、結婚式や披露宴をどうするか、家計は、新居はと話が具体的になっていく。そうなって初めて双方の考え方の違いが明らかになる。どう考えても妥協できるようなことではないから、話がダメになる。

こんな悠長なことを続けていたら、あっという間に年月が経《た》ってしまう……。

その一方で、友美が素敵だと思った男性からは、親を交えての最初の見合いのときか、もしくは一回目のデートで早々に断わられるのが常だった。

とにもかくにも、もうそろそろ次の親婚活に申し込んだ方がいい時期だ。

親婚活を始めて一年近くが経過していた。参加費だけでも十万円以上を支払ったことになる。親を交えた見合いを重ねることで、釣り合いが取れているかどうかを嗅《か》ぎ分ける能力が増したように感じていた。あまりに敷居の高い家には嫁がない方がいいと確信するようにもなった。美鈴の娘が、どんなにいい家のお坊ちゃんと結婚しようが、羨ましいと思う気持ちはかなり薄れてきていた。

——世の中に出会いなんてたくさんありますから、そのうちお宅のお嬢さんにも見合った相手がきっと現れますよ。

いつだったか、神社か森のような家に住む父親にそう言われたことがあった。そのときは馬鹿にされたように感じて頭にきたものだが、今になってやっとわかった。あの父親の言ったことは、至極真っ当だった。

次々と桜の便りが聞かれるようになったある日、友美と二人でデパートへ買い物に行った。その帰り、夫と落ち合い、三人で甘味喫茶に入ったときのことだ。

「私ね、妥協できそうだよ」と、友美が唐突に言った。

「妥協って何のこと？」

「ほら、落合奏太《おちあいそうた》さんのこと」

落合奏太は、大学の建築学科を出て、中堅の建設会社に勤めている三十一歳で、八回目の親婚活で出会ったうちの一人だ。

「あの人となら、うまくやって行ける気がするんだよね」

そんな積極的な言葉を友美から聞くのは初めてのことだった。

「えっ、本当なの？」

驚いて、千賀子は粟《あわ》ぜんざいの椀《わん》から顔を上げた。

向かいの夫も、ぽかんと口を開けている。

「それって、つまり結婚してもいいと思ってるってことなのか？」

「なんていうかさ、これを逃したら私の人生、マズイことになる気がするんだよね」

友美は目を合わせないまま、クリーム餡蜜《あんみつ》に添えてあった塩昆布を口に運んだ。どうやら照れているらしい。

「で、向こうはどう言ってんだ？」

「友美さんとのこと真剣に考えていますって」

「えっ、本当？　それってプロポーズされたってことよね？」

「まあ、そういうことになるんじゃないかな」

「友美は本当に、その人でいいのか？」

奏太は、妹と弟の三人兄妹だ。三人とも大学卒業と同時に親元を離れて独立している。両親はともに北海道の出身で、高校を卒業後に上京し、千葉に小さな一戸建てを構えて住んでいる。父親は既に定年で退職していて、自宅で書道教室を開いていると聞いていた。

「あれ？　父さんと母さんは反対なの？」

夫も千賀子も喜ばないからか、友美は心配そうな顔で両親を交互に見た。

「そうじゃないけど、でもいきなり聞くと、びっくりだよ」と夫が言った。

「友美がいいなら私は何も言うことはないけど……大らかで感じのいい人だったし」

奏太の母親は六十代前半で、美しい顔立ちに似合わないほどざっくばらんな女性だった。今も駅前の弁当屋で働いていて、なんと勤続二十年だと言う。見合いの席では、会話の中から庶民的な暮らしが垣間見えた。肩の凝らないつき合いができそうな一家だった。だが、そういった家庭の息子は今までにも何人もいたように思う。なんせ、もう二十人近くの男性と見合いをしてきたのだ。

「俺は、その落合くんとやらに会ったことがないからなんとも言えないけど、友美が気に入っていて、洞察力のある母さんがいいっていうんなら大丈夫だろうとは思うけどね」

「だけど、友美がそんなに彼を気に入ってたとは知らなかったわ」

「何が決め手になったんだ？」

「優しくて真面目なところかな。それに、向こうがえらく一生懸命なんだよね」

「あら、今までだって熱心に言い寄ってくれた人が何人もいたでしょう」

「あの人たちとは考え方が合わなかったよ。月に一度は親を食事に招くから料理の腕をふるってくれって言われたときはぞっとしたよ。例によって、自分の親だけが大切で、うちの親のことは全く考えてなかった。ほかには、女は二十代じゃないと話が合わないから君を選んだんだって、はっきり言った人もいたよ。あれで褒めてるつもりだったのかなあ。私、もうすぐ二十代じゃなくなるんだけどね」

「落合さんには、そういった困ったところはないの？」

「うん、今のところは見つかっていない」

「今のところは、か……」

それで十分なのかもしれない。心の底から相手のことや相手の親を大切にし、女性を下に見ていない男など滅多にいない。そういったことも、この親婚活で学んだ。

「つまりさ、落合くんってのは、性格的にも外見的にも友美の及第点に達してるってことだよな」

「うん、そういうこと」

熱心にプロポーズしてくれるというのも、大切な要素なのだろう。それがなければ、誰しもなかなか決断はできないものだ。親婚活に燃えるような恋というものはなさそうだから。

「本当にいいのね？　落合さんで」

「うん、私、落合さんに決めるよ」と、友美はきっぱりと言いきった。

「友美、ほんとに後悔しないか？」

次の瞬間、千賀子はふうっと大きく息を吐いていた。

わずか一年のことだが、なんと長い道のりだったろう。

「何なの母さん、肩の荷が降りたって感じ？」

「だって最近の友美はますますイタリア語に力を入れているし、ファッション誌を片っ端から買って研究してるでしょう？　バイヤーの姐さんに影響されて、一生仕事に生きるつもりなのかと思ってたわ」

「俺もそんな気がしてた」

「姐さんにすごく影響されたんだよ、私」

「でしょう？　だから友美も姐さんと同じように独身を通すと思ったのよ」

「逆だよ、逆。姐さんがもっと前向きだったら、私も結婚しようとは思わなかったかもしれない」

「それは、どういう意味だ？」

「姐さんはね、仕事もできるし美人でスタイルが良くてかっこいいの。値段交渉のときだって、おしゃべりなイタリア人男性を相手に負けてないの」

「うん、それは何度も聞いてるけど？」

「それにね、分譲マンションも持ってる。それも港区だし広めの２ＬＤＫ」

「しっかりした人ね」

千賀子の頭に思い浮かんだのは、自然光が降り注ぐ広々としたリビングだった。

「きっとおしゃれなんでしょうね。もしも私が今も独身だったら……」

誰の世話もしなくていい、自分だけの時間がある。そのうえやり甲斐のある仕事をして、イタリアにしょっちゅう行けるとなれば……想像すると、ただただ羨ましくて溜め息が漏れる。

「でもさ、ときどき火がついたみたいに専業主婦のことをボロクソに言って貶《おとし》めるんだよね」

「えっ、そうなの？　どうして？」

「大学時代に仲がよかった友だちが、今はみんな専業主婦なんだってさ」

「その友だちのことをバカにしてるってこと？」

「そうだよ。そういうの、母さんはどう思う？」

「専業主婦の友だちは三食昼寝つきで暇だとでも思ってるのかしら」

「そうじゃないよ。姐さんの友だちで専業主婦の人たちは、みんなダンナさんが高給取りだから、おしゃれを楽しんでママ友と遊んでいるんだって。姐さんは凄《すご》い剣幕で親の仇《かたき》みたいに貶《けな》すの。でもその裏には女として負けたという劣等感があるんじゃないかな。だって優越感があるんなら、あんなに悪く言わないでしょ」

「うん、それは……そうかも」

姐さんの気持ちは容易に想像できた。

——女は、結婚して子供を産んで一人前。

そんな古臭い考え方からいまだに解放されていない。それというのも日本の社会構造が旧態依然としているからだろう。

「私としては憧《あこが》れの姐さんにはもっとゆったり構えていてほしいわけよ。だって姐さんはお金もある、仕事もある、休みになればハワイに行きっぱなし。人も羨む暮らしをしてるんだよ。だったら専業主婦を見て『独身の方がいいわよ』ってくらいの態度でもいいんじゃないの？」

「本当にそうね」

「もしもそうなら、私だって結婚なんてしなくてもいいかって思うことができたはずだよ。でも結婚や出産の経験がないってことに、姐さんはずっと劣等感を抱き続けてるみたい。そういうのを見て、私はやっぱり結婚してみることにしたの」

友美の言い方に、小さな引っかかりを覚えた。結婚する、ではなくて、結婚してみる、と言ったからだ。だが、今やそういう時代なのかもしれない。一生に一度の大ごとだと思うと、迷いに迷ってずっと決められなくなる。それに、その相手と結婚生活がうまくいくかどうかなんて、実際に結婚してみないとわからないのだ。

「ねえ友美、私の同級生で客室乗務員をしている真由美って覚えてる？　彼女も独身だけど、堂々としてるわよ」

「同じ独身でも、姐さんタイプと真由美さんタイプがいるのかな。たぶん私なら姐さんタイプになっちゃう気がするよ」

それは、性格の違いだけとは言いきれないのではないか。姐さんは今ちょうど年齢が出産のリミットを超えようとしている。だから否応《いやおう》なく自分と他人を比べてしまうのではないか。どちらにせよ、姐さんは経済基盤がしっかりしているし、能力も高く社長の親族でもある。美人でスタイルがいいなら、今後も男がたくさん寄ってくるだろう。そんな人と友美を比べないほうがいい。

真由美にしても、後悔が頭をよぎったことが、これまで一度もなかったとは言えないだろう。だが真由美はいつ会っても自信に満ちている。実際は苦労も多いだろうが、モリコや自分よりも、ずっと人生を謳歌《おうか》しているのは間違いないと思う。

ひとつ気になるのは、友美は姐さんにかわいがってもらっていることだ。友美が結婚した後は、態度や仕事がコロッと変わるのではないか。今悩んでも仕方のないことではあるが。

「結婚すると決まったら、結婚準備で忙しくなるわね」

千賀子はそう言いながら、ふと以前のことを思い出していた。デートを重ねていて、そろそろ結婚かと期待していたのに、具体的な話になって考え方の違いが見えてくるのだ。

「落合さんとは具体的な話はしてみたの？」

「うん。今回は早めに聞いてみたよ」

今までの反省から、結婚式や新居に関する考え方を、早々に根掘り葉掘り聞いて確かめたという。

「それなら安心ね。どちらか一方が我慢を強いられるような生活はダメだもの」

「落合さんが言ってくれたの。共働きのときは別会計でも、友美さんが働けないときは、もちろん僕が生活費を全額出しますって」

「良かったわね」

「は？　何言ってんだ？　そんなの当たり前だろ。男女平等を振りかざして、友美の預金を取り崩せばいいなんて言った男、アイツの方がおかしいんだよ」

「だよね、フクちゃん。でも今の時代は、私たちのときと考え方が違ってきてるのよ」

夫婦別会計になり、携帯電話が普及したことにより、夫婦であっても互いの知らない領域が加速度的に増している。そういった世の中にあって、良い結婚とはどういうものなのだろうか。親婚活を始めてから、千賀子は何度も繰り返し考えるようになっていた。

――ともに、個性や人生の目標を犠牲にすることなく、夫婦が協力して暮らしていけること。

たぶん、そういうことになるのだろうが、それこそが至難の技なのだ。

「落合さんがいい人だってことに間違いはないと思うよ」と友美が言う。

「それは私も感じたわ。穏やかで朗らかなところがいいわよね」

「痩《や》せてるのも私の好みだし」

「うん、友美の好きなタイプかもって、母さん最初から思ってたけどね」

そう言いながら、千賀子の心の中に安堵《あんど》が広がっていった。

「それにしても、長かったわね」

「チカちゃん、よく頑張ったよ。ここまでやってくれる母親なんて滅多にいないぞ。友美、わかってるか？」

「わかってるってば。ほんと、母さんの子で良かったよ」

千賀子は目頭が熱くなり、「やだ、おおげさね」と笑ってごまかした。

「あのね私ね、変な言い方だけどね、傷つくことに慣れたよ」と、友美は言った。

「傷つくことがしょっちゅうあるのは困ったことだが、少し鈍感なくらいがちょうどいいよ。人生は短いんだからな、いちいち落ち込んでたら時間がもったいないよ」

夫は能天気に言い、わらび餅《もち》を満足そうに口に運んでいる。

「傷ついて立ち止まったら幸せは手に入らないし、幸せは逃げていくから。落ち込んでも何度でも立ち上がらなきゃ」

「そうだ、いつも果敢にアタックしないとな。そういう前向きな気持ちは大切だよ」

振り返れば、凝縮された日々だったように思う。これほど感情の起伏が激しい毎日を送ったことはないのではないか。多くの見知らぬ親や息子たちと会い、娘の生涯の伴侶《はんりょ》として相応《ふさわ》しいかどうかを問われ続けた日々……。

色んな親子がいた。そんな中から、ぴったりとまでは言えないかもしれないが、許容範囲の善人を見つけることができた。燃えるような恋でなく、劇的な出会いでもなかったが、これが運命かもしれず、友美の顔を見れば、ちゃんと情が湧《わ》いているのがわかる。その気持ちを大切に育てていけばいい。家族として支え合っていければと、千賀子は祈るような気持ちになった。

28

結婚が決まるときというのは、意外なほど呆気《あっけ》ないものだ。

思い返してみれば、自分のときも姉のときもそうだった。

この勢いを逃してはならないと、千賀子は肝に銘じた。大恋愛の末の結婚ではなく、やっとのことで灯《とも》った火を消してはならない。そう考え、千賀子は早めに親族顔合わせの席を設けるよう、友美と落合奏太に頼んだ。

その日は、落合一家五人を交え、計八人でレストランの個室で会食した。互いの母子四人は面識があったが、父親や奏太の妹と弟とは初めての対面だった。

シャンパンで乾杯した。

「ずばり聞きますが、親婚活には何回くらい参加されたんですか？」と千賀子は尋ねてみた。

「五回くらいでしたかしら」と、奏太の母が微笑《ほほえ》みながらゆったりと答えた。若い頃はさぞモテただろうと思わせる、なかなかの美人だ。

「素敵なお嬢さんもたくさんいらしたんですけどね、奏太が気に入らなくて、なかなかまとまりませんでした。ところが、友美さんと会ったその日にすごく好みのタイプだと言いましてね、本当にホッとしました」

まるで家で練習してきたかのように、奏太の母親は一気にしゃべった。友美はと見ると、嬉《うれ》しさを隠しきれない表情で微笑んでいる。奏太の母親は、やはり若い頃モテたのだろう。あなたじゃなきゃダメなんだと言いきってしまう恋の魔法を心得ているように思えた。

「そうでしたか。それはありがとうございます」

「お宅様はどうだったんですか？」

「うちも何度も参加したんです。なかなかしっくりくるお相手が見つからなくて四苦八苦してたんですが、奏太さんとは本当に馬が合うようです。こんな素敵な人に巡り会えるなんて、親婚活も捨てたもんじゃないなって主人とも話してたんですよ」

こちらも負けじと話を盛った。

他に気に入った男性が何人かいたが、そういう男性には悉《ことごと》く振られた、などとここで言う必要はない。いま目の前にいる奏太がいちばん良かったと、こちらも話を合わせておいた方がいい。

それは互いの母親同士の阿吽《あうん》の呼吸というものだろうか。ゴールインしそうになったら、周りが二人を盛り上げる演出をすることが必要だと、夫の婚活本にも書かれていた。

奏太の妹と弟が、兄を冷やかすような目で見つめている。兄弟仲はいいようだ。妹は三十歳で、来年の結婚が決まっているという。弟は、奏太と違って濃い顔立ちのイケメンで、まだ二十八歳だが大学時代の同級生と結婚して既に子供がいる。

総勢八人もいると、テーブルの端の方は声が聞こえにくいこともあり、自然と会話のグループができ、席順もあって女性陣と男性陣に分かれた。

女性陣の間では、最近話題の映画や旅行の話になった。こういったたわいもない会話から意外と人間性が垣間見えるものだ。そう考えて、千賀子はさまざまな話題を振り、相手方の考え方などを慎重にチェックしていた。結婚は人生を大きく左右する。

親族顔合わせの席を設けたあとでも、たとえ日取りが決まったあとでも、こんな人とは無理だ、やっていけないと思うことがあれば、相手側にどんなに非難されても断る余地はあると千賀子は考えていた。

「私と息子二人は無類の釣り好きでしてね」と、奏太の父親の声が男性陣側から聞こえてきた。

「僕は渓流釣りが好きなんです」と奏太の声がする。

「私も子供の頃は近所の川で夢中になったもんです」と夫が応じている。

男性陣が全員魚釣りが好きだとわかり、にわかに盛り上がり始めたようだ。ビールはいったい何本目かと思うほど、じゃんじゃんボーイが運んでくる。

「ねえ、友美さん」と、奏太の母親はいきなり声を落として前のめりになった。「夫婦は始めが肝心よ」と言い、友美を見つめる。

「と言いますと？」と友美も釣られて小さな声で尋ねた。

「男っていうのはね、すぐにつけあがる。会社から帰ってきて、テーブルにご馳走《ちそう》が並んでいて洗濯も掃除も奥さんがやってくれているとね、それが当然だと思うようになる」

そう言うと、千賀子の方を見て「ね、お母さん、そうでしょ？」と同意を求める。

「おっしゃる通りです」と千賀子は大きく頷《うなず》いた。

「だからね、最初から家事は半々にするのよ。共働きなんだから、友美さんだけが台所に立って忙しくしているのに、奏太がテレビを見てたんじゃ不公平でしょ。家事を全部押しつけてきたら、声を出して怒りまくるのよ。わかった？」

「はい、必ずそうします」と友美は神妙な顔で答え、「理解のあるお義母《かあ》さまで助かります」と付け加えた。

「だって、それは奏太のためにもなるんだもの。これからは男も家事をしないと妻に捨てられるわ。だから私は奏太を娘たちと区別せずに育てたの。三兄妹のうち、最も料理上手なのは奏太よ。生ゴミの処理や排水口の掃除もさせてきたわ。男は汚い仕事からすぐに逃げようとするからね。奏太は栄養バランスについても自分で勉強して、日頃から野菜を多くとるよう心がけてるわ」

「ママ、今のメッチャ勉強になったよ」と、奏太の妹が真剣な顔で言う。

知らない間に、女四人で顔を見合わせて頷き合っていた。既に共闘態勢が整った感があり、千賀子は心強く思った。こういう母親の息子なら安心ではないか。

「ところで、結婚式はどこでするんだ？」と夫の声がこちらへ飛んできた。

「まだ決めてないけど」と、友美が奏太を見る。

「友美さんも僕も地味婚がいいって、意見が一致してるんです」と奏太は答えた。

「レストランを借りて簡単にお披露目するくらいが身の丈に合ってると思って」

友美はそう言うと、奏太と目を見合わせて微笑み合った。その光景を目にした刹那《せつな》、千賀子は一抹の寂しさに襲われた。友美が自分や夫のもとから、奏太のところへ行ってしまう。

今度こそ、本当に娘は巣立っていく。

しみじみとした気持ちで友美の横顔を見つめた。

だが寂しいなどと思ってはいけない。祝わなくては。年齢的には決して早くはない。それどころか、自分の若い頃に比べれば遅いくらいだ。それに、結婚後もちょくちょく実家に顔を出してくれるだろう。

「そちらさまも本当に地味婚でいいんですか？」と、夫は心配そうに奏太の父親に尋ねた。

「はい。二人に任せればいいと考えています」と、奏太の父親が穏やかに微笑む。

「地味婚っていうのも、それはそれでいいですよね」と、実は夫も賛成らしい。

「お義父《とう》さんは将棋がお好きだと友美さんに伺っていますが」と、奏太が尋ねている。

「おう、そうなんだよ。だけど相手がいなくてな」

「僕も将棋好きなんです。今度、一局どうですか？」

「いやあ、嬉しいなあ。大歓迎だよ」

ここにきて、やっと夫にも味方ができたらしい。

29

ふっと集中が途切れた。

プログラムの作成途中だったが、休憩を挟んだ方が良さそうだ。

午後からずっと同じ姿勢でパソコンを覗き込んでいたために、目が疲れ、肩もひどく凝っている。給湯室に行き、誰もいないのをいいことに大きく伸びをした。棚から自分のマグカップを取り出し、紅茶のティーバッグを入れたときだった。

「お嬢さんの結婚、決まったんですってね」

振り返ると、松本沙織が微笑んで立っていた。「おめでとうございます」

「ありがとう。よく知ってるわね」

「うちの会社って、噂が広まるの早いんですよ」

打合せ後、深沢久志に娘の結婚を報告し、尋ねられるまま、つい親婚活のことを話したのが伝わったのだろう。

「それで、あの……」と、沙織は口籠《くちごも》った。沙織が言いにくそうにするなんて珍しいことだ。

「どうしたの？　私でお役に立てることがあれば何なりと言ってちょうだい」

事務職の女性には親切にしておいた方がいい。技術職とは違い、総務や人事の部長職以上の男性たちと気軽に口をきける位置にいる。契約を延長してもらうためには、実力や成果を見せつけるだけでなく、人間関係も重要だ。

「ええ、あのう、それがですね、相談に乗ってもらいたいことがありまして、でも、福田さんはお忙しいですよね？」

「今週なら仕事が終わったあと、なんとか大丈夫だけど？」

本当は全く忙しくなかった。今作っているプログラムは来月の分だ。スケジュールを先取りしすぎているから、もう少しのんびりやろうと思っているのだが、集中する癖が身体に染《し》み込んでいて抜けない。それに来週は三日も休みを取る予定で、その中の一日は、真由美と一緒にモリコの家に翼くんを見に行く予定だ。今度こそ、心を込めたお祝いの品を持って行こうと考えている。アンパンマンの三輪車なんてどうかな。今はまだ無理でも、夏か秋には乗れるようになるんじゃないかな。

「でも、いくらなんでも今晩というのは急すぎますよね？」と沙織が上目遣いでこちらを見る。「実は、田舎から母が上京しておりまして」

「お母さんが？　だったら親子水入らずで東京の夜景とかを楽しんだ方がいいんじゃないの？」

「いえ、それが……なんて言うんでしょうか。うちの母が親婚活に異常なほど興味を持っておりまして、私ほんと困ってるんです」

困っているような顔ではなかった。恥ずかしげな笑みの中に、沙織自身の親婚活に対する期待の大きさが見て取れた。きっと深沢のことは諦《あきら》めがついたのだろう。相変わらず社内の若い女性たちから狙われていて、沙織には気がないようだ。そんな光景を毎日のように目にしていたら、もう追いかけようとは思わなくなって当然かもしれない。その若い女性たちの中でも、特に優秀で美人と評判の大学院出の技術者とデートしているのが目撃されたとも聞いている。

「なんでだか、母も親婚活とかいうものに参加してみたいらしくて。できればご指導願えないかと……」

アドバイスできることはたくさんある。きっと役に立てるだろう。もしも自分が親婚活なるものに乗り出さなければ、恋愛上手ではない友美は生涯独身だった確率が高い。沙織にしても同じだろう。沙織は真面目で誠実で頭もいい。そのうえ男性の多い職場にいる。それなのに恋人ができない。華がないのだ。だが、周りが少し手を差し伸べてやれば人生は変わる。昔なら、近所の世話好きや親戚《しんせき》、何人もいる兄弟姉妹、職場の上司などがキューピッドの役割を果たしていた。

——私はね、男が垣間見せるダメさやクズの片鱗《へんりん》を絶対に見逃さない自信があるの。

今でもときどき恵美の言葉を思い出すことがある。不幸な結婚をしないためにも、親の目は重要な役割を果たすはずだ。

もちろん結婚したくないなら、する必要はない。だが結婚したいなら、周りを巻き込んで果敢に挑戦すればいい。人はあっという間に年を取る。先に行って後悔しないよう、やれるだけのことはやってみればいい。過保護だとか、いい歳をしてとか、他人が何と言おうが気にする必要はない。

だって、たった一度の、かけがえのない人生なんだもの。

「いいわよ。お安い御用よ。もともと今日は残業するつもりもなかったし」

「ほんとですか？　ありがとうございますっ。母も喜びます」

沙織の顔がパッと輝いた。「今からレストランを予約しますけど、福田さんはお料理は何がいいですか？　親娘《おやこ》でご指導いただくから私がご馳走させてもらいます」

「そう？　悪いわね。だったら折角だから、びっくりするほど高級なところにしてもらえる？」

千賀子の言い方がおかしかったと見えて、沙織は噴き出した。

今の、冗談で言ったわけではないのだが。

「ところで、あれからジジがどうなったか知ってる？」

ジジのミスが原因で銀行のオンラインシステムが止まって以来、ジジは一度も出社せず、退職の手続きも郵送で済ませていた。

「噂によると、結婚したらしいですよ」

「そうなの？　だって……」ついこの前まで深沢とイチャイチャしてたのに？

「それで、どんな男性と？」

「合コンで出会ったばかりのイケメン歯医者らしいです。彼女、深沢さんは落とせなかったけれど、どこ行っても男は放っておかないでしょう」

「……そうか、なるほど」

男と女、人生とはそういうものらしい。

モテに関しては、人は生まれながらにして平等という憲法の定めに違反しているようだ。

この作品は「ｙｏｍ ｙｏｍ」ＶＯＬ．49（平成三十年四月号）～ＶＯＬ．52（平成三十年十月号）に連載された「良縁お祈り申し上げます」を改題し、改稿したものである。

垣谷美雨著

ニュータウンは黄昏れて

娘が資産家と婚約!?　バブル崩壊で住宅ローン地獄に陥った織部家に、人生逆転の好機到来。一気読み必至の社会派エンタメ傑作！

垣谷美雨著

女たちの避難所

絆を盾に段ボールの仕切りも使わせぬ避難所が、現実にあった。男たちの横暴に、怒れる三人の女が立ち上がる。衝撃の震災小説！

青山七恵著

繭

夫に暴力を振るう舞。帰らぬ恋人を待ち続ける希子。そして希子だけが知る、舞の夫の秘密。怒濤の展開に息をのむ、歪《いびつ》な愛の物語。

朝井リョウ著

何者

直木賞受賞

就活対策のため、拓人は同居人の光太郎や留学帰りの瑞月らと集まるようになるが——。戦後最年少の直木賞受賞作、遂に文庫化！

彩瀬まる著

あのひとは蜘蛛を潰せない

28歳。恋をし、実家を出た。母の〝正しさ〟からも、離れたい。「かわいそう」を抱えて生きる人々の、狡さも弱さも余さず描く物語。

色川武大著

うらおもて人生録

優等生がひた走る本線のコースばかりが人生じゃない。愚かしくて不格好な人間が生きていく上での〝魂の技術〟を静かに語った名著。

早野龍五
糸井重里著
知ろうとすること。
原発事故後、福島の放射線の影響を測り続けた物理学者と考える、未来を少しだけ良くするためにいま必要なこと。文庫オリジナル。

石井希尚著
この人と結婚していいの？
男はウルトラマン、女はシンデレラ——結婚カウンセラーが男女のすれ違いを解き明かす。実例&対策も満載の「恋愛・結婚」鉄則集。

池田清彦著
ナマケモノはなぜ「怠け者」なのか
—最新生物学の「ウソ」と「ホント」—
不老不死は可能なの？ クジラは昔陸にいた？ 生態系のメカニズムからホモ・サピエンスの未来まで、愉快に学ぶ超生物学講座。

いしいしんじ著
海と山のピアノ
生きてるってことが、そもそも夢なんだから——。ひとも動物も、生も死も、本当も嘘も。物語の海が思考を飲みこむ、至高の九篇。

井上理津子著
葬送の仕事師たち
「死」の現場に立ち続けるプロたちの思いとは。光があたることのなかった仕事を描破し読者の感動を呼んだルポルタージュの傑作。

上橋菜穂子著
精霊の守り人
野間児童文芸新人賞受賞
産経児童出版文化賞受賞
精霊に卵を産み付けられた皇子チャグム。女用心棒バルサは、体を張って皇子を守る。数多くの受賞歴を誇る、痛快で新しい冒険物語。

上原善広著

発掘狂騒史
—「岩宿」から「神の手」まで—

歴史を変えた「岩宿遺跡発見」から日本中が震撼した「神の手」騒動まで。石に憑かれた男たちの人生を追う考古学ノンフィクション。

有働由美子著

ウドウロク

五〇歳を目前に下した人生最大の決断。その真相と本心を初めて自ら明かす。わき汗から失恋まで人気アナが赤裸々に綴ったエッセイ。

江國香織著

ちょうちんそで

雛子は「架空の妹」と生きる。隣人も息子も「現実の妹」も、遠ざけて——。それぞれの謎が播かれ、織り成される、記憶と愛の物語。

遠藤彩見著

キッチン・ブルー

おいしいって思えなくなったら、私たぶん疲れてる。「食」に憂鬱を抱える6人の男女が、タフに悩みに立ち向かう、幸せごはん小説！

小澤征爾著

ボクの音楽武者修行

〝世界のオザワ〟の音楽的出発はスクーターでのヨーロッパ一人旅だった。国際コンクール入賞から名指揮者となるまでの青春の自伝。

小野不由美著

残穢
山本周五郎賞受賞

何かが畳を擦る音、いるはずのない赤ん坊の泣き声……。転居先で起きる怪異に潜む因縁とは。戦慄のドキュメンタリー・ホラー長編。

小川洋子著

いつも彼らはどこかに

競走馬に帯同する馬、そっと撫でられるブロンズ製の犬。動物も人も、自分の役割を生きている。「彼ら」の温もりが包む8つの物語。

恩田　陸著

夜のピクニック

吉川英治文学新人賞・本屋大賞受賞

小さな賭けを胸に秘め、貴子は高校生活最後のイベント歩行祭にのぞむ。誰にも言えない秘密を清算するために。永遠普遍の青春小説。

荻原　浩著

冷蔵庫を抱きしめて

DV男から幼い娘を守るため、平凡な母親がボクサーに。名づけようのない苦しみを解き放つ、短編の名手が贈る8つのエール。

奥田英朗著

噂の女

男たちを虜にすることで、欲望の階段を登ってゆく〝毒婦〟ミユキ。ユーモラス&ダークなノンストップ・エンタテインメント！

小川　糸著

サーカスの夜に

ひとりぼっちの少年はサーカス団に飛び込んだ。誇り高き流れ者たちと美味しい残り物料理に支えられ、少年は人生の意味を探し出す。

小田雅久仁著

本にだって雄と雌があります

Twitter文学賞受賞

本も子どもを作る——。亡き祖父の奇妙な主張を辿ると、そこには時代を超えたある〈秘密〉が隠されていた。大波瀾の長編小説！

荻上チキ著

彼女たちの売春《ワリキリ》

彼女たちはなぜその稼ぎかたを選んだのか。風俗店に属さず個人で客を取る女性らを取材し見えてきた、生々しく複雑な売春のリアル。

梶尾真治著

黄泉がえり

会いたかったあの人が、再び目の前に——。死者の生き返り現象に喜びながらも戸惑う家族。そして行政。「泣けるホラー」、一大巨編。

川上弘美著

猫を拾いに

恋人の弟との秘密の時間、こころを色で知る男、誕生会に集うけものと地球外生物……。恋する瞳がひきよせる不思議な世界21話。

角田光代著

笹の舟で海をわたる

不思議な再会をした昔の疎開仲間は、義妹となり時代の寵児となった。その眩さに平凡な主婦の心は揺れる。戦後日本を捉えた感動作。

金原ひとみ著

軽薄

私は甥と寝ている——。家庭を持つ29歳のカナと、未成年の甥・弘斗。二人を繋いでしまった、それぞれの罪と罰。究極の恋愛小説。

川上未映子著

あこがれ

渡辺淳一文学賞受賞

水色のまぶた、見知らぬ姉——。元気娘ヘガティーと気弱な麦彦は、互いのあこがれのために駆ける！　幼い友情が世界を照らす物語。

川上和人著　鳥類学者　無謀にも恐竜を語る

『鳥類学者だからって、鳥が好きだと思うなよ。』の著者が、恐竜時代への大航海に船出する。笑えて学べる絶品科学エッセイ！

黒柳徹子著　新版　トットチャンネル

NHK専属テレビ女優第1号となり、テレビとともに歩み続けたトットと仲間たちとの姿を綴る青春記。まえがきを加えた最新版。

黒川伊保子著　夫婦脳　―夫心と妻心は、なぜこうも相容れないのか―

繰り返される夫婦のすれ違いは、男女の脳のしくみのせいだった！　脳科学とことばの研究者がパートナーたちへ贈る応援エッセイ。

窪　美澄著　ふがいない僕は空を見た　山本周五郎賞受賞・R-18文学賞大賞受賞

秘密のセックスに耽る主婦と高校生。暴かれた二人の関係は周囲の人々を揺さぶり――。生きることの痛みを丸ごと包み込む傑作小説。

小池真理子著　モンローが死んだ日

突然、姿を消した四歳年下の精神科医。私が愛した男は誰だったのか？　現代人の心の奥底に潜む謎を追う、濃密な心理サスペンス。

国分　拓著　ヤノマミ　大宅壮一ノンフィクション賞受賞

僕たちは深い森の中で、ひたすら耳を澄ました――。アマゾンで、今なお原初の暮らしを営む先住民との150日間もの同居の記録。

コロッケ著
母さんの「あおいくま」

ものまね芸人コロッケが綴る母の教え「あおいくま」のこと、思い出の数々。人にとって大切なことが伝わる感動の生い立ちエッセイ。

小島慶子著
解縛
—母の苦しみ、女の痛み—

母親の憑依、屈折した子供時代、15歳からの摂食障害。女子アナとしての挫折、男社会の理不尽。鋭い筆致で自らを見つめた魂の手記。

こざわたまこ著
負け逃げ
R-18文学賞受賞

地方に生まれたすべての人が、そこを出る理由も、出ない理由も持っている——。光を探して必死にもがく、青春疾走群像劇。

さだまさし著
はかぼんさん
—空蟬風土記—

京都旧家に伝わる謎の儀式。信州の「鬼宿」。長崎に存在する不老長寿をもたらす石。各地の伝説を訪ね歩いて出逢った虚実皮膜の物語。

佐藤愛子著
私の遺言

北海道に山荘を建ててから始まった超常現象。霊能者との交流で霊の世界の実相を知り、懸命の浄化が始まる。著者渾身のメッセージ。

佐野洋子著
私の息子はサルだった

幼児から中学生へ。息子という生き物を観察し、母としてその成長を慈しむ。没後発見された原稿をまとめた、心温まる物語エッセイ。

さくらももこ著

そういうふうにできている

ちびまる子ちゃん妊娠!? お腹の中には宇宙生命体＝コジコジが!? 期待に違わぬスッタモンダの産前産後を完全実況、大笑い保証付！

最相葉月著

セラピスト

心の病はどのように治るのか。河合隼雄と中井久夫、二つの巨星を見つめ、治療のあり方に迫る。現代人必読の傑作ドキュメンタリー。

齋藤　孝　著

孤独のチカラ

私には《暗黒の十年》がある——受験に失敗した十代から職を得る三十代までの壮絶な孤独。自らの体験を基に語る、独り時間の極意。

西原理恵子著

いいとこ取り！ 熟年交際のススメ

サイバラ50歳、今が一番幸せです。熟年だから籍は入れない。有限の恋だからこそ笑おう。波乱の男性遍歴が生んだパワフルな恋愛論。

桜木紫乃著

ラブレス

島清恋愛文学賞受賞・突然愛を伝えたくなる本大賞受賞

旅芸人、流し、仲居、クラブ歌手……歌を心の糧に波乱万丈な生涯を送った女の一代記。著者の大ブレイク作となった記念碑的な長編。

恩田　陸・芦沢　央
海猫沢めろん・織守きょうや
さやか・小林泰三
澤村伊智・前川知大
北村　薫　著

だから見るなといったのに
—九つの奇妙な物語—

背筋も凍る怪談から、不思議と魅惑に満ちた奇譚まで。恩田陸、北村薫ら実力派作家九人が競作する、恐怖と戦慄のアンソロジー。

千早茜著
あとかた
島清恋愛文学賞受賞

男は、どれほどの孤独に蝕まれていたのだろう。そして、わたしは——。鏤《ちりば》められた昏い影の欠片が温かな光を放つ、恋愛連作短編集。

筒井ともみ著
食べる女
—決定版—

小泉今日子ら豪華女優8名で映画化!! 味覚を研ぎ澄ませ、人生の酸いも甘いも楽しむ女たち。デリシャスでハッピーな短編集。

津村記久子著
この世にたやすい仕事はない
芸術選奨新人賞受賞

前職で燃え尽きたわたしが見た、心震わすニッチでマニアックな仕事たち。すべての働く人の今を励ます、笑えて泣けるお仕事小説。

原田マハ著
暗幕のゲルニカ

「ゲルニカ」を消したのは、誰だ? 世紀の衝撃作を巡る陰謀とピカソが筆に託したただ一つの真実とは。怒濤のアートサスペンス!

深沢潮著
縁を結うひと
R-18文学賞受賞

在日の縁談を仕切る日本一の「お見合いおばさん」金江福。彼女が必死に縁を繋ぐ理由とは。可笑しく切なく家族を描く連作短編集。

三浦しをん著
格闘する者に○《まる》

漫画編集者になりたい——就職戦線で知る、世間の荒波と仰天の実態。妄想力全開で描く格闘の日々。才気あふれる小説デビュー作。

うちの子《こ》が結婚《けっこん》しないので

新潮文庫　か－72－3

平成三十一年四月一日発行

著者　垣《かき》谷《や》美《み》雨《う》
発行者　佐藤隆信
発行所　株式会社　新潮社

郵便番号　一六二―八七一一
東京都新宿区矢来町七一
電話　編集部(〇三)三二六六―五四四〇
読者係(〇三)三二六六―五一一一
https://www.shinchosha.co.jp

価格はカバーに表示してあります。

乱丁・落丁本は、ご面倒ですが小社読者係宛ご送付ください。送料小社負担にてお取替えいたします。

印刷・株式会社光邦　製本・株式会社大進堂

ISBN978-4-10-126953-5 C0193